1분 1시간 1일
나와 승리 사이

웬들린 밴 드라닌 지음 이계순 옮김

씨드북

일러두기
본문의 각주는 옮긴이 주입니다.

목차

1부
결승선

1. 다시는 달리지도 못할 텐데

내 인생은 끝났다. 모르핀 기운이 떨어지면 현실이 악몽처럼 다가왔다. 내가 마주할 수 없는 현실이.

나는 눈물을 흘리며 다시 잠을 청했다. 악몽에서 깨어나길 바라며 속으로 기도하고 애원했지만 언제나 똑같은 악몽이 나를 기다리고 있었다.

"쉬잇. 괜찮을 거야."

엄마가 속삭였다. 하지만 엄마 눈은 빨갛게 부어 있었다. 나는 알았다. 엄마도 엄마 말을 믿지 않는다는 걸.

아빠는……, 나한테 거짓말을 하려고 애쓰지도 않았다. 하긴 그게 다 무슨 소용이람? 아빠는 이 상황이 무엇을 의미하는지 알고 있었다.

내 희망, 내 꿈, 내 인생은…… 전부 다 끝났다.

동요하지 않는 사람은 내 담당 의사인 웰스 선생님뿐인 것 같았다.

"제시카! 안녕?"

지금이 낮인지 밤인지도 모르겠다. 첫째 날인지 둘째 날인지도.

"그래, 좀 어떠니?"

나는 의사 선생님을 멀뚱멀뚱 쳐다보았다. 뭐라고 말해야 할까? 아주 좋다고? 의사 선생님이 내 차트를 훑어보았다.

"어디 한번 볼까?"

의사 선생님이 내 무릎에 있던 얇은 덮개를 들췄다. 나는 처음으로 진실을 마주하게 되었다.

내 오른쪽 다리에는 발이 없다. 발목도. 정강이도.

그저 무릎과 허벅지만 남아 있었다. 그리고 절단 부위는 붕대로 칭칭 감겨 있었다. 의사 선생님이 붕대를 풀고 수술 부위를 살폈다. 내 눈에선 눈물이 차올랐다. 나는 고개를 돌렸다. 애써 눈물을 삼키는 엄마를 쳐다보았다. 엄마가 내 손을 꼭 잡으며 말했다.

"괜찮을 거야. 우린 이겨 낼 수 있어."

의사 선생님은 짜증 날 정도로 기분이 좋았다.

"제시카, 경과가 아주 좋은데. 혈관 흐름도 피부색도 괜찮아. 벌써 다 아문 것 같아."

나는 괴물처럼 흉측한 아랫부분을 힐끗 보았다.

절단 부위는 빨갛게 부풀어 있었고, 두툼한 철심이 여기저기 박혀 있었다. 꼭 고장 난 지퍼를 억지로 올려 채운 것 같았다. 피부는 칙칙한 노란색으로 물들어 있었다. 의사 선생님이 물었다.

"통증은 어때? 참을 만하니?"

나는 눈물을 닦고서 고개를 끄덕였다. 다리의 통증쯤은 마음의 고통에 비교하면 아무것도 아니었기 때문이다.

제아무리 의학 기술이 뛰어나다 하더라도 내 마음의 고통을 사라지게 할 수는 없다. 의사 선생님이 쾌활하게 말을 이었다.

"부기를 빼기 위해서 압박 양말을 주문할 거란다. 절단 부위는 잠깐은 아주 부드러울 거야. 압박 양말을 신으면 처음엔 불편하겠지만 참고 신어야 한단다. 재활은 부기를 빼고 절단 부위의 모양을 잡는 것부터 시작하니까."

간호사가 붕대를 새로 감아 주었다. 의사 선생님이 차트에 뭐라 적고는 내게 말했다.

"의지* 제작자가 오늘 늦게 와서 압박 양말을 신겨 줄 거야."

눈물이 얼굴을 타고 하염없이 흘러내렸다. 내겐 눈물을 억누를 힘조차 없는 듯했다. 의사 선생님이 부드럽게 말했다. 마치 현실의 고통을 덜어 주려 애쓰는 것처럼.

"제시카, 수술은 잘 끝났어. 너는 정말 운이 좋은 거야. 이렇게 살아 있을 뿐만 아니라 무릎이 아직 남아 있으니까. 네가 나중에 움직일 때 이건 엄청난 차이가 있단다. 하퇴부 절단이 대퇴부 절단보다 훨씬 낫지."

"하퇴부 절단이랑 대퇴부 절단이요?"

엄마가 묻자 의사 선생님이 대답했다.

"아, 하퇴부는 무릎 아래를 말하고 대퇴부는 무릎 위를 말합니다. 의족을 맞출 때 이 차이는 아주 크지요. 제시카, 항상 긍정적으로 생각해. 우리는 네가 다시 걸어 다니도록 할 거야. 그것도 최대한 빨리."

내 다리를 톱으로 잘라낸 사람이, 그러니까 의사 선생님이 이렇게 말했다.

의사 선생님이 병실을 휙 나갔다. 어둡고 무거운 침묵만 남겨 놓은 채.

흥, 걷는 게 뭐 그렇게 중요하다고.

다시는 달리지 못할 텐데.

---

* 의지: 인공으로 만든 팔과 다리를 이른다. 의수와 의족을 모두 가리키는 말이다.

2. 달리기

나는 달리기 선수다. 나는 달리기를 한다. 그리고 달리기는 바로 나다.

달리기는 내가 알고 있고, 하고 싶고, 관심을 기울이는 나의 모든 것이다.

내가 달리기에 푹 빠지게 된 계기는 3학년 때 어떤 축구 경기장에서 있었던 경주 때문이다.

나는 싱그러운 풀 냄새를 맡으며 토끼풀 위를 미끄러지듯 나아갔다. 출전한 남자애들을 전부 눌렀다. 그때부터 나는 멈출 수가 없었다. 어디에서든 뛰었다. 누구와도 경주를 벌였다. 내 뺨을 스쳐 지나가는 바람을 사랑했다.

달리기는 내 영혼을 일깨웠다.

내가 살아 있음을 느끼게 해 주었다.

그런데 지금은?

침대에 꼼짝없이 누워서 다시는 달리지 못할 거라는 걸 깨닫고 있다.

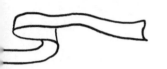

3. 압박 양말

머리가 벗겨지고 땅딸막한 의지 제작자가 자기를 '행크 아저씨'라고 부르라 했다. 행크 아저씨는 내게 의족을 설명하려 애썼지만 내가 그만하라고 했다.

그냥, 들을 수 없었다.

행크 아저씨가 간호사한테 내 다리에 붕대를 새로 감아 달라고 했다. 간호사는 붕대를 이전보다 적게 감았다. 그래서 두께가 훨씬 얇아졌다.

나는 추웠다. 모든 것이 차갑게 느껴졌다. 뭔가를 덮고 싶었지만 행크 아저씨가 내게 압박 양말을 신기려고 준비하고 있었다. 그건 발가락이 없고 앞뒤가 뻥 뚫린 기다란 원통 모양의 양말이었다. 아저씨는 양말 안으로 짧고 굵은 플라스틱 파이프를 집어넣었다. 그런 다음 양말의 한쪽 끝부분을 파이프 위로 접어 올렸다. 나는 아저씨가 이걸로 뭘 하려는지 아무 관심도 없었다. 행크 아저씨가 파이프를 내 절단 부위에 살며시 끼워 넣을 때까지는 그랬다.

"아야!"

다리에 압력과 통증이 느껴지자 나는 가쁜 숨을 몰아쉬었다.

"아이쿠, 미안."

아저씨가 파이프의 압박 양말을 내 다리에 옮겨 씌우면서 파이프를 빼냈다.

"거의 다 끝났어."

양말의 절반 정도가 무릎 밑으로 늘어져 대롱거렸다. 아저씨는 대롱거리는 양말 끝을 모아서 반지처럼 생긴 작은 고리 안으로 통과시킨 다음, 고리를 위로 쭉 밀었다. 그러고는 양말 끝을 다시 잡아당겨 고리와 내 무릎 위로 덮어 씌웠다.

압력이 느껴지고 욱신거렸다. 하지만 행크 아저씨는 곧 괜찮아질 거라며 나를 안심시켰다.

"여기가 지금 부어 있어. 피가 고인 거지. 압박 양말을 신으면 부기가 빠지면서 빨리 회복될 거야. 상처가 낫고 다리 크기가 줄어들면 임시 의족을 만들 수 있단다."

"얼마나 걸릴까요?"

엄마가 떨리는 목소리로 애써 침착하게 물었다.

아저씨는 줄자를 꺼내 쓱 잡아당기더니 내 절단 부위를 둥글게 감싸며 치수를 쟀다.

"글쎄요, 단정하기 어려운데."

아저씨는 신중했다. 엄마가 물었다.

"아니, 일반적으로 말이에요. 보통."

그러자 행크 아저씨가 심호흡을 크게 한 후 대답했다.

"보통 이런 경우는 건강상 문제가 있는 사람들한테 잘 나타나지요. 혈액 순환에 장애가 있거나 나이가 많거나 비만, 당뇨가 있는 사람들한테요."

아저씨가 나를 힐끗 쳐다보았다.

"제시카는 그런 환자들하고 똑같지는 않을 거예요. 훨씬 더 빨리 회복될 겁니다."

"그러니까 그런 환자들은 얼마나 걸리는데요?"

엄마가 물었다. 목소리에 짜증이 묻어 있었다.

"저희가 임시 의족을 만들어 주는 건, 보통 여섯 달 정도 지나서입니다."

"여섯 달이요?"

엄마가 숨도 제대로 못 쉬며 물었다.

"하지만 제시카는 얼마든지 그 기간을 줄일 수 있습니다. 그것은 전부 제시카가 이 상황을 얼마나 빨리 받아들이느냐에 달려 있지요."

엄마와 행크 아저씨는 계속 이야기를 나누었지만 나는 더는 듣지 않았다.

의족을 맞추는 데 얼마나 걸리는지, 그게 뭐 그렇게 중요하다고.

나는 절대로 이전처럼 회복되지 못할 것이다.

회복은커녕 이 다리로 어떻게 적응해서 살아야 하는지도 모르겠다.

4. 바네사

나는 눈을 감았다. 어느덧 잠이 들었다. 경기장이 보였다.

바네사 스틸이 5번 레인에서 몸을 풀고 있었다. 바네사의 긴 손톱은 짙은 빨간색으로 칠해져 있었고 경주용 안경은 늦은 아침의 햇살을 반사하고 있었다.

바네사는 내가 도전하기에 딱 좋은 상대였다. 잘난 척하는 태도, 교묘한 심리 작전, 그리고 400미터 달리기의 강자. 내게 딱 맞는 도전 상대였다.

바네사가 어깨 뒤로 나를 힐끔 쳐다보았다. 그러면서 내가 먼저 스타팅 블록에 들어서기를 기다렸다. 이건 바네사의 신경전 중 하나였다. 그 애는 항상 마지막으로 스타팅 블록에 들어가고 싶어 했다.

이번에는 그게 그렇게 신경 쓰이지 않았다. 나는 상대방을 자극하는 바네사의 신경전에 휘말려 들지 않았다. 담담하고 자신감이 넘쳤다.

내가 경기에 집중할 수 있게 된 건 카이로 코치의 덕이 컸다. 코치는 내가 강해지도록 지금껏 훈련시켰다. 바로 이 순간을 위해.

나는 스타팅 블록에서 날아오를 준비를 마쳤다.

스타트 건이 울렸다. 선수들이 앞으로 튀어 나갔다. 트랙을 찍어 내리는 격렬한 발걸음들이 우르르 이어졌다.

트랙을 처음 꺾을 때쯤에서 우리는 대부분 자기 보폭을 찾는다. 내 건 괜찮았다. 넓고 힘찼다.

후욱, 후욱, 후욱, 후욱!

양팔을 앞뒤로 세차게 휘둘렀지만 움직임은 부드러웠다. 아주 편안했다.

후욱, 후욱, 후욱, 후욱!

순간 내 몸이 떠올랐다. 나는 날고 있었다. 트랙 위를 질주하고 있었다.

내 뒤에서 들려오던 천둥 같은 발걸음 소리들이 완전히 사라졌다. 나는 바네사를 볼 수 있지만 바네사는 뒤에서 쫓아가는 나를 느낄 수만 있었다.

200미터 지점에서 경기장이 확 트였다. 우리는 거의 맞닿아 있었다. 300미터 지점에 이르렀다. 이윽고 근육 수축이 일어나는 '리거 모티스 벤드' 구간에 들어섰다.

바네사는 내가 어디 있는지 알았다. 그 애 바로 뒤에 있다는 것을. 우리에겐 악과 깡밖에 안 남았다. 나는 그걸로 버텼다.

우리는 직선 구간에서 엎치락뒤치락했다. 다리가 화끈거리며 아팠다. 우리는 어깨를 나란히 했다. 나는 마지막 걸음에 온 힘을 실어 바네사보다 먼저 결승선에 들어갔다.

"55초! 55초!"

카이로 코치가 소리쳤다.

내 개인 신기록이자 리그 신기록이었고 내 인생 마지막 경주였다.

5. 집 수리공 아빠

　간호사들이 계속 들락날락했다. 사람들은 나와 가까운 곳에서 대화를 나누었다. 속닥속닥. 그 속삭임들은 짙은 안개처럼 내 안을 맴돌았다.

　아빠와 의사 선생님의 목소리가 복도를 떠돌다 병실 문틈으로 쏙 들어왔다.

　아빠가 인터넷으로 조사한 것들을 의사 선생님에게 요구했다. 최근에 나온 탈착 가능한 붕대, 상처의 빠른 회복을 위해 필요한 방법, 그리고 휴대용 마사지기까지. 꼭 의사처럼 말했다.

　의사 선생님은 좀 더 현실적인 방법들과 보험 급여, 그리고 이 병원에서 실시하고 있는 확실히 검증된 방법들을 중심으로 이야기했다.

　아빠가 병실로 들어와 나를 살폈다. 아빠는 기분 좋은 척했지만 화가 나 있었다. 아빠는 무엇이든 고치는 걸 좋아했다. 그리고 지금도.

　아빠는 압박 양말 위로 덧씌운 보호대를 자세히 들여다보았다. 보호대는 다리를 곧게 뻗을 수 있도록, 그리고 절단 부위가 어딘가에 부딪히지 않도록 해 주었다. 아빠는 만족스러운 듯 보였다. 그러면서 '부종 조절'이니 '무릎 관절 굴곡 경축 방지' 같은 말들을 아무렇지도 않게 했다.

　아빠는 이게 다 무슨 뜻인지 알고서 말하는 것 같았다.

　아빠는 집 수리공이었다.

　하지만 나는 아빠가 수리할 수 있는 물건이 아니었다.

6. 첫 시도

호출기 불빛이 15분 동안 들어와 있었다. 나는 기다리는 데 신물이 났다. 환자용 플라스틱 변기도 그랬다.

"목발 좀 주세요."

내가 성난 목소리로 엄마한테 말했다.

"이리 달라고요!"

엄마는 그렇게 해 주었다. 나는 침대 가장자리에서 다리를 움직였다. 조심스럽게. 천천히. 아주 조금씩. 하지만 결국은 목발을 짚고서 일어났다.

내가 화장실로 가는 동안 엄마는 정맥주사 걸이대를 밀며 따라왔다.

"잘하고 있어."

엄마가 이렇게 말했지만 나는 어지럽고 몸이 부들부들 떨렸다.

"간호사 부를까?"

내가 기진맥진해서 걸음을 멈추자 엄마가 물었다.

나는 고개를 저었다. 화가 났다. 이게 뭐라고 이렇게 힘들지?

"잘하고 있어. 우리 딸, 자랑스럽다!"

엄마가 같은 말을 되풀이했다.

나는 죽을힘을 다해 목발을 꽉 잡고서 후들거리며 앞으로 나갔다. 며칠 전만 해도 400미터를 55초에 통과했다. 오늘은 6미터 가는 데 5분이나 걸렸다.

나는 화장실로 들어가 목발을 엄마에게 넘기면서 벽에 붙어 있는 지지대를 꽉 붙잡았다. 그리고 몸을 천천히 낮추며 변기에 앉으려 했다.

하지만 몸이 약해져서 왼발이 버티지 못하고 무너졌다.

나는 고통스럽게 변기에 쿵 떨어졌다. 엄마가 놀라 숨을 멈췄다. 내가 입고 있던 가운에 오줌을 누자 엄마는 공연히 안달했다. 나는 양손을 들어 올리며 바락바락 소리를 질렀다. 엄마가 말했다.

"괜찮아! 처음 시도한 거잖아. 당연한 거야."

그런 다음 몸을 돌려 소리쳤다.

"간호사? 간호사!"

그리고 다시 나를 보며 위로했다.

"앞으로는 더 쉬워질 거야. 다 잘될 거라고."

하지만 엄마 눈에서 두려움이 보였다. 엄마가 거짓말을 하고 있다는 뜻이다.

"간호사!"

엄마가 또다시 소리쳤다. 더 크게. 더 필사적으로.

간호사가 들어와 얼른 상황을 파악하고서 물었다.

"이런, 가운을 새걸로 가져올까요?"

내가 두 명의 도움을 받아서 몸을 씻고 옷을 갈아입는 데 10분이 걸렸다.

그리고 후들거리며 침대로 돌아가는 데 5분 걸렸다.

내가 이불 안으로 무사히 들어가자 엄마는 내 머리를 뒤로 쓸어 넘긴 다음 이마에 입을 맞췄다.

나는 살며시 미소를 지어 주고서 눈을 감았다. 나는 완전히 무너져 내렸다.

7. 리거 모티스 벤드

리거 모티스 벤드.

400미터 경주에서 몸의 세포들이 딱딱하게 굳어지는 트랙 구간을 말한다.

그 구간을 뛸 때면 숨이 턱밑까지 차고 허벅지는 돌덩이로 변한다.

죽기 살기로 팔을 흔들어 보지만 움직임이 둔해져 납덩이처럼 느껴진다.

어떤 트랙이든 마지막 회전 구간은 리거 모티스 벤드가 된다.

결승선이 눈에 들어오고 온 힘을 다해 그쪽으로 달려가 보지만 바람이 자꾸만 나를 뒤로 밀어낸다. 몸에서는 그만 포기하라는 신호를 보낸다. 온 세상이 슬로 모션으로 돌아가는 것 같다.

이제 내 결심만 남았다. 결심이 근육에 불을 붙인다. 경주를 이어 가라고 다그친다. 이 순간의 고통쯤은 이겨 내라고 몰아세운다.

동료들이 내게 힘을 내라며 소리친다. 힘내라! 힘내라! 힘내라! 넌 할 수 있어!

하지만 동료들의 외침은 거친 숨소리와 땅을 쿵쿵 치는 발소리, 쿵쾅거리는 심장, 그리고 그만 쉬고 싶다는 욕구 때문에 잘 들리지 않는다.

리거 모티스 벤드.

나는 지금 리거 모티스 벤드에서만 하염없이 뛰고 있는 것 같다.

8. 이래야 우리 딸이지

후각이 예민해졌나 보다. 이따금 냄새 때문에 잠에서 깼다. 그건 메스꺼운 병원 냄새가 아니었다.

꽃이었다. 아름답고 풍성한 꽃다발.

누가 보낸 걸까? 엄마가 카드를 하나씩 읽어 주었지만 그래도 모르겠다. 엄마는 코를 킁킁거리며 장미와 카네이션의 냄새를 맡았다. 그리고 이국적인 꽃들은 꼼꼼하게 들여다보았다. 별보기백합, 붓꽃, 패럿튤립, 월하향, 수염패랭이꽃, 애기메꽃, 아마릴리스……. 엄마는 꽃이라면 사족을 못 썼다.

헬륨 풍선들이 잔잔한 공기 흐름에 흔들리거나 똑바로 서 있었다.

'얼른 나아!'

풍선이 내게 명령했다.

얼굴이 동그란 풍선들은 나만의 치어리더 팀이었다. 이들은 뒤에 가만히 있으면서 내가 느끼는 당혹감을 몰래 엿보고 있었다.

'얼른 나아!'

하지만 나는 아픈 게 아니었다. 불구자였다. 장애인. 절름발이.

음식이 들어오자 그 냄새가 꽃향기를 덮어 버렸다. 매시트포테이토. 그레이비 소스를 끼얹은 돼지고기. 그리고 그 옆에 곁들인 다양한 채소.

"먹어 봐."

엄마가 말했다. 나는 주스를 홀짝였다.

"몇 입만이라도."

순전히 엄마를 위해서 매시트포테이토를 먹어 보려 했다. 속이 울렁거렸다. 냄새가 역했다. 나는 쟁반을 밀어내며 말했다.

"피곤해요. 그리고 이것 좀 치워 주세요."

엄마는 쟁반을 들고서 아무 말 없이 나갔다. 나는 눈을 감았다. 어느새 잠이 들었다. 문득 눈을 떠 보니 엄마가 과일 푸딩을 들고 옆에 서 있었다.

"이거 조금만 먹어 보자."

엄마가 푸딩을 숟가락으로 떠서 내 입에 넣어 주었다.

시원하고 산뜻했다.

"고마워요."

내가 들릴 듯 말 듯 조용히 말했다. 입술이 건조해서 갈라져 있었다. 나는 입술에 침을 바른 다음 한입 더 받아먹었다.

"이래야 우리 딸이지."

내가 아예 엄마 손에서 과일 푸딩을 가져오자 엄마는 이렇게 말했다. 그리고 나를 보며 미소 짓더니 같은 말을 되풀이했다.

"이래야 우리 딸이지."

9. 왜 하필 나야?

간호사가 수요일이라고 알려 줬다. 입원한 지 닷새가 되었다.

모르핀은 끊었지만 진통제는 계속 맞았다. 내 머리에는 항상 구름이 꼈었다. 얇은 커튼을 쳐서 새로 들어온 환자의 신음 소리가 들리지 않게 했다.

꽃들이 시들면서 꽃잎을 떨어뜨렸다. 풍선도 늘어지면서 바람이 빠져나갔다.

전화기는 계속 울렸지만 통화할 기분이 아니었다. 어떤 누구하고도.

엄마는 내가 전화를 받아야 한다고 생각했다. 그러나 아빠는 전화 온 사람들에게 내가 아직 준비가 덜 되었다면서 친절하지만 단호하게 전화를 끊었다.

나는 내 동생 케일리하고도 이야기하고 싶지 않았다. 케일리는 여기 자주 왔지만 내가 피곤하다며 대화를 피했다.

나는 항상 강한 사람이어야 했다. 그런데 동생한테 무슨 말을 해야 하지? 다른 사람들에게는? 얘들아, 걱정하지 마. 난 괜찮을 거야. 하지만 정작 내가 하고 싶은 말은 이거였다. 왜 하필 나야? 왜, 하필, 나냐고!

10. 피오나

물리치료사가 들어와서 목발을 짚고 의자에 가서 앉으라고 했다.

물리치료사가 내 양쪽 다리와 팔 스트레칭을 하는 동안 엄마는 옆에서 이 과정을 쭉 지켜봤다. 물리치료사는 내게 신축성 있는 근력 밴드를 이용한 운동과 웨이트 트레이닝을 시켰다. 그리고 수건을 이용해 팔다리를 스트레칭하고 튼튼하게 만드는 방법을 보여 주었다.

내가 신경 쓰지 않자 물리치료사가 말했다.

"몸을 계속 움직여야 해. 할 수 있는 한 많이."

나는 진이 다 빠지고 숨도 가빴다. 그래서 침대로 돌아가 물리치료사가 빨리 가 버렸으면 좋겠다고 간절히 바랐다.

마침내 물리치료사가 떠나고 조심스럽게 문 두드리는 소리가 들렸다. 내 절친 피오나가 커다란 테디베어를 들고 서 있었다. 그 테디베어는 '얼른 나아'라고 쓰인 티셔츠를 입고 있었다. 엄마는 나를 쳐다보더니 피오나에게 들어오라는 손짓을 보냈다.

"너도 친구를 만나야지."

엄마가 내게 속삭였다. 그리고 밖으로 나가면서 피오나한테도 소곤거렸다.

"너무 오래는 말고, 알았지? 아직은 좀 몸이 안 좋거든."

피오나가 살며시 웃었다. 나는 예쁘게 꾸민 피오나를 보았다. 이미 금발로 물들인 머리에 더 밝은색으로 힘을 준 부분 염색. 거기에 어울리는 파란색 후

드티와 반바지. 운동화.

그리고 그 다리. 햇볕에 그을린 길고 매끄러운 다리.

다리가 그렇게 아름다울 수 있는지 예전엔 미처 몰랐다.

나는 피오나의 다리를 뭐에 홀린 듯 쳐다보았다. 피오나가 그런 나를 봤다.

"이런, 난 정말 바보야!"

"아니야, 괜찮아."

"아니야, 난 정말 바보라니까!"

"이렇게 멋진 곰 인형을 들고 왔는데도?"

나는 이렇게 말하며 진심으로 방긋 웃었다.

"그 애 이름은 루커스야. 네가 다른 이름으로 지을 게 아니라면 말이지. 그 냥 루커스처럼 생겨서 지금껏 그렇게 불렀어. 지금 스무 번째 만에 너를 만난 거야. 올 때마다 만날 수 없다고 했거든. 그 전까진 매번 긴바지를 입고 왔는 데! 나는……, 그러니까……."

피오나가 별안간 울음을 터뜨렸다. 그런 다음 내게 달려들더니 나를 꼭 껴 안았다. 나를 생전 처음 안아 보는 것처럼.

"마음이 너무 아파, 제스. 무슨 말을 해야 할지 모르겠어. 어떻게 해야 하는 지도. 너무 무서워. 그리고 네가 무척 보고 싶었다고!"

나도 피오나를 꼭 껴안았다. 목이 꽉 메었다. 간신히 입을 열었다.

"나도 무슨 말을 해야 할지 모르겠어. 그리고 어떻게 해야 하는지도. 나는 여기서 죽어 가고 있어."

눈물이 뺨을 타고 흘렀다. 우리는 서로를 마주 보았다.

"너는 죽어 가고 있지 않아. 너는 살아 있다고!"

피오나가 나를 또다시 세게 끌어안았다.

"살아 있어서 정말 다행이야! 나머지는 전부 다 끔찍해. 정말 끔찍하고, 끔찍하고, 끔찍한 일이야!"

피오나가 팔을 풀며 말을 이었다.

"만약에 너랑 루시랑 상황이 바뀌었다면, 나는 아마 죽었을걸!"

"루시?"

순간 허공에 무언가가 보이는 듯했다.

그리고 기억이 났다. 마침내.

내 앞에 앉은 루시. 그 불빛. 그 소리들. 비명. 박살 나는 소리.

숨이 한 번 막혔다가 다시 돌아왔다. 그리고 고통.

어딘가에 끼어 뒤틀리고 부서진 내 발. 그런 다음 찾아온 어둠.

다행히도, 고통이 없는 어둠이었다.

11. 루시

"제시카! 괜찮아? 제시카! 나 좀 봐!"

피오나의 목소리에 정신이 돌아왔다.

"루시는 어떻게 됐어?"

내가 간신히 물었다. 하지만 피오나가 뭐라고 대답할지는 충분히 짐작이 갔다.

"너, 몰랐어? 이런. 난 정말 바보야. 네가 분명 알고 있다고 생각했거든."

"죽었어?"

피오나가 고개를 끄덕이며 눈물을 참았다. 그러다 불쑥 말했다.

"그래도 고통받진 않았어. 머리를 부딪쳤고, 그냥 그렇게…… 갔지."

병실이 빙글빙글 돌았다.

루시. 상냥한 애였는데. 루시는 친구를 사귀기 위해 올해 처음 육상 팀에 가입했다. 나는 마음의 준비를 하고서 물었다.

"또 있어?"

"아니. 다른 애들은 긁히고 멍들고 상처가 난 것 정도."

피오나는 진지했다. 나는 잠시 내 다리도 잊고 있었다. 내가 물었다.

"우리 아빠가 그러던데, 우리 학교 버스 들이받은 남자, 죽었다고."

그러자 피오나가 말했다.

"그 사람은, 그래도 마땅해! 그 사람…… 술 마셨어?"

"분명 그랬을 거야! 그 사람은 폐차를 한 짐 싣고서 폐차장으로 가고 있었어. 그것도 브레이크가 고장 난 차를 몰고! 그러다가 방향을 잘못 돌려서 길을 벗어났지. 그렇게 도로 경사면을 고속으로 달리다가 우리를 덮친 거야. 무책임한 짓이지. 학교 버스를 공격한 거라고!"

공격. 정확한 표현이었다. 피오나가 내 이불을 쳐다보았다.

"저기…… 나 봐도 돼?"

피오나가 얼굴을 일그러뜨리며 말을 이었다.

"꼭 보여 줄 필요는 없어. 내가 또 바보 같은 짓을 한 걸까?"

나는 잠시 생각한 다음 이불을 잡아 젖혀 다리를 드러냈다. 피오나의 얼굴이 내 침대보보다 더 하얗게 질렸다. 나는 다시 이불을 덮으며 말했다.

"붕대를 풀고 있을 때 봐야 하는데."

"다리를 붙일 수는 없었을까?"

피오나의 목소리는 꽉 잠겨서 거의 들리지도 않았다. 내가 대답했다.

"그러기엔 이미 많이 망가졌으니까."

기분이 이상했다. 내가 울어야만 할 것 같았다.

"너희들 괜찮은 거니?"

엄마 목소리에 우리는 둘 다 입을 꾹 다물고 있었다.

"나는…… 이만 가 볼게."

피오나가 나를 오랫동안 꼭 안아 준 다음 조용히 속삭였다.

그리고 햇볕에 그을린 길고 매끄러운 다리로 병실 문을 나섰다.

12. 케일리

낮에는 기진맥진해 있고 밤에는 잠을 이루지 못해 정신이 계속 몽롱했다. 간호사들은 내게 진통제를 주었다. 그래야 잠을 잘 수 있었기 때문이다.

의사 선생님은 아침마다 와서 격려를 아끼지 않았다.

"제시카, 경과가 아주 좋아. 잘 낫고 있어. 계속 이렇게 해 보자."

물리치료사가 절단 부위를 어떻게 관리해야 하는지 가르쳐 주었다.

나는 그 부위를 깨끗이 소독하는 법부터 배워야 했다. 상처에 약을 바르고 붕대를 감는 법도 배워야 했다. 마사지를 하고 통증에 둔감해지는 법도 배워야 했다. 절단면을 보고 토하지 않는 법도 배워야 했다.

그리고 마침내 병실에 온 케일리와 얼굴을 마주 대했다.

"집에는 언제쯤 올 거야?"

"글쎄, 꼭 가야 하나?"

내가 젠체하는 미소를 띠며 말했다.

"여기엔 내 손과 발이 되어 줄 사람들이 가득하거든. 나를 따라다니며 깨끗이 씻겨 주고 마사지도 해 준다고. 집에 가면 네가 해 줄 거야?"

케일리는 내 말이 농담인지 진담인지 헷갈려했다. 그래서 나는 케일리를 끌어당겨 속삭였다.

"가능한 한 빨리 갈게, 알았지?"

그런 다음 케일리를 살짝 떼어 놓고서 물었다.

"셜록은 어때? 네가 나 대신 산책시키고 있는 거야?"

"아니, 아빠가."

"흐음, 너도 좀 데리고 나가서 산책시켜 줘. 오랫동안 집에만 갇혀 있으면 내 신발을 전부 물어뜯어서 엉망으로 만들 거라고."

나는 능글능글 웃으며 말을 이었다.

"그래, 기분이다. 오른쪽 신발들은 씹게 놔둬. 대신 왼쪽 신발은 근처에도 못 가게 해."

케일리는 웃지 않았다. 이렇게까지 애쓴 내가, 멍청하게 느껴졌다. 케일리는 내 다리를 볼 수 있냐고 묻지도 않았다. 그저 나를 좀 더 안아 준 다음 사랑한다고 말했다. 그리고 우리는 카드 게임을 했다. 어느새 엄마가 케일리에게 살며시 다가가 이제 가야 할 시간이라고 알려 주었다.

"위험한 곳엔 가까이 가지 마! 내 옷장에도 가까이 가지 말고! 내 옷 입으면 안 된다고, 알았어? 야, 내 말 듣고 있는 거야? 이제 곧 집에 갈 거니까, 내 물건 가져갈 생각은 꿈도 꾸지 마!"

케일리가 아빠랑 나가자 엄마는 내게 다가와 조용히 말했다.

"우리 딸, 잘했어. 아주 멋져."

"고마워요."

엄마한테 말했다. 하지만 이 말 한마디를 힘들게 내뱉고 나자, 가슴은 와르르 무너지는 것 같았다. 강한 척 애쓰느라 완전히 지쳐 버렸다.

13. 개빈

엄마도 아빠도 심지어 피오나까지 내게 물리 치료를 시켰다.

"너랑 같이 학교에 가고 싶단 말이야! 그러니까 얼른!"

피오나와 물리 치료를 하면서 숨을 헐떡이고 있을 때 전화가 울렸다. 피오나가 얼른 낚아채며 말했다.

"제시카 칼라일의 병실입니다. 저는 바틀릿 간호사니 말씀하세요."

피오나가 알겠다는 듯 생글거리더니 '오' 하는 입 모양을 만들며 나를 쳐다봤다. 피오나의 눈이 동그래졌다.

"잠시만 기다려 주세요."

피오나가 전화기의 송화구를 손바닥으로 막은 채 내게 건넸다.

"개빈 밴스야!"

나는 전화기를 들었다.

"제시카? 나야, 개빈."

막상 개빈의 목소리를 듣자 당황해서 아무 말도 나오지 않았다.

"어……, 나, 개빈 밴스라고."

개빈은 어떻게 자기를 바로 알아차리지 못할까 의아해하는 것 같았다.

"아, 그래."

"저기……, 그냥 말해 주고 싶었어. 그러니까…… 네가……."

"곧 다시 일어날 수 있을 거라고?"

그러자 개빈이 웃었다. 안도감이 섞인 다소 긴장한 웃음.

"그렇지 뭐. 나한테 달리 무슨 말을 하겠니? 안 그래?"

"그래."

개빈이 이렇게 말하며 또 긴장한 웃음소리를 냈다. 그리고 덧붙였다.

"모두 그 사고를 끔찍하게 여기고 있어."

"그래도 나만큼은 아닐걸?"

내가 짓궂게 놀리며 말하자 개빈이 또 웃었다.

"있잖아, 내가 학교 신문에 기사를 하나 쓰려고 하는데……."

"그 사고로?"

"응, 여러 소문이 떠돌고 있거든. 그리고……."

순간 온몸이 화끈 달아올랐다.

"학교 신문 기사 때문에 그 악몽을 다시 떠올리고 싶진 않아. 알겠어?"

"아, 미안! 정말 미안해. 난 그냥 궁금해서…… 아니, 모두 궁금해하고 있어. 네가 학교에 언제 나오는지 말이야."

나는 여전히 화끈거렸다. 몸이 바들바들 떨렸다.

"잘 모르겠어. 한동안 못 가겠지."

아무리 개빈 밴스라 하더라도 이만 전화를 끊고 싶었다.

"물리 치료를 하던 중이어서 말이야. 그럼, 안녕."

전화 통화를 끝내자 피오나가 야단법석을 떨었다.

"우와, 개빈 밴스가 너한테 전화를 했어! 드디어 꿈이 이뤄졌네."

내가 다리를 잃어서 개빈의 관심을 끈 거였다면, 차라리 무시당하는 편이 더 나았다. 진짜로 그게 더 나았다.

14. 환상 통증

엄마는 앤절로 식당의 로고가 그려진 쇼핑백을 들고 들어왔다.

"라자냐예요?"

내가 묻자 엄마는 쇼핑백을 열며 활짝 웃었다.

"당연하지."

냄새가 끝내줬다. 입원한 이후로 배가 고픈 건 처음이었다.

정말 배가 고팠다.

"우와, 고마워요."

엄마가 병원용 식탁을 밀어서 내 무릎 위쪽에 둘 수 있도록 나는 침대에서 일어나 앉았다. 그렇게 하는 데에도 동작을 몇 번이나 나눠서 조금씩 움직여야 했다. 절단 부위가 아직 물렁물렁했기 때문이다. 나는 아직도 이런 상황에 화가 치밀었다.

병원 규정상 나는 가운을 입어야 했다. 그래서 내가 몸을 일으켜 앉는 동안, 엄마는 냅킨 한 장을 탁탁 펴 그걸 내 가운 목둘레에 둘렀다. 그리고 모든 것이 준비될 때까지 공연히 어수선하게 굴었다. 나는 라자냐를 한입 가득 먹었다.

"엄마, 정말 맛있어요."

내가 만족스러운 얼굴로 미소 지으며 말했다.

엄마는 안도하는 모습이었다. 나는 맛있는 척하지 않아도 되어 행복했다.

앤절로 식당의 라자냐는 여느 때와 마찬가지로 맛있었다. 하지만 이 순간에는 지금껏 먹어 본 음식 중 최고였다. 나는 눈을 감고서 그 맛을 음미했다.

순간 다리에서 참을 수 없는 고통이 느껴졌다. 눈을 번쩍 뜨고 소리 질렀다.

"다리에서 손 떼요!"

하지만 엄마는 다리 근처에도 있지 않았다. 바로 내 옆에 서 있었다. 나는 울부짖었다.

"뭔가가 다리에 있어요! 얼른 떼 주세요!"

엄마는 내 다리랑 이불을 꼼꼼히 살핀 다음 말했다.

"아무것도 없어. 진짜로 없어!"

나는 뒤로 비스듬히 기댔다. 식탁 너머를 내 눈으로 볼 수는 없었지만 엄마가 이상해진 건 분명했다. 통증은 실제로 느껴졌다. 그것도 아주 강하게. 정강이에 있는 뭔가가 내 발을 비틀고 있었다!

식탁을 옆으로 탁 밀어냈다. 그제야 내겐 정강이가 없다는 사실이 떠올랐다. 그리고 발도.

"또, 환상 통증 아닐까?"

엄마가 조용히 물었다.

나는 고개를 끄덕인 다음 평평하게 펴진 이불을 뚫어지게 쳐다보았다. 그곳엔 내 발이 있어야 했다. 환상 통증이 올 때마다 나는 자제력을 잃었다. 통증은 예고 없이 나타났고 항상 달랐다. 어쩔 땐 없어진 다리 쪽이 타는 듯했다. 어쩔 땐 찌르는 듯했고 어쩔 땐 비틀 듯 아팠다. 이 모든 게 동시에 나타날 때도 있었다. 다리 신경은 끊어졌지만 여전히 뇌와 연결되어 있었다.

"간호사 부를까?"

활기 넘치던 엄마의 얼굴은 어느새 창백해져서 걱정하는 얼굴로 바뀌어 있었다.

"괜찮아요. 좋아지고 있어요."

하지만 나는 숨을 헐떡이고 있었다. 온몸이 땀에 흠뻑 젖어 있었다. 엄마 입술이 바르르 떨렸다.

"정말이야?"

나는 고개를 끄덕이며 식탁을 다시 내 쪽으로 끌어당겼다. 그리고 조금 있다가 배가 고픈 척했지만, 실제론 아니었다. 통증 때문에 속이 울렁거렸고 식탁 너머로는 여전히 내 다리가 느껴졌다.

통증은 곧 사라질 것이다. 하지만 다리가 거기 계속 붙어 있다고 우기면서 나를 끊임없이 아프게 할 것이다.

15. 8일째 새벽

몸을 뒤척여 시계를 확인했다. 그리고 의자도.

새벽 4시 28분.

의자는 비어 있었다.

나는 엄마한테 이제 더는 밤에도 병실을 지킬 필요가 없다고 말했다. 나는 괜찮다면서. 확신에 찬 목소리로 말했다.

엄마는 내 말을 믿고 싶어 했다.

내가 엄마를 원하는 만큼이나 그렇게.

엄마 눈 밑에는 다크서클이 생겼고 눈은 퀭하게 들어갔다. 엄마에게 필요한 건, 내가 괜찮아지는 거였다.

"제시카, 차라리 엄마랑 바꿀 수 있었으면 좋겠다. 지금 당장이라도."

의사들이 내 다리를 보며 더는 가망이 없다고 설명했을 때 엄마는 이렇게 말했다. 그리고 나는 알았다. 엄마가 그날 이후로 매일같이 이런 생각을 한다는 걸.

내 잃어버린 다리를 되돌릴 수만 있다면, 엄마는 자기 다리 두 개쯤은 포기할 것이다.

그건 내가 더 잘 알았다.

하지만 엄마는 그럴 수 없었다. 그리고 나는 엄마가 의자에서 잠자는 게 싫었다.

그래서 엄마는 집에 갔고 나는 혼자 남았다.

갇혀 있는 느낌이었다.

두려웠다.

화가 났다.

그래서 울었다.

조용히 흐르는 눈물이 뜨겁게 느껴졌다. 눈물은 흘러서 내 귀에 고였다.

하지만 울어 봐야 바뀌는 건 없었다.

눈물을 훔친 다음 다시 한번 시계를 확인했다.

새벽 4시 32분.

다리를 잃은 지 8일째 되는 날이었다.

그리고 영원히 그렇겠지.

피오나가 검은색 레깅스에 하늘거리는 보라색 윗도리를 입고 왔다. 굽이 있는 신발도. 피오나가 즐겨 입는 옷은 확실히 아니었다.

"교회 갔다 온 거야?"

피오나가 고개를 끄덕였다. 엄숙한 표정으로. 그리고 지금 보니 피오나의 눈 주위가 빨갛게 부어 있었다. 내가 목소리를 낮추며 말했다.

"루시 추도식이었구나. 깜빡했네."

"끔찍했어. 사람들은 감동적이다, 훌륭하다, 완벽하다고 말했지만, 나한텐 끔찍한 추도식이었어. 루시를 커다랗게 확대한 사진이 걸려 있었고 꽃들이 여기저기 있었지. 사람들은 자리에서 일어나 루시랑 있었던 재미난 일들을 이야기했어. 루시가 6학년 때 신었던 발레화를 전시하고 루시가 가장 좋아했던 스카프로 연단 위를 덮었지. 나는 커다란 사진만 뚫어지게 봤어."

나는 루커스 인형을 피오나에게 건넸다. 피오나가 그 인형을 꽉 끌어안더니 흐느끼기 시작했다.

"왜 루시가 죽어야 했지? 왜, 왜, 왜?"

내가 아직 살아 있다는 것에 감사해야 한다는 걸 알면서도, 어찌 된 일인지 그런 마음은 들지 않았다. 루시는 정말 운이 좋은 아이라는 생각을 지울 수가 없었다. 루시에겐 고통도 재활도 없었다. 장애인의 생활을 배우지 않아도되었다. 그저 평화로운 안식만이 있었다.

17. 메릴

피오나는 울어서 미안하다고 했다. 그런 다음 나를 꼭 안더니, 내가 살아 있어서 얼마나 다행인지 모른다고 말했다.

갑자기 피오나가 분위기를 바꾸며 소리쳤다.

"아, 맞다! 맞다! 맞다!"

"왜 그래?"

내가 웃으면서 물었다. 피오나가 눈을 크게 떴다. 나는 이게 무엇을 의미하는지 알았다.

"맞춰 봐. 추도식에서 개빈한테 기대서 위로받은 사람이 누구였을 것 같아?"

"개빈한테 기대서 위로를 받아? 그럼, 루시랑 친구였던 애야?"

"아니! 그 애는 루시를 완전히 무시했다고!"

"그렇다면……."

그냥 말해 주면 좋으련만 피오나는 스무고개를 시작했고 나는 고작 질문 하나를 던졌을 뿐이다.

"……우리 팀원이야?"

피오나가 고개를 크게 끄덕였다.

"단거리 주자?"

피오나가 고개를 흔들었다.

"중거리? 장거리?"

고개를 흔들고, 또 흔들었다.

"그럼 필드 경기?"

끄덕끄덕.

"멀리뛰기? 높이뛰기? 원반던지기?"

흔들. 끄덕. 흔들.

순간 번개처럼 스치는 이름이 있었다.

"메릴?"

"그렇다니까! 참 나, 기가 막혀서. 메릴 에이브럼스가 운동선수도 아닌 남자를 쫓아다니다니."

"그런데 확실해? 그냥 루시를 애도하러 온 게 아니었을까?"

"흥, 메릴은 그러고도 남을 애야. 그 애의 아주 전형적인 수법이라고."

피오나가 얼굴을 찡그리며 말을 이었다.

"그 애가 개빈한테 얼마나 매달려 있었는지 네가 봤어야 해! 개빈이 옆에 없으면 마치 죽거나 기절하거나…… 아니면 터져 버릴 것처럼 난리를 쳤다니까. 그러면서 뭐라고 했는지 알아? 그 끔찍하고 참담한 날만 생각하면 견딜 수가 없대. 세상에, 그게 말이 되냐고. 자기는 그 버스에 타지도 않았으면서!"

피오나의 얼굴이 고통으로 일그러졌다.

전부 사실이었다. 그때 그 대회는 특별히 초대받은 선수들만 참가할 수 있는 대회였고, 메릴한텐 참가 자격이 없었다. 사실 메릴은 그런 것에 전혀 개의치 않았다. 메릴이 육상 팀에 계속 있는 건, 내년 대학 입학원서에 '육상 팀 참여'를 적어서 점수를 얻기 위해서라는 걸 모두 알고 있었다. 그리고 우리 학교에서 육상은 선수를 자르지 않는 유일한 운동 경기였다.

"개빈은 똑똑하니까 그런 것에 넘어가지 않을 거야. 그런데 대런은 어쩌고?"

내가 묻자 피오나가 어깨를 으쓱했다.

"글쎄, 대런한테 질렸나 보지. 그 속을 누가 알겠어."

"그런데…… 개빈이라고? 메릴이 어떻게 그쪽으로 갈아탔지?"

그러자 피오나가 콧방귀를 뀌며 말했다.

"개빈이 운동선수는 아닐지 모르지만 시장 아들이잖아. 그리고 요즘 완전히 뜨는 애니까. 특히 턱수염을 기르고 나서는 더."

"뭐? 턱수염?"

"응, 잘 어울려. 감각 있어 보이고."

"이런 이야기들을 듣고 있으니까 기분이 참 좋구나."

내가 낮은 소리로 투덜거렸다.

"미안! 난 그냥 말했을 뿐이야. 메릴 이야기니까. 터무니없는 일이기도 하고. 그런데 아무래도 개빈은 메릴 수작에 넘어갈 것 같지?"

피오나가 숨을 크게 들이마시더니 말을 이었다.

"그나저나 넌 언제 여기서 나올 거야? 너 없이 학교 가는 거 이제 지긋지긋하단 말이야!"

순간 가슴이 찌르르 저렸다. 아빠도 내가 학교로 돌아가야 한다고 말했지만 나는 그것을 상상할 수 없었다. 너무 두려웠다. 학교 학생들을 만날 생각만 해도, 걸어 다니는 사람들을 볼 생각만 해도, 서둘러 계단을 오르내리는 사람들을 지켜볼 생각만 해도, 수업이 끝나고 친구들이 달리기를 위해 트랙에 모일 거라는 생각만 해도 그랬다.

나는 눈길을 돌리며 말했다.

"의사 선생님이 집에 곧 갈 수 있을 거라고 하긴 했는데, 학교는 잘 모르겠어."

내 목소리는 점점 기어 들어갔다.

"집에서 홈스쿨링을 해야 하지 않을까 생각 중이야."

"홈스쿨링? 인터넷으로? 안 돼. 절대로. 그건 너한테 최악의 일이 될 거라고!"

피오나가 몸을 앞으로 숙이며 말을 이었다.

"있잖아. 내가 너를 뒤에서 밀어 줄 거야. 너는 할 수 있어!"

처음엔 피오나가 어떻게 해서든 나를 학교에 보낼 거라고 말하는 줄 알았다. 나를 뒤에서 밀어서 내가 세상과 대면하도록 말이다. 그러다가 겨우 피오나의 말뜻을 알아차렸다.

"뒤에서 밀어 줄 거라고? 그러니까 나를 휠체어에 태워서?"

"당연하지! 목발로 학교를 돌아다니면 힘들다고. 그리고 얼마 안 있으면 의족도 맞출 거잖아, 안 그래? 그러니까 내가 네 수업에 맞춰서 교실에 데려다줄게. 어렵지 않을 거야!"

어찌 된 일인지 루커스 인형이 내게 돌아와 있었다. 나는 완전히 겁에 질려서 루커스를 꽉 끌어안고 있었다.

나는 혼자서 화장실을 이용하는 방법도 아직 알아내지 못했다.

그런데 과연 학교생활을 감당할 수 있을까?

18. 빨간 루비 구두

철심을 모두 제거했다. 웰스 의사 선생님은 내가 선생님 담당 환자 중에서 가장 빨리 회복한 환자라고 치켜세웠다.

"제시카, 잘했어. 대견하구나."

나는 소리를 꽥 지르고 싶었다. 저는 아무것도 안 했어요! 그냥 가만히 있었다고요!

의사 선생님을 마구 때리고 싶었다. 그것도 아주 세게.

내 다리를 잘라 냈으니까.

그리고 나를 무슨 환자들 계의 스타인 것처럼 대해 주면서 응원해 줬으니까. 실제로 나는 그저 화만 버럭 내는 한심한 투덜이인데.

그런 다음 의사 선생님이 내게 마법 같은 말을 했다. 나는 지금껏 그 말을 간절히 바라고 있었다. 나는 그 말을 무서워하고 있었다. 나는 그 말을 절대로 듣지 못할 거라 생각했다. 그런데 지금 의사 선생님이 별안간 그 말을 했다.

"이제 집에 가도 되겠구나."

"오늘요?"

내가 목멘 소리로 물었다.

의사 선생님이 고개를 끄덕였다.

"물리치료사의 시험을 전부 통과하면."

의사 선생님이 나를 보며 말을 이었다.

"절단 부위를 청결하게 잘 관리할 수 있지? 압박 양말 교환해 주는 것도?"

나는 고개를 끄덕였다.

"목발을 짚고 이 병실을 왔다 갔다 할 수 있니? 계단 네 개 정도 오르내리는 거랑 서 있다가 앉는 거, 그리고 안전하게 쓰러지는 것도?"

전부 다 물리치료사가 나한테 시키던 것들이었다. 살짝 후들거리긴 했지만 할 수 있었다. 그래서 고개를 끄덕였다.

"그러면 집에 갈 수 있을 거야."

의사 선생님한테 고마워해야 한다는 건 나도 알았다. 하지만 의사 선생님이 집에 갈 수 있을 거라고 말하는 순간 〈오즈의 마법사〉가 생각났다. 그러면서 도로시가 신던 빨간 루비 구두가 떠올랐다. 나는 그 빨간 루비 구두의 뒤축을 딸깍거릴 수 없었다. 왜냐하면…… 왜냐하면 나는 그럴 수 없으니까. 비록 그 구두가 내 머릿속에만 있고, 그저 영화에 등장한 소품에 불과하더라도, 그 구두는 내 마음속에서 반짝이고 있었다. 갑자기 나는 아주 간절하게 구두 뒤축을 딸까닥거린 다음 내 침대에서 일어나고 싶어졌다. 양쪽 다리로.

"집만큼 좋은 곳은 없지. 집만큼 좋은 곳은 없지."

의사 선생님이 떠나자 나는 조용히 속삭였다.

하지만 빨간 루비 구두는 없었다.

내 침대에서 일어나는 일도 없었다.

흉측하고 쓸모없는, 잘린 내 다리와 나만 있을 뿐이었다.

19. 퇴원

나는 땀으로 흠뻑 젖었다. 붕대를 더 감고서 핀으로 고정한 오른쪽 다리도 땀에 젖었다. 나는 이번에 처음 만난 물리치료사에게 '안전하게 쓰러지는 법'을 보여 주고 있었다. 그때 엄마가 나타나 깜짝 놀라며 물었다.

"괜찮니?"

"네."

나는 이렇게 말하며 자리에서 일어나 '회복하는 법'을 보여 주었다. 그리고 엄마한테 말했다.

"방금 마지막 시험에 통과했어요."

"이제 집에 가는구나."

엄마가 소리를 지르며 제자리에서 빙글빙글 춤을 추었다. 그런 다음 휠체어 손잡이를 움켜쥐고 휠체어를 거의 내 무릎 밑으로 밀어 넣었다. 그러고는 내 정수리에 쪽, 쪽, 쪽 입을 맞췄다. 내가 어렸을 때 해 줬던 것처럼.

"제시카 엄마신가 봐요."

물리치료사가 웃으며 말했다.

"네, 맞아요. 제가 바로 제시카 엄마예요!"

엄마는 그게 뭐 대단한 훈장이라도 되는 것처럼 대답했다.

물리치료사가 빙긋 웃었다.

"저도 무척 기쁘네요. 제시카가 퇴원에 필요한 기능적 목표들을 전부 완수

했다고 기록할 수 있어서요."

물리치료사가 나를 평가하면서 들여다봤던 종이에 뭐라고 휘갈겨 쓰더니 말을 이었다.

"앞으로는 재활 센터에서 볼 수 있겠네요."

물리치료사가 엄마한테 팸플릿과 서류 한 묶음을 넘겨주었다. 그리고 나한테는 앞으로 잘해 보자며 의례적인 말들을 건넨 다음 자리를 떴다.

엄마가 내 물건들을 가방에 싸는 동안, 나는 휠체어에 앉아서 루커스 인형을 무릎에 올려놓고 있었다. 하지만 한 시간 반이나 지나서야 간호사가 나타나 내 휠체어를 밀어서 나를 복도로 데려갔다.

엄마는 내 휠체어를 밀면 안 되었다. 내가 혼자서 밀어도 안 되었다.

병원 측은 나를 여기서 무사히 내보내고 싶어 하는 것 같았다. 병원 안에서 누군가 굴러떨어지는 건 도저히 용납할 수 없는 것 같았다.

아빠는 병원 현관의 커다란 유리문 밖에서 기다리고 있었다. 아빠는 좀 작은 크기의 휠체어를 붙들고 있었다. 보아하니 그건 내 거였다.

"제시카!"

아빠도 행복해 보였다.

"아빠."

눈물이 핑 돌았다. 오래간만에 본 아빠의 진짜 미소였다.

나는 나무랄 데 없이 완벽하게 병원 휠체어에서 내 휠체어로 옮겨 탔다. 우리는 간호사한테 작별 인사를 한 다음 주차장에 있는 아빠 승합차로 갔다.

엄마 아빠는 미소 지으며 정답게 속삭였다. 내가 조수석 문을 열고서 그 안으로 어떻게 몸을 '옮겨' 타야 하는지 고민할 때까지는 그랬다. 조수석 의자는 너무 높았다. 몸을 휙 날려서 들어갈 수도 없었다. 깡충 뛰어서 그 안에 쏙 들어갈 수도 없었다. 승합차 몸체를 양팔로 잡고서 몸을 들어 올려 안으로 들어갈 수도 없었다. 목발이 있기는 했지만, 이런 상황에선 어떻게 사용해야 하는지 몰랐다.

나는 그냥…… 당황했다.

엄마가 도와주려고 애썼지만, 솔직히 방해만 되었다. 아빠가 휠체어를 접어서 트렁크에 넣었다. 루커스 인형과 내 짐도 같이 넣었다. 그리고 조수석에 어떻게 올라타야 하는지 고민하는 나를 보더니 그냥 두 팔로 들어 올려 앉혔다.

"앞으로 방법을 찾아낼 수 있을 거야."

엄마가 내 손을 토닥이며 안심시켰다.

"다른 것들도 다 방법을 찾아낼 수 있을 거야."

엄마가 내 뺨에 입을 맞췄다.

"자, 이제는 집으로 데려다줄게!"

엄마는 이렇게 말하고 아빠한테 집에서 보자고 말한 다음 엄마 차로 떠났다.

아빠가 승합차의 시동을 걸었다. 그리고 내게 애써 미소를 보였다. 하지만 아빠의 눈빛은 또다시 어두워져 있었다. 아빠도 나랑 같은 생각을 하는 게 분명했다.

앞으로 쉬운 일은 없을 것이다.

더는.

20. 집

차가 하켄 거리로 들어서자 심장이 미친 듯 쿵쾅거리기 시작했다.

이유는 알 수 없었다.

아빠는 차를 달팽이처럼 천천히 몰았다. 조심스럽게 방향을 바꾸고, 흔들림 없이 차를 세우며, 제한 속도 밑으로 달렸다. 아빠는 내가 흔들리다 부딪치는 걸 두려워하는 걸까, 아니면 내가 집에 가는 걸 두려워하는 걸까.

마침내 우리는 엄마 차 뒤에 우리 차를 세웠다. 우리 집을 찬찬히 둘러보니 옛 기억이 하나씩 떠오르며 여러 감정이 마구 뒤섞여 몰려왔다.

화단에 만들었던 진흙 성들. 현관 지붕 밑에서 하던 숨바꼭질. 아빠가 보조 바퀴를 떼어 준 내 자전거. 축구공. 훌라후프. 스프링클러들 사이로 달리기. 새끼 때 자기 꼬리를 쫓으며 빙글빙글 돌던 셜록. 2층 내 방 창문 밖으로 내려오다가 땅에 떨어져서 키득거리며 웃던 피오나와 나.

그러다 나는 마당에 경사로가 새로 생겼다는 걸 알아차렸다. 그 경사로는 현관 계단 왼쪽에 놓여 있었다. 현관 계단 오른쪽에는 파이프로 만든 가드레일이 설치되어 있었다. 들뜬 마음으로 집에 들어가려 했는데, 그것들을 보니 기분이 팍 상했다. 나는 아빠를 보며 말했다.

"계단으로 갈 수 있어요. 경사로는 필요 없다고요."

아빠를 비난할 생각은 아니었지만, 화난 목소리로 말했다.

"임시야. 의족을 맞출 때까지만."

나는 목발을 집어 들며 말했다.

"그때까지 목발을 짚거나 한 발로 뛰면서 올라가면 된다고요."

나는 조수석의 문을 반항적으로 열어젖혔다. 그리고 보도 가장자리에 놓인 갓돌들을 물끄러미 내려다봤다. 나는 속으로 말했다. 할 수 있어. 넌 할 수 있어. 올라가는 것보다 내려가는 게 더 쉽다고.

하지만 갓돌은 멀리 떨어져 있는 것처럼 느껴졌다. 순간적으로 공포에 휩싸였다. 아빠는 이미 차에서 내려 내 옆에 와 있었다. 그리고 나를 들어 올리면 상황이 더 악화될 뿐이라는 걸 이해한 눈치였다. 아빠는 내게 내려오는 방법을 가르쳐 주었다.

"여기 손잡이랑 차체를 잡고 내려와 봐. 한번 해 보면 방법을 알 수 있을 거야."

나는 아빠를 내 코치로 삼기로 했다. 그래서 목발을 내려놓고 아빠 말대로 몸을 휙 움직여 밑으로 내려왔다.

"어때, 괜찮지?"

아빠가 웃으며 말했다.

엄마가 집에서 뛰어나오며 소리쳤다.

"우리 딸, 왔구나!"

하지만 아빠는 엄마한테 진정하라는 신호를 보냈다. 내가 목발을 겨드랑이에 끼우고 있었기 때문이다.

내가 한 걸음 앞으로 내디딜 때마다 엄마가 말했다.

"어······, 어······."

엄마는 걱정하고 있었다. 내가 휠체어를 탔으면 했다. 내가 절뚝거리며 걸어

가는 동안, 옆에서 나를 걱정스레 바라보는 엄마의 눈길을 나는 모르는 척했다. 그리고 그런 엄마를 아빠가 뒤에서 잡아끌고 있다는 걸 느낄 수 있었다.

계단에 다다르자 나는 목발을 모두 왼손으로 옮긴 다음 오른손으로 가드레일을 거머쥐고 껑충 뛰어올랐다.

계단 하나. 몸이 휘청거렸다.

계단 둘. 왼손으로도 가드레일을 잡아야만 할 것 같았다.

계단 셋. 나는 계단참에서 몸을 가누고 다시 목발을 짚고서 걸었다.

현관에 있는 방충 문을 열었다. 그런데 놀랍게도 전혀 걸리적거리지 않았다. 아빠가 자동 닫힘 기능을 없앴기 때문이다. 덕분에 방충 문은 쉽게 열렸을 뿐만 아니라 열린 채로 얌전히 있었다.

나는 곧이어 현관문을 밀어서 열고는 문턱을 넘었다. 힘들어서 몸이 부들부들 떨렸다. 절단 부위가 욱신욱신 쑤셨다. 그냥 그대로 주저앉고 싶었다.

순간 어떤 냄새가 났다. 양파와 오레가노, 그리고 마늘 냄새. 엄마가 만든 스파게티 소스가 가스레인지에서 데워지고 있었다.

나는 목발을 짚고 몇 걸음 더 간 후 숨을 깊이 들이마셨다.

부엌 쪽문 뒤에서 셜록이 반가워하며 멍멍 짖었다.

"셜록!"

내가 이름을 부르자 셜록은 껑충껑충 뛰며 난리가 났다.

나는 빨간 루비 구두가 없었다. 그리고 이 꿈 같은 현실에서 깨어나지도 못할 것이다.

하지만 그래도 여전히 집만큼 좋은 곳은 없었다.

 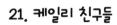 

21. 케일리 친구들

학교 수업이 끝나고 케일리와 친구들이 집에 들이닥쳤다.

"어, 안녕하세요."

케일리 친구들이 현관 입구에서 나를 보더니 멈춰 서서 인사했다. 날씨가 따뜻해서 모두 반바지를 입고 있었다.

"그래, 안녕."

나도 상냥하게 웃으며 인사를 받아 줬다. 케일리가 물었다.

"언제 왔어?"

"조금 전에."

내가 대답하자 엄마가 부엌에서 소리쳤다.

"얘들아, 왔니! 어서 와!"

케일리 친구들은 내 다리를 쳐다보지 않으려 애썼고, 나는 그 애들의 다리를 안 보려 해도 안 볼 수가 없었다.

"으음, 난 좀 앉아야겠다."

내가 결국 케일리 친구들에게 말했다. 절단 부위가 쑤시기도 했기 때문이다.

내 목소리는 화가 나 있었다. 짜증이 한껏 묻어 있었다.

내가 목발을 짚고 지나가자 그 애들은 옆으로 비켜섰다. 그리고 서로 소곤소곤하더니 케일리 방이 있는 위층으로 후다닥 올라갔다.

나는 거실로 가서 진통제를 먹은 후 텔레비전을 켰다.

22. 짜증

나는 집에서 한 발로 깡충 뛰어가는 법을 익혔다. 그러다가 벽이나 가구 옆에서 몸을 가누었다. 뛸 때마다 몸이 무겁게 느껴지고 큰 소리가 나는 것 같았지만, 그래도 목발보다는 훨씬 쉬웠다.

내 침대와 옷장을 아래층 거실로 내렸다. 그래서 나는 위층의 오른쪽 끝에 있는 내 방에서 자지 않고, 현관문을 열고 들어왔을 때 왼쪽으로 보이는 거실에서 자게 되었다. 거실에는 하얀색 난간 기둥과 낮은 벽이 있어서 현관 입구와는 분리되어 있었다.

엄마 아빠가 거실에 있던 소파를 어디로 치웠는지는 모르겠다. 하지만 나를 위해 거실을 꾸미느라 무거운 짐들을 많이 옮겼다는 건 확실히 알고 있었다. 그리고 엄마 아빠에게 지금보다 더 고마워해야 한다는 것도 잘 알고 있었다. 그렇지만 그러기가 어려웠다. 우리 집에서 내가 겉도는 것처럼 느껴졌기 때문이다. 나는 내가 무엇을 원하는지, 무엇이 필요한지도 몰랐다. 그리고 텔레비전을 보면서 너무 많은 시간을 보내고 있었다. 내가 그나마 조금이라도 일상으로 돌아왔다고 느낄 수 있는 시간은 가족과 식탁에 앉아 있을 때뿐이었다. 허리 위로 드러난 부분들만 서로 보고 있으면, 식탁 밑으로 숨겨져 있는 내 다리를 잊는 데 도움이 되는 것 같았다.

나는 또한 나 자신도 낯설게 느껴졌다.

나는 모든 것에 짜증이 났다. 사람들이 나를 격려하면 더 짜증이 났다.

친구들이 전화했다. 직접 찾아오기도 했다. 그러면서 내게 꽃과 초콜릿, 그리고 쾌유를 비는 카드를 건넸다. 친구들은 나를, 격려하고, 싶어 했다.

하지만 아무 소용도 없었다.

친구들이 여기 왔을 때, 나는 어색하게 조용히 있으면서 친구들이 빨리 떠났으면 했다. 그러다 막상 친구들이 떠나면 나는 울었다.

펑펑 울면서 친구들이 다시 돌아왔으면 좋겠다고 바랐다.

그렇지만 친구들은 안 돌아올 것이고, 나도 그걸 알았다.

나라도 그럴 테니까.

23. 진통제

진통제는 집에서도 계속 먹었다.

정해진 시간보다 조금씩 당겨서 먹었다.

그리고 진통제가 꼭 필요할 때면 하나씩 더 먹었다.

그러면서 내일은 괜찮아질 거라고 속으로 말했다.

내일은 하나 덜 먹게 될 거라고.

하지만 내가 괜찮을 때는 약을 먹었을 때뿐이었다.

진통제 없이 고통을 맞이하는 게 두려웠다.

진통제 없이 보내는 하루가 두려웠다.

얼마 안 있어 나는 엄마한테 약을 다시 받아 와야 한다고 말했다. 그리고 아빠도 이 사실을 알게 되었다.

아빠와 엄마가 소곤거리는 소리가 들렸다. 말다툼을 벌이고 있었다.

아빠의 전화 통화 목소리가 들렸다. 약국에 전화하는 거였으면 좋겠다고 바랐지만 분명 그건 아니었을 것이다.

아빠가 나를 보러 들어왔을 때 나는 자는 척했다. 그래도 아빠는 돌아가지 않았다.

"제시카!"

아빠가 내 어깨를 흔들며 쉰 목소리로 불렀다.

"네?"

내가 막 잠에서 깬 듯 대답했다.

아빠는 약병을 들고 있었다.

"이거 얼마나 자주 먹니?"

"네?"

나는 몸을 일으켜 비스듬히 앉았다.

"아, 그거요. 정해진 시간에요."

거짓말을 했다.

"진짜?"

나는 고개를 끄덕였다.

아빠가 나를 가만히 들여다보았다.

나는 양심의 가책을 받았고 아빠가 그걸 봤다.

"솔직히 말해 봐."

나는 어깨를 으쓱했다.

"그냥 몇 번 더 먹었어요. 정말로 필요할 때만."

아빠가 나를 한동안 뚫어지게 보았다.

그리고 약병도.

아빠도 나도 알고 있었다. 약병엔 진통제가 두 알밖에 안 남았다. 어려운 수학 계산이 아니었다.

아빠는 결국 한숨을 길게 내쉰 다음 부드러운 목소리로 말했다.

"안됐지만, 약은 이걸로 끝이란다."

"잠깐만요!"

내가 뒤에서 불렀지만, 아빠는 돌아보지도 않고 거실을 나갔다.

24. 통증

잠을 이룰 수가 없었다. 속이 메스껍고 몸이 부들부들 떨렸다. 식은땀이 송
골송골 맺히더니 소름이 돋았다.

끙끙 앓으면서 울었다. 엄마가 들어왔다. 나는 아빠한테 이야기 좀 해 달라
며 애걸복걸 매달렸다.

"엄마, 제발요. 저는 다리가 잘렸다고요! 아빠는 이해 못 하시겠대요? 정말
아픈데."

엄마도 내 옆에서 울었다. 하지만 결국은 아빠 편이었다.

"얘야, 그건 마약이야. 중독성이 아주 강하다고. 그 약에 의존해서 살고 싶
어? 너도 그걸 바라는 건 아니잖아."

"그러면 다른 약이라도 주세요!"

엄마가 타이레놀을 갖고 돌아왔다. 그 약은 통증을 줄이는 데 별 효과가
없었다. 식은땀이나 소름에도. 버림받은 느낌이었다. 화가 났다.

하지만 마음 깊은 곳에선, 엄마 아빠가 옳다고 말하고 있었다.

25. 앨범

약을 끊은 지 며칠이 지났다. 괜찮은 것 같지만 그래도 여전히 우울했다. 피오나 말고, 나를 찾는 전화는 뚝 끊겼다. 그리고 케일리와 친구들은 다른 집으로 몰려가서 놀았다.

나는 기학학적 무늬의 보라색 침대보가 동양풍의 바닥 깔개와 얼마나 안 어울리는지 생각하며 많은 시간을 보냈다. 내 마지막 경주를 곱씹으며 많은 시간을 보냈다. 내 다리가 다시 돌아오기를 바랐다.

나는 그동안 밀린 학교 숙제를 확인하고 다 해 가야 했다. 하지만 그렇게 하자니 너무 부담 되었을 뿐만 아니라 별 의미도 없는 짓 같았다.

내 딴에 노력한다고 했는데도, 엄마는 내가 이 확 트인 공간에서 갇혀 있는 느낌을 받는다는 걸 알아차렸다. 엄마가 내게 이것저것 제안했지만 나는 대부분 거절했다.

'좋아요'란 대답은 여전히 '싫어요'로 나왔다.

엄마는 가능한 내 옆에 있으려 했지만 아빠 일을 도와주느라 바빴다. 회계 장부도 기록하고 청구서도 작성해 발송해야 했다. 엄마는 아빠의 집수리 서비스에서 그 마지막을 담당했다. 아빠는 서류 작업을 무척 싫어하기 때문에 엄마가 없으면 모든 게 엉망이 될 것이다.

저녁이 되자 엄마는 내 옆에 앉아서 가볍게 한숨을 쉬며 물었다.

"널 위해 엄마가 해 줄 수 있는 게 없을까?"

나는 고개를 끄덕였다. 엄마의 눈을 차마 쳐다볼 수 없을 것 같았다.

"우리 딸, 사랑해."

"저도요."

"혹시 케일리한테 여기 내려와 자라고 하면 도움이 될까? 케일리는……."

"싫어요! 괜찮아질 거예요."

화를 내며 쏘아붙이는 내가 미웠다.

"다 잘될 거야. 약속해. 분명 그렇게 될 거야."

나는 고개를 끄덕였다. 비록 다리가 전보다 좋아지긴 했지만 그래도 여전히 엄마 말을 믿지는 않았다. 그동안 나는 물리 치료를 두 번 받았고 의사 선생님은 한 번 만났다. 모두 내게 '감명' 받았다. 그러면서 내가 얼마나 잘하고 있는지 말해 줬다. 나는 예전보다 더 잘 돌아다녔지만 절단 부위는 여전히 아팠다. 진통제를 끊고 나서는 더욱 그랬다.

하지만 그날 아침, 늘 하던 대로 절단 부위를 수건으로 마사지하다가 내가 정말로 좋아졌다는 걸 알아차렸다. 수건이 예전처럼 까끌까끌하게 느껴지지 않았다. 그리고 좀 더 힘을 줘서 마사지해도 괜찮았다.

"죄송해요. 못되게 굴어서. 그냥 피곤해서 그런가 봐요."

"잊지 말고 기억해 두렴. 하루하루 지날수록, 새로운 다리가 생기는 날에 점점 다가가고 있다는 걸."

엄마가 내 이마에 입을 맞춘 후 자리에서 일어났다.

"오늘 의사 선생님 말씀 들었지? 빨리 회복되고 있다고."

"네."

나는 고개를 끄덕이며 애써 미소 지었다. 그런 다음 차분히 누워 잠잘 준비를 했다. 엄마가 불빛을 알맞게 조절해 준 뒤 거실에서 나갔다.

나는 잠이 들었다. 11시 4분, 화장실에 가고 싶어서 다시 눈이 떠졌다.

참아 보려 했지만, 화장실에 갔다 와야 다시 잠을 잘 수 있을 것 같았다. 그래서 나는 침대에서 내려와 깡충거리며 복도를 뛰었다. 하지만 화장실 근처에 갔을 때 어떤 소리가 들렸다.

나는 화장실을 지나쳐 부엌 쪽으로 계속 갔다. 깡충, 깡충, 깡충.

부엌 입구에서 마음을 가다듬었다. 그리고 식탁에 엎드려서 머리를 두 팔에 묻은 채 울고 있는 엄마를 보았다.

깡충, 깡충, 깡충. 나는 엄마 옆으로 가 의자에 앉았다. 엄마는 깜짝 놀랐나 보다.

"제시카!"

엄마가 자리에서 벌떡 일어나자 팔 밑에 있던 가족 앨범이 드러났다.

엄마가 앨범을 덮으려 했지만 내가 억지로 가져왔다. 그리고 몇 주 만에 처음으로 내 오른쪽 다리를 보았다. 내 오른쪽 다리 전부를.

금색 반바지, 파란색 윗도리, 목에 걸린 메달 세 개. 그리고 다리 두 개.

튼튼하고 매끈하며 엄청나게 빠른 내 다리 두 개.

엄마가 그 사진을 치우려 했지만 나는 꼭 붙잡고서 내 다리를 뚫어지게 보았다. 한참을 본 후에 앨범을 덮고 옆으로 밀어냈다.

나는 무슨 말이든 하고 싶었지만 아무 말도 떠오르지 않았다. 그건 엄마도 마찬가지였다.

우리가 할 수 있는 건 그저 두 팔로 서로를 꼭 안아 주는 것뿐이었다.

2부
맞바람

1. 아침

새벽 5시 45분, 셜록이 나를 깨웠다. 아침마다 녀석과 달리기할 때처럼.

"셜록, 안 돼. 안 된다고."

녀석이 낑낑거리며 내 얼굴을 핥았다. 그리고 꼬리를 바닥에 늘어뜨리고 휙휙 흔들며 기다렸다.

우리는 셜록의 잠자리를 부엌에서 거실로 옮겨 주었다. 처음엔 셜록이 내 오른쪽 다리를 가만두지 않아서 좀 힘들었다. 뭔가 이상하다고 느꼈는지 녀석은 코를 킁킁대며 절단 부위를 자꾸만 살피려고 했다. 고맙게도 이제 더는 그러지 않았고 그저 시간만 나면 나랑 놀려고 했다.

나는 셜록이 정말 좋았다. 셜록은 언제나 충실하고 친절한 친구였다. 하지만 새벽 5시 45분만 되면 나를 울렸다. 특히 달리는 꿈을 꾸고 있는데, 셜록 때문에 깨면 나는 더 울음이 나왔다. 셜록은 조용히 낑낑거렸고 내 눈시울은 뜨거워졌다. 그러다가 어제 저녁 식탁에서 울고 있던 엄마가 떠오르자 온몸에서 아드레날린이 뿜어져 나왔다.

화가 났다. 학교 버스를 들이받은 그 남자한테 나는 게 아니었다. 하늘에 있는 신한테도 아니었다. 바로 나한테였다.

나는 다리를 휙 돌려 침대 가장자리에 걸터앉은 다음 셜록의 코끝에 입을 맞췄다.

"셜록, 공 어디 있니?"

셜록이 부리나케 거실을 가로질러 가더니 자기 잠자리에서 공을 꺼냈다. 그리고 그걸 가져와 내 무릎에 올려놓았다.

나는 엄마가 오른쪽 다리를 짧게 잘라 준 운동복 바지를 이미 입고 있었다. 그 옷은 금방 입을 수 있을 뿐만 아니라 편했다. 다리가 없어서 펄럭이는 오른쪽 바지 밑 부분을 어떻게 처리해야 하는지 고민할 필요도 없었다. 그리고 정말로, 셜록은 지금껏보다 더 나은 대접을 받을 자격이 있었다.

나는 윗도리를 입었다. 신발 한 짝도 신었다. 머리카락을 한데 모아 머리 위로 질끈 묶었다. 셜록이 빙글빙글 돌며 짖었다.

"쉬잇!"

내가 속삭였다.

"공놀이만 할 거야. 알았지?"

셜록이 꼬리를 흔들며 숨을 헐떡였다. 나는 셜록이 알아들었다고 확신하고서 한결 가벼워진 마음으로 현관문을 열었다. 그리고 셜록을 따라 깡충 뛰며 밖으로 나갔다.

셜록은 현관 계단 밑에서 나를 기다리고 있었다.

"잘했어."

나는 현관 계단에서 공을 던지며 셜록한테 물어 오라고 했다. 그러면서 그 공을 내 손에 올려 두도록 셜록을 가르쳤다. 내 발밑에 두지 않도록 말이다.

그것도 한쪽만 있는 내 발밑에.

셜록은 즐거워했다. 하지만 그렇게 놀다 보니 어느새 나는 지쳤다. 그래서 현관 계단에 앉아 녀석을 쓰다듬어 주며 칭찬을 듬뿍 해 주었다.

평화로웠다. 나는 잠시 셜록과 앉아서 아침을 즐겼다.

그 순간 어떤 소리가 들렸다. 내 심장을 덜컹 내려앉도록 만드는 소리. 듣고 싶지 않았다. 그래도 나는 몸을 반대로 돌릴 수가 없었다.

셜록이 두 귀를 쫑긋 세웠다. 녀석도 헐떡이던 숨을 멈추고 그쪽을 쳐다보았다. 나는 셜록이 느닷없이 현관 계단을 뛰어 내려갈까 봐 두려워서 녀석의 목덜미를 꽉 잡았다.

저쪽에서 어떤 사람이 보였다.

밝은 회색 운동복을 입고.

자기만의 리듬에 푹 빠져.

달리는 사람이.

나는 안으로 들어가다 케일리와 살짝 부딪쳤다. 케일리가 툴툴거리며 인사를 하는 둥 마는 둥 했다.

"좋은 아침이다. 너도 잘 잤니?"

그러자 케일리가 걸음을 뚝 멈추고 내 얼굴을 빤히 보며 물었다.

"내가 퉁명스럽게 굴었다고 뭐라 하는 거야?"

"아니, 그냥 내 옆을 휙 지나가길래. 내가 여기 없는 것처럼."

"그래서……, 지금 나보고 언니 마음까지 헤아리라는 거야?"

"그게 무슨 소리야?"

"그거 알아? 언니는 요즘 모든 게 다 짜증 나고 싫은 것처럼 굴고 있는 거? 한 번이라도 말을……, 어휴, 대체 나보고 어쩌라고?"

"음…… 약간 정중하게?"

"그거 아주 좋은 생각이네. 언니도 좀 그렇게 해 보시지?"

나는 족히 5분 정도를 그 자리에 그렇게 서 있었다. 어이가 없었다.

그 애한테 마구 소리치고 싶었다. 너도 한번 다리를 잃고 그 기분이 어떤지 느껴 보시지?

하지만 나는 침대로 돌아가 루커스 인형을 꼭 안았다. 그리고 엄마가 케일리를 학교에 데려다주려고 집을 나설 때는 일부러 자는 척했다. 모두 나가자 안심이 되었다. 아빠는 이미 일 때문에 일찍 나가서 집에는 나밖에 없었다.

처음엔 혼자 있어서 기뻤다. 괜찮은 척할 필요가 없었기 때문이다. 하지만 케일리의 말이 머릿속에서 떠나질 않았다.

전화가 울렸다. 피오나였다. 나는 거의 대답을 하지 않고 피오나의 이야기를 들었다. 그러다 마지막에만 힘주어 대답했다.

"어때, 준비됐어? 널 데리러 가는 길인데."

피오나는 매일 아침 똑같이 물었다.

"아니, 그러지 마."

내가 대답했다. 매일 아침 그랬던 것처럼.

"제시카, 나랑 가자. 그렇게 계속 미룰 수는 없어."

"내 꼴을 좀 보라고."

내가 낮은 소리로 으르렁거렸다.

"너희 부모님도 아시니? 네가 얼마나 우울해하고 있는지?"

나는 가만히 있었다. 장애, 우울, 뭐가 다르지?

"너는 거기서 빠져나와야 해. 오늘 수업은 오전밖에 없거든. 그러니까 너, 준비하고 있어. 수업 끝나고 내가 데리러 갈게. 네가 뭐라고 하든지 신경 안써. 너는 내 차를 타고서 점심 먹으러 갈 거야. 앤절로 식당으로."

"안 돼. 나 지금 엉망이라고."

"맞아, 너 지금 엉망이야. 그러니까 우리가 제대로 돌려놔야지. 기대하라고. 오후 1시쯤에 간다."

"안 돼. 내 말은……."

피오나가 전화를 끊었다. 나는 전화기를 멀뚱멀뚱 쳐다보았다.

피오나는 내가 밖에 나갈 수 있다고, 바뀔 수 있다고 기대하는 거야? 처음엔 케일리더니, 지금은 피오나야? 애들은 왜 이렇게 다 안달이 났지?

게다가 나는 나가고 싶어도 나갈 수가 없었다. 사고 이후로 샤워다운 샤워를 하지 못했다. 병원에 있을 때 한 번 하긴 했지만 영 씻은 것 같지 않았다. 그리고 집에 와서는 스폰지에 물을 적셔서 대충 씻었고 머리는 딱 한 번 감았다.

내가 매일 관심을 가지고 들여다보는 곳은 절단 부위뿐이었다.

마사지, 둔감 요법, 청결, 건조, 약 바르기. 하루에 두 번. 매일.

다른 곳은 헝클어지고 더럽고 구질구질했다.

어제 엄마가 세면대에서 머리를 감자고 또 제안했지만 나는 "다음에요"라고 말했다. 그리고 내가 다리 하나로 버티고 샤워를 한다 해도, 미끄러질 게 뻔했을 뿐만 아니라 아래층에는 샤워기가 없었다. 그냥 변기와 세면대만 있는 작은 화장실이었다.

피오나는 이런 사실을 다 알면서도 어떻게 내가 밖으로 나갈 수 있다고 기대한 걸까? 피오나는 내가 겪고 있는 일들을 제대로 이해하지 못하고 있는 게 분명했다.

그래서 좀 화가 났다. 케일리의 퉁명스러운 조언과 내가 앤절로 식당에 가야 한다는 피오나의 주장 사이에서 나는 마음이 혼들렸다. 나는 껑충껑충 뛰기 시작했다.

껑충껑충 뛰어서 거실을 나가 마침내 나는 계단 밑에 서 있었다.

길게 뻗은 계단을 올려다보며 계단의 디딤판 수를 셌다.

열네 개였다. 2층과 연결된 맨 꼭대기까지 합쳐서.

과연 내가 할 수 있을까? 계단 하나의 높이가 무척 높아 보였다. 여기까지 뛰어오는 바람에 나는 이미 지쳐 있었다.

하지만 열네 번만 뛰어오르면 뜨끈뜨끈한 샤워를 할 수 있다.

목발을 짚고 올라가 볼까도 생각해 봤다. 그러려면 또 거실까지 깡충깡충 뛰어가야 했다. 그래서 나는 목발 대신 계단 난간을 양손으로 꽉 거머쥐었다.

한 번 뛰어오른다.

두 번 뛰어오른다.

세 번 뛰어오른다.

남아 있는 열한 개의 계단을 올려다보며 잠시 쉬었다. 그런 다음 숨을 깊이 들이마셨다.

네 번 뛰어오른다.

다섯 번 뛰어오른다.

여섯 번 뛰어오른다.

계단을 뛰어오를 때마다 팔로 몸을 지탱하다 보니 팔에 무리가 가고 있었다. 숨이 차서 잠시 쉬었다.

일곱 번째 계단.

여덟 번째 계단.

왼쪽 다리가 부들부들 떨렸다. 나는 몸을 돌려 계단에 앉았다.

절반 넘게 왔어. 이제 거의 다 왔다고.

그리고 나는 놀랄 만한 사실을 알아챘다. 앉으면서 계단 두 개를 번 것이다! 발은 여덟 번째 계단에 있지만, 나는 열 번째 계단에 앉아 있었다!

양손을 뒤로 올리며 계단을 짚었다. 그리고 발을 아홉 번째 계단으로 올리면서 몸도 같이 위로 들어 올렸다.

나는 열한 번째 계단에 앉아 있었다!

그렇게 열두 번째 계단으로도 올랐다.

열세 번째 계단도!

내가 계단을 하나 더 오르자 오른쪽 허벅지에서 열이 나며 화끈거렸다. 절단 부위를 계속 들고 있어서 그랬다. 나는 난간을 부여잡고 몸을 일으켜 세웠다. 그리고 마지막으로 뛰어올랐다.

나는 밑으로 쭉 연결된 계단을 내려다보며 승리감을 만끽했다.

나는 위층에 있었다.

3. 샤워

우리 집 샤워기는 욕조 위 벽에 달린 붙박이형이었고, 욕조 위로 연결된 유리
문은 옆으로 미는 구조였다. 그래서 나는 문을 앞으로 벌컥 밀며 안으로 깡
충 뛰어서 들어갈 수 없었다. 게다가 욕조의 한쪽 면도 타고 넘어가야 했다.

병원에서 샤워를 해 보니, 샤워할 때 앉을 수 있는 게 있으면 도움이 되었다.
그래서 나는 화장실 문 뒤에 둔 접이식 계단 의자를 들고 와 욕조 안에 펼쳐 놓
았다. 의자 바닥과 발에 고무가 덮여 있어서 꽤 안전해 보였다.

이제 모든 준비는 끝났다. 나는 욕조 주변을 여기저기 더듬었다.

이걸 어떻게 타고 넘어갈 수 있을까? 정말 미칠 노릇이었다. 유리문을 옆으
로 밀면 생기는 공간은 내가 욕조 한쪽 면에 걸터앉아서 다리를 휙 돌리기에
너무 좁았다. 그렇다고 내가 걸음을 크게 옮기거나 욕조의 한쪽 면을 폴짝
뛰어서 넘을 수도 없었다.

나는 잠시 딴생각을 했다. 내가 발 대신 한쪽 팔을 잃었다면 어땠을까?

만약 그랬다면 이런 건 문제도 아니었을 것이다. 이런 욕조쯤은 단번에 넘어
갈 수 있었을 것이다!

샤워하면서 빙글빙글 돌 수도 있었을 것이다. 계단을 뛰면서 오르락내리락
할 수도 있었을 것이다. 달릴 수도 있었을 것이다.

나는 결국 머리 위에 있는 유리문의 가로대를 양손으로 맞잡았다. 그리고
오른쪽 다리를 휙 돌려 욕조 안으로 넣은 다음, 다리를 벌린 채 욕조 한쪽

면 위에 걸터앉아 있었다. 그러면서 이 장애물 구간의 다음 단계를 어떻게 통과해야 좋을지 고민했다.

몇 번의 시도 끝에, 나는 결국 이 욕조 면을 뛰어넘기 위해서 손을 어디에 둬야 하는지 알아냈다. 그리고 유리문 문턱이 날카롭긴 하지만 그 위에 왼쪽 발을 살며시 올려놓고서 욕조 안으로 깡충 뛰어내렸다.

드디어 나는 계단 의자에 앉았다. 승리감과 함께 좌절감이 들었다. 샤워기에서 물이 쏟아져 나오자 나는 안도하며 온몸을 씻었다.

여기 이렇게 앉아 있으니 기분이 좋았다. 하루 내내라도 있을 수 있었다.

나는 결국 비누를 집어 들었다. 작은 수건으로 비누 거품을 내면서 아까와는 반대로 손이 하나였다면 비누 거품을 내기 힘들었을 것 같다고 생각했다.

한 손으로 해 보니, 진짜로 그랬다. 무척 불편했다.

나는 내 모든 움직임에 주의를 기울이기 시작했다. 특히 양손이 서로 어떻게 보완하는지를 자세히 살폈다. 나는 양손으로 하는 작업을 떠올렸다. 운전. 골프. 키보드. 심지어 글 쓰는 일도 양손으로 했다. 한 손으론 펜을 잡고 다른 손으론 종이를 눌러 고정했다.

나는 계속해서 일상의 일들을 떠올렸다. 물병을 열 때. 옷을 입을 때. 샌드위치를 만들 때. 설거지할 때.

나는 한 손으로만 생활하는 일상을 상상했다. 그리고 그건 무척 힘들 거라는 걸 깨달았다. 나는 샴푸를 왼손에 짠 다음 샴푸 통을 오른손으로 내려놓았다. 그런 다음 두 손을 문질러 거품을 잔뜩 냈다. 나는 두 손으로 머리를 감으며 내 손에 감사했다. 참 고마웠다. 손이 둘 다 있어서.

4. 원더우먼

집에 돌아온 엄마는 기겁했다.

나는 몰랐다. 내 팔과 다리에 대해서, 그리고 만약 내게 선택권이 있다면 팔과 다리 중 어느 쪽을 포기할지 생각하면서 머리를 헹구고 있었기 때문이다.

"제시카!"

엄마는 나를 보자마자 놀라서 소리쳤다. 엄마가 욕조로 달려왔고 나는 물을 잠갔다. 엄마 손엔 핸드폰이 들려 있었다. "샤워 중이었네." 엄마가 이렇게 말한 뒤 전화를 끊었다.

"피오나가 도와줬니?"

나는 우쭐한 눈빛으로 주변을 둘러보며 물었다.

"여기 어디서 피오나 보셨어요?"

"너 혼자 여기 올라오면 안 되지. 만에 하나라도 네가……."

"전 괜찮아요. 그리고 이렇게 깨끗해졌잖아요."

나는 엄마를 보며 미소 지었다. 내가 자랑스러웠다.

수건으로 머리를 헝클어 잘 말린 다음 몸도 닦았다. 일어서서 수건으로 몸을 꼭 감쌌다. 그런 다음 욕조 한쪽 면을 넘으면서 유리문 문틀에 발을 올려놓았다. 아팠지만 이 정도는 아무것도 아니라는 듯 행동하며 나를 과시했다.

"이야!"

내가 욕조 밖으로 나오자 엄마가 탄성을 질렀다. 엄마가 눈을 깜박이며 나를 봤다. 당신의 딸이 원더우먼이었다는 걸 이제야 알았다는 듯 말이다.

"여긴 어떻게 올라왔니?"

나는 내 짧은 모험담을 엄마에게 들려주었다. 그러면서 그건 안전했을 뿐만 아니라, 내가 계단에서 굴러떨어질 뻔했던 일은 전혀 없었다며 엄마를 안심시켰다. 그리고 내가 했던 '계단에 손 짚고 이동하기' 방법은 올라올 때보다 내려갈 때 훨씬 더 쉬울 거라며 엄마를 설득했다. 그때 내 옷장이 거실에 있다는 게 떠올랐다. 나는 갈아입을 옷을 들고 오지 않았다.

수건만 걸친 채 아까처럼 내려가는 건 아주 좋지 않은 생각 같았다!

"엄마가 갖다 줄게!"

엄마가 흥분해서 욕실을 나가기도 전에 아빠한테 전화를 걸었다.

"엄마!"

내가 깡충깡충 뛰어나가 아래층을 보며 소리쳤다.

"운동복 말고요. 피오나랑 나가서 점심 먹을 거거든요."

"진짜?"

나는 미소를 지으며 욕실로 다시 깡충깡충 뛰어 들어갔다. 그러면서 내가 언제 피오나랑 점심을 먹기로 결심했는지, 그리고 어쩌면 이렇게 기분이 좋을 수가 있는지 궁금하게 여겼다.

5. 외출

피오나는 오후 1시가 되기 조금 전에 왔다. 엄마는 안절부절못했다. 내가 휠체어 대신 목발을 짚고 가려 했기 때문이다.

"떨어지면 어떡해?"

엄마가 나를 못 미더워하자 나는 그만 짜증이 일었다.

"엄마, 떨어지는 법도 알아요. 병원에서 가르쳐 줬잖아요, 기억 안 나요?"

"하지만 진짜로 떨어지면? 만약에……."

"이제 그만! 저, 괜찮을 거예요."

엄마는 걱정하는 내색을 감추며 거실 창문으로 나를 지켜봤다. 나는 깡충 뛰고 절뚝거리며 피오나가 몰고 온 낡은 중고차에 올라탔다.

"휴우."

내가 안도의 한숨을 내쉬자 피오나가 시동을 걸지 않은 채 말했다.

"우리 진짜로 점심 먹으러 나갈 거야."

피오나가 나를 보며 활짝 웃었다. 내가 자동차 조수석에 다시 앉은 걸 믿을 수 없다는 듯.

"그리고 너 오늘 멋진데! 머리 어떻게 한 거야? 막 반짝거려!"

나는 픽 웃었다.

"감기만 했어."

그러자 피오나도 웃으며 시동을 걸었다.

"정말 그게 다야? 어때? 나랑 나오니까 좋아?"

"그럼, 날아갈 듯 좋지."

나는 자동차 창문을 내린 다음, 안에서 나를 계속 지켜보는 엄마에게 손을 흔들었다. 엄마도 손을 흔들어 주었다. 하지만 여기서도 엄마가 걱정하고 있다는 걸 느낄 수 있었다. 그 순간 나는 깨달았다. 엄마가 걱정하는 건 내가 넘어지는 것이나 휠체어와는 아무 관련이 없다는 것을.

그리고 내 몸이 온전히 다 돌아온 것도 아니었다.

"네 핸드폰 좀 써도 되지?"

피오나가 핸드폰을 건넸고 나는 집에 전화를 걸었다. 엄마가 받았다.

"저 괜찮아요. 걱정하지 마세요, 네? 엄마가 그랬잖아요. 내가 자리에서 일어나 밖으로 나가야 한다고. 그래서 지금 그렇게 하고 있는 거니까, 엄마는 행복해야 한다고요."

"엄마는 행복해."

엄마가 이렇게 말했지만, 목소리는 메어 있었다. 내가 부드럽게 말했다.

"엄마도 내가 이렇게 하길 바라잖아요."

"그래, 엄마도 알아."

엄마는 티 내지 않으려고 애를 썼지만, 나는 엄마가 울고 있다는 걸 알았다.

"앤절로 식당에 도착하면 전화할게요, 알았죠?"

"그래, 고마워. 재미있는 시간 보내고 와. 알았지?"

"글쎄요, 거기에 잼이 있는지는 모르겠지만, 라자냐는 많이 먹고 올게요."

그러자 엄마가 깔깔 웃었다. 우리는 전화를 끊었다. 나는 피오나의 핸드폰을 가만히 내려다보면서 내가 지금 느끼는 감정을 정리하려고 애썼다.

엄마는 이번 일을 겪으면서 강해졌다. 아주 긍정적으로.

반면 나는 거칠어졌고 우울과 좌절에 빠져 있었다.

그런데 지금 갑자기 엄마가 와르르 무너졌다. 그리고 나는 엄마한테 모든 게 다 잘될 거라고 말하고 있었다.

마치 엄마는 이어달리기에서 엄마가 뛰어야 하는 구간의 끝에 도달한 것 같았다. 엄마는 모든 것을 쏟아부었다. 기진맥진했다.

나는 잘 알았다. 그것이 어떤 기분인지. 그리고 무엇을 의미하는지도.

이제는 내가 그 배턴을 넘겨받을 차례였다.

6. 학교 소식

어찌 된 일인지 나는 앤절로 식당의 북적거리는 현관 앞에서 거의 20분이나 서 있었다. 반면 두 다리가 멀쩡한 여섯 명은 앉아서 기다렸다.

"나 참, 기가 막혀서. 저 사람들 너무한 거 아니야?"

마침내 우리가 웨이트리스를 따라 식당으로 들어갈 때 피오나가 속삭였다.

"괜찮아."

나는 이렇게 말했지만, 자리에 앉을 수 있게 되자 마음이 놓였다. 그리고 식당 현관 앞에서 나를 곁눈질로 흘끔거리던 아이 엄마와 아예 대놓고 물끄러미 쳐다보던 아이의 거북한 시선을 피할 수 있게 되어서 마음이 놓였다.

우리는 메뉴판을 펼쳤다. 하지만 그건 그냥 형식적인 절차에 불과했다. 나는 라자냐를 먹을 거였다. 피오나는 치즈가 듬뿍 들어간 가지 요리를 선택했다.

"참, 점심 메뉴로 만다린 치킨 샐러드가 새로 생겼어."

"그래?"

내가 메뉴판을 훑어보며 묻자 피오나가 웃으며 대답했다.

"여기 말고, 학교에!"

웨이터가 와서 우리 주문을 받은 후 자리를 뜨자, 나는 물을 한 모금 마신 다음 물었다.

"학교는 어때?"

피오나가 눈을 동그랗게 떴다.

나는 지금까지 한 번도 학교 소식을 묻지 않았다. 듣고 싶지도 않았고 생각하기도 싫었다. 피오나가 학교에서 있었던 일로 수다를 떨려고 할 때마다 나는 식은땀이 났다. 피오나는 하얀색 식탁보 위로 몸을 쑥 내밀면서 내 손목을 꼭 잡았다. 그러다가 식탁 한가운데 놓은 카네이션 한 송이를 툭 쳐서 넘어뜨릴 뻔했다.

"돌아오기로 했구나! 정말? 이제 준비된 거야? 드디어, 드디어!"

"준비가 된 건지 아닌지는 잘 모르겠어."

내가 밑을 내려다보며 말하다가 피오나를 힐끗 쳐다보았다.

"하지만 시도할 준비는 된 거 같아."

그러자 피오나가 엉덩이를 들썩이며 말했다.

"내일이 딱 좋네! 금요일이잖아. 하루 나가고 나면 주말이니까 말이야. 너는 다시 시작할 수 있어, 알고 있지? 한 걸음 한 걸음 가다 보면……."

피오나는 아차 싶었는지 손으로 입을 가렸다. 얼굴도 붉어졌다.

"괜찮아. 너무 신경 쓰지 마."

나는 이렇게 말한 다음 고개를 흔들며 말을 이었다.

"그런데 내일이라고?"

순간 두렵고 무서웠다.

피오나가 천천히 말했다.

"미룰 수는 있지만 그러다가 상황이 더 나빠질 수도 있다고."

나는 피오나와 케일리의 말을 생각했다. 그리고 내가 주변 사람들을 어떻게 밀어내고 있는지도 생각했다. 나는 항상 싫다고 하면서 사람들을 쫓아내고 있었다. 나는 결국 고개를 살짝 끄덕였다.

"우선은 하루 만이니까. 그런 다음엔 그때 받은 스트레스를 주말 내내 극복하느라 바쁘겠지? 나를 빤히 쳐다보거나 무시하는 사람들, 또……."

"너한테 말실수하는 사람들?"

나는 피오나를 보며 빙긋 웃었다.

"맞아, 그것도."

"그럼 갈 거지?"

나는 숨을 깊이 들이마셨다.

"아마도."

"이거 엄청난 발전인데. 싫다고 거부하지 않았으니까."

웨이터가 갓 구운 빵을 가져왔다. 나는 기분 좋게 그 빵을 집어 들었다.

"학교에서 있었던 일 좀 말해 봐."

"아, 맞다! 우선, 모두 널 보고 싶어 해. 맨날 나한테 물어봐. 너 어떻게 지내냐고."

"정말?"

목소리가 조용하게 나왔다. 마치 아픈 사람처럼.

그러고 보니 나는 좀 아픈 사람이기도 했다.

"당연하지!"

나는 어깨를 으쓱해 보이자 피오나가 살짝 눈살을 찌푸렸다.

"네가 우울해하면서 사람들하고 말도 안 하려 했을 때 모두 어찌할 바를 몰랐다고, 알겠어? 그건 그 사람들 잘못이 아니잖아."

"나도 알아."

"그래, 아무튼. 모두 너를 보고 싶어 하고 네 소식을 물어봐. 그리고 네가 언제 돌아오는지도 궁금해하고."

피오나가 나를 가만히 보며 말했다.

"개빈도 네 소식을 물어봤어. 적어도 세 번 이상."

"개빈이?"

나는 고개를 흔들었다.

"아니, 왜? 신문 기사 때문에 정보가 더 필요한가 보지?"

"그 애는 진심인 것 같았어. 그런데……."

피오나가 말을 흐리며 언짢은 기색을 보였다.

"그런데, 뭐? 그러지 말고 얘기해 봐."

피오나가 숨을 깊이 들이마시더니 불쑥 말했다.

"메릴이 개빈을 완전히 홀렸지."

얼굴이 화끈거렸다.

"둘이 사귀어?"

피오나가 눈을 천천히 굴렸다. 그리고 인상을 쓰며 빵을 잡아 뜯었다. 그런 다음 고개를 끄덕였다. 나는 마음을 가라앉힌 후 말했다.

"야, 잘 생각해 봐. 개빈은 나한테 관심 없었어. 내 다리가 두 개였을 때에도."

"그게 무슨 상관이야? 너도 똑같은 사람이라고!"

아니야, 그렇지 않아. 나는 물을 홀짝이며 이렇게 생각했다.

"어쨌든 그 애 이야기는 그만하자. 또 뭐가 알고 싶어?"

아주 좋은 질문이었다. 그런데 나는 진짜로 이 질문에 답할 게 없었다. 나는 학교에 대해 모든 걸 알고 싶었다. 하지만 동시에 하나도 알고 싶지 않았다.

내가 얼마나 필요 없는 사람인가를 깨닫는 건 괴로운 일이었다. 피오나가 내게 해 준 이야기들을 들어 보면 학교는 예전과 변함없는 것 같았다. 육상 대회는 계속 열렸다. 선생님들도 똑같은 일상을 보내고 있었다.

나는 쓰러졌지만, 세상은 여전히 회전목마처럼 잘만 돌아갔다.

루시가 죽었지만, 세상은 여전히 회전목마처럼 잘만 돌아갔다.

여전히. 이런 생각을 하면 할수록 화가 났지만, 나는 나한테도 이 회전목마가 필요하다는 걸 인식하기 시작했다. 회전목마에게 내가 필요한 것보다 더 그랬다. 그리고 결국 내가 할 수 있는 선택은, 한 발로 깡충 뛰며 다시 그 안으로 들어가거나 비참한 상태로 바깥에 처박혀 있거나 둘 중 하나였다.

그래서 나는 숨을 깊이 들이마신 다음, 나한테 가장 중요한 것을 물어보았다. 그건 정말 듣고 싶지 않은 것이기도 했다.

"육상 팀은?"

순간 피오나가 움직임을 멈췄다. 그리고 나를 잠시 살핀 다음 말했다.

"마운트 버넌에 6점 차로 졌어. 그 애들이 400미터를 휩쓸면서 거기서만 4점을 가져갔다니까. 완전히 깨졌지 뭐."

나는 마음이 놓이면서 동시에 미안한 감정도 들었다.

회전목마는 적어도 내가 없어서 천천히 도는 모양이었다.

"마시가 내 다리 잡았어?"

내가 이렇게 묻자 피오나가 입을 떡 벌린 채 나를 보며 눈만 깜박였다.

나도 눈만 깜박였다. 그런 다음 내가 방금 무슨 말을 했는지 알아차렸다.

"이어달리기 말이야. 마시가 나 대신 뛸 기회를 잡아서 달리고 있냐고."

"나도 알아."

피오나가 얼굴을 움찔대며 씰룩거려 나는 킥킥거리다가 불쑥 말해 버렸다.

"그 애가 진짜로 내 다리를 잡았구나! 버스 사고 났을 때!"

우리는 깔깔대며 정신없이 웃었다.

나는 냅킨으로 눈물을 닦았다. 그리고 마음속 어딘가에서 변화를 느낄 수 있었다. 나는 트랙 코너를 돌고 있었다. 힘들고 긴 직선 트랙 하나를 내 뒤에 남겨 두고서.

나는 피오나를 보며 웃었다.

느낌이 아주, 아주 좋았다.

7. 숙제

점심을 먹은 후 피오나는 내가 해야 할 숙제들을 알려 주었다. 피오나는 날 위해 숙제들을 모아 두었다. 여섯 과목 양이 만만치 않았다. 우리는 여섯 과목 중 다섯 과목을 같이 들었기 때문에, 피오나는 이 숙제들을 어떻게 해야 하는지도 잘 알고 있었다.

"너 그거 알아?"

피오나는 각 과목에 대한 숙제 목록 만드는 걸 도와준 다음 물었다.

"이걸 다 할 필요는 없어. 이 중엔 정말 쓸데없는 것들도 있거든."

"그래서?"

"그러니까 내일 선생님들한테 가서 물어보자고. 빼 줄 수 있는 숙제가 있는지."

피오나가 고개를 저으며 말을 이었다.

"자, 봐. 해야 할 게 얼마나 많은지. 이건 정말 미친 짓이라고!"

"그럼 아직은 숙제를 할 필요가 없는 거네?"

피오나는 잠시 생각을 한 다음 말했다.

"수학부터 시작해. 우선은 확률만. 그리고 네가 쓴 답은 책 뒤에서 확인할 수 있어. 내용이 이해되면 다음으로 넘어가고."

나는 얼굴을 찌푸렸다.

"그런데 잘 모르겠어. 러커 선생님이 과연 그렇게 해 주실까?"

"그렇게 안 해 주시면, 그건 그 선생님이 이상한 거야. 어디 한 번 선생님도 다리를 잃고 선생님이 낸 숙제를 다 끝내고 돌아와 보시라고 하지?"

그때 엄마가 거실로 들어왔다.

"어떤 선생님?"

피오나와 나는 서로 눈길을 교환했다. 피오나가 투덜거리며 대답했다.

"러커 선생님이요. 그분은 정말 로봇 같거든요."

"너희 수학 선생님, 맞지?"

엄마는 아무렇지도 않게 말하려 애썼지만, 내가 숙제를 확인하고 준비하는 걸 보고는 무척 흥분해 있었다. 엄마는 내가 빠진 수업을 보충하고 학교에 돌아가는 문제에 대해서 학교 상담 선생님과 이야기를 나누었다. 하지만 나는 완전히 벽을 치고서 그 문제에 대해 요만큼도 신경 쓰지 않았다.

"엄마가 도울 건 없니?"

나는 고개를 저었다.

"이건 저희가 할 수 있을 것 같아요."

"그럼 음료수라도 갖다 줄까? 사과 주스, 물, 탄산음료, 이온 음료……."

"사과 주스요."

피오나와 내가 동시에 말했다. 그리고 엄마가 나갔을 때, 피오나는 내가 숙제 목록을 정리해 둔 바인더를 옆으로 치운 다음 종이와 연필, 그리고 수학 책을 내 앞에 준비해 주었다.

"내가 여기서 내 숙제를 할 동안 너는 이거 풀고 있을래?"

"네, 알겠습니다."

나는 피식 웃으며 대답했다. 왜냐하면 내가 싫다고 대답해도 피오나는 받아

주지 않을 게 뻔했기 때문이다.

우리는 숙제를 열심히 했다. 그리고 나는 문제를 쭉쭉 풀 수 있었다. 막히는 수학 문제들은 피오나가 잘 설명해 주었기 때문이다. 나는 쉽게 집중할 수 있었지만 피오나는 두 번씩이나 멍하니 정신을 놓고 있었다.

세 번째에는 내가 물었다.

"무슨 생각해?"

"응?"

그러더니 피오나는 허둥지둥 이상한 말들을 늘어놓았다. 그래서 내가 다시 물었다.

"대체 무슨 소리야?"

그때 엄마가 거실로 들어와 피오나한테 저녁을 먹고 갈 건지 물어보았다.

"저기…… 안 될 것 같아요. 집에 가야 해요. 할 일이 많거든요!"

나는 물어보고 싶었다. 하지만 마음 한구석에 짐작 가는 데가 있었다.

피오나는 컵케이크와 리본 장식, 현수막을 계획하고 있었다. 피오나는 내가 학교로 돌아갔을 때 어떻게 환영해 줄까 계획하며 눈 깜짝할 사이에 가방을 챙겨서 거실을 획 빠져나가고 있었다.

"내일 아침에 7시 조금 넘어서 여기로 올게."

피오나가 손가락으로 나를 가리키며 말을 이었다.

"준비하고 있어!"

그런 다음 잽싸게 나갔다. 엄마가 얼른 피오나를 쫓아 나갔다. 그리고 집 앞 인도에서 만났다. 이제는 내가 창문으로 지켜볼 차례였다. 엄마가 피오나를 안아 주었다. 그리고 피오나의 뺨을 두 손으로 꼭 감쌌다.

둘은 이야기하고 웃고, 또다시 끌어안았다. 그런 다음 피오나가 서둘러 차에 올랐고 엄마는 손을 흔들며 인사를 했다.

"정말 멋진 친구이구나."

엄마가 거실로 들어오면서 말했다.

나는 고개를 끄덕였다.

"저런 애가 친구라니, 너는 복 받은 거야."

나는 한 번 더 고개를 끄덕였다.

뭐라고 말을 하려 했지만, 또다시 어떤 감정이 북받쳐 올랐다.

이번엔 좋은 쪽으로.

잠을 이룰 수가 없었다. 한편으론 설레지만, 한편으론 두려웠다. 그래서 자리에서 일어나 역사 책을 꺼내와 읽기 시작했고 얼마 안 있어 나는 잠이 들었다.

"우리 딸!"

엄마가 내 어깨를 살며시 흔들어 나는 비몽사몽 시계를 쳐다봤다.

오전 5시 45분. 더 자고 싶었다. 내게 위로가 되는 결론을 내리려 했다. 학교는 언제라도 갈 수 있잖아. 나중에라도. 월요일에 갈 수도 있지. 아니면 화요일. 아니면 다음 주 금요일.

"제시카!"

엄마가 또다시 내 어깨를 흔들었다. 엄마를 멀리 내보내고 싶었지만, 너무 피곤해서 그럴 힘조차 없었다.

"알고 있어요."

하지만 마음 한구석에선, 내가 무엇을 알고 있는지 모른다는 걸 알고 있었다. 하지만 그게 무엇이든 간에, 뭐 대단한 건 아닐 것이다.

"책 읽느라 밤샌 거야?"

"밤샌 건 아니고."

엄마가 침대에서 역사 책을 치우며 야단을 쳤다.

"숙제가 그렇게 중요한 건 아니잖아!"

나는 툴툴거린 다음 이불 속으로 쏙 들어갔다. 그저 잠을 더 자고 싶었다.

"제시카."

엄마가 내 머리에서 이불을 살며시 걷으며 말했다.

"오늘은 중요한 날이야. 학교에 가잖아."

"너무 피곤해요."

나는 이불을 머리 위로 끌어올렸다. 그런 다음 기억이 났다.

피오나. 그리고 피오나가 준비한 컵케이크와 현수막, 환영 풍선들.

"피오나가 일을 크게 벌인 건 아니겠죠? 제발 그렇다고 말해 주세요."

엄마가 내 얼굴을 찬찬히 들여다본 다음, 새어 나오는 웃음을 감추지 않으며 말했다.

"그 애는 네가 더 잘 알잖아."

"으으으윽."

나는 괴로워하며 일어나 앉자 엄마가 내 이마에 입을 맞췄다.

"샤워할래?"

나는 시계를 확인했다. 거의 6시였다.

"그럴 시간은 없어요."

"그러면 엄마는 아침 준비할게."

엄마는 내게 하루를 시작할 시간을 주며 자리를 떠났다.

나는 다리를 쭉 뻗었다. 아침 물리 치료를 시작했다. 이제는 이게 몸에 배었다. 예전에는 해야만 해서 했지만, 지금은 내 몸이 아직도 잘 움직이고 있다는 걸 느낄 수 있게 해 줘서 했다. 스트레칭, 근력 운동, 강화 훈련. 나는 양발과 양손을 다 했다. 그리고 수건, 늘어나는 밴드, 아령을 이용했다. 아침 운동은 잠에서 깨는 데 도움이 되었다.

그다음 욕실에 들어가 스펀지를 적셔서 간단히 씻고 머리를 매만졌다. 그리고 긴팔 티셔츠에 모자 달린 조끼, 부드러운 청바지를 입었다. 나는 오른쪽 바지를 접어 올린 다음 핀으로 고정시켰다. 이렇게 하니 다리가 없다는 게 너무 여실히 드러났지만, 정말로 이건 어떻게 숨길 수가 없었다. 그리고 바지가 밑에서 펄럭이면 마음이 편치 않았다.

"정말 멋진데!"

내가 깡충거리며 부엌 식탁으로 가자 엄마가 탄성을 질렀다.

"우리 딸, 잘 잤나?"

아빠가 신문을 옆으로 내려놓으며 말했다. 식탁에는 소시지와 토스트, 스크램블드에그, 오렌지 주스, 우유가 차려져 있었다.

"케일리! 아침 먹어! 이러다 늦겠다!"

엄마가 있는 힘껏 소리쳤다. 나는 아침을 먹으며 케일리가 내려오기를 기다렸다. 그러면서 케일리가 평소처럼 아침을 한입 먹고 뛰어나가지 않았으면 했다. 나랑 식탁에 좀 더 오래 있었으면 했다. 케일리와 처음부터 다시 시작하고 싶었다. 어쩌면 '마시가 내 다리 잡은' 이야기를 케일리한테 해 줄 수도 있었다.

하지만 케일리는 나타나지 않았다. 그리고 아빠랑 둘이서만 먹는 아침은 어쩐지 어색했다. 우리는 침묵 속에서 이따금 짧은 대화를 나눴지만 역시나 낯설었다. 아빠는 뭔가 할 말이 있지만 참고 있는 듯했다.

마침내 케일리가 쿵쿵거리며 계단 내려오는 소리가 들리자 아빠는 내게 물었다.

"오늘, 코치 만날 거나?"

"음…… 잘 모르겠어요. 만났으면 좋겠는데."

"그래, 그래야지."

나는 포크를 잠시 내려놓고 아빠를 바라보았다.

"아빠, 그건 코치 잘못이 아니에요. 코치는 좋은 분이에요. 피오나가 그랬어요. 코치 아니었으면 저는 과다 출혈로 죽었을지도 모른다고."

아빠가 고개를 무겁게 끄덕였다.

"나도 안다."

"그러면 코치한테 왜 화가 난 거예요?"

엄마가 아빠한테 이제 그만하라는 눈 신호를 보냈다. 그와 동시에 케일리가 부엌으로 휙 날아 들어왔다.

"진짜로 학교 가는 거야?"

"시험 삼아서."

그러자 케일리가 우뚝 멈추며 말했다.

"그래, 맞아. 그러다 보면 모든 게 다 잘될 거야."

그런 다음 나를 꼭 안으며 내 귀에다 나직이 속삭였다.

"어제 일은 미안했어."

아빠는 나가고 잠시 후 초인종이 울렸다.

"빨리 가야겠다!"

케일리가 말했다. 그런 다음 스크램블드에그를 급하게 두 입 쑤셔 넣고는 주스를 벌컥벌컥 마셨다.

나는 엄마한테 아빠가 왜 코치에게 화가 났는지 물었지만, 엄마는 대답하지 않았다.

"네가 걱정할 일 아니야."

"그러니까 제가 걱정할 일이 아닌 게 뭐냐고요?"

하지만 초인종을 누른 사람은 케일리를 태우려고 온 게 아니었다. 그건 나였다.

"피오나! 들어와, 어서 들어와."

엄마는 이렇게 소리치며, 내 질문을 부엌에서 완전히 쓸어 내 버렸다.

"준비됐어?"

피오나가 흥분을 가라앉히지 못하며 물었다. 설레기도 하고 두려운 마음도 들었다.

하지만 나는 고개를 끄덕였다. 심호흡을 하고 자리에서 일어났다.

어제 많이 움직인 탓에 몸이 아팠다. 특히 목발로 앤절로 식당에 갔다 왔더니 양쪽 겨드랑이가 쓸려서 따끔거렸다. 그래서 양치질을 하고 학교 준비물을 챙긴 다음에, 휠체어를 타고 가는 문제로 크게 논쟁할 생각이 없었다.

"오늘은 여왕이 되는 거야."

피오나가 나를 설득하려고 이렇게 말하자 엄마가 맞장구쳤다.

"학교가 오죽 넓니!"

"알았어요."

그래서 피오나와 엄마는 서둘러 나를 차에 태우고 내 가방과 휠체어도 차에 실었다. 엄마가 내게 입맞춤을 한 다음 말했다.

"엄마는 네가 정말 자랑스러워."

나는 미소를 지었다. 그리고 차 문을 닫았다. 피오나가 도로변에서 차를 빼는 동안, 나는 창문을 내리고서 마치 행진에 나선 여왕처럼 손을 흔들었다.

엄마가 웃었다. 나도 웃었다. 지금까지는, 아주 좋았다.

9. 수치심

학생 주차장에 들어섰을 때 나는 더는 웃지 않았다. 대신 가슴이 두방망이질을 해 댔다. 집에 가고 싶어서 미칠 지경이었다.

학교에는 이미 사람들로 넘쳐 났다. 피오나와 나는 오전 7시 30분 전에 도착하기로 계획을 잡았다. 그런데 벌써 오전 7시 40분이었다.

다리 하나로 움직이자니 모든 게 다 더뎠다. 모든 것이.

"괜찮을 거야. 그리고 나한테 1분만 줘. 네 왕좌를 가져올게."

"수업 시작까지 10분밖에 안 남았어. 우리 그냥⋯⋯."

"괜찮을 거라니까."

피오나가 급히 문을 열고 자동차 뒤쪽으로 나가며 소리쳤다. 그리고 해치백을 열어 접혀 있는 휠체어를 내린 다음 뒷좌석을 향해 말했다.

"제시카, 이게 정말 최선이야. 곧 알게 될 거야. 괜찮을 거라는 걸."

나는 다리를 절뚝거리며 차 밖으로 나왔다. 피오나가 휠체어를 펼친 다음 그것을 밀고 조수석 문 앞까지 왔다.

"자, 여기 있어!"

피오나가 말했다. 그리고 나는 앉았다.

나는 휠체어가 익숙하지 않았다. 휠체어는 작지만 컸고, 불안정하지만 안전해 보였다. 이 모든 게 동시에 느껴졌다.

왼쪽 다리는 발판 때문에 갑갑하게 느껴졌다. 오른쪽 다리는 바다에서 길을 잃은 것처럼 느껴졌다. 갑자기 접어 올린 바지를 밑으로 내리고 싶었다.

그렇게 하면 불쌍한 괴짜처럼 보이지 않을 수도 있었다.

나는 바지에 꽂은 안전핀을 모두 뺐다. 그동안 피오나는 차에서 가방을 꺼냈다. 피오나가 물었다.

"여왕님, 준비되셨습니까?"

나는 고개를 끄덕였다. 피오나가 자기 가방은 어깨에 메고 내 가방은 내무릎에 올려놓았다.

"자, 그럼 갑니다!"

피오나가 서둘러 나를 밀며 학교 정문으로 갔다. 그러자 오른쪽 바지 아래가 펄럭였다. 당혹스러웠다. 나는 완전히 자제력을 잃고 소리쳤다.

"멈춰!"

피오나가 계속 밀면서 물었다.

"왜 그래?"

"멈추라고!"

피오나가 멈췄다. 그리고 앞으로 와 내 얼굴을 보며 부드럽게 말했다.

"이제 거의 다 왔어. 괜찮을 거야. 내가 약속할게. 진짜로."

"바지가 펄럭여서 미치겠어."

나는 다시 바지를 접어 올려 핀으로 고정했다. 피오나가 다시 물었다.

"지금은, 좋아?"

나는 고개를 끄덕였다. 하지만 좋은 건 아니었다. 전혀 좋지 않았다.

나도 잘 알고 있었다. 이건 내 잘못이 아니라는 걸. 나는 잘못한 게 아무것도 없다는 걸. 그래도 여전히, 나는 수치심을 느꼈다.

10. 정말 등교

기분이 마구 곤두박질치고 있을 때 샨달 노우드를 만났다.

"제시카 언니?"

샨달이 왼쪽에서 툭 튀어나오더니 우리한테 걸어왔다.

"언니!"

샨달이 소리를 꽥 질렀다.

"드디어 돌아왔구나!" 샨달은 나를 숨이 막힐 정도로 꽉 안았다.

2학년인 샨달은 다리가 빨라서 우리 학교 대표팀의 100미터 선수로 뛰고 있을 뿐만 아니라 잠재력이 뛰어난 원반던지기 선수이기도 했다. 샨달이 원반을 한 손에 쥐고 빙글빙글 돌다가 휙 던질 때, 제대로만 던지면 원반이 하늘 높이 날아올랐다. 하지만 가끔은 돌다가 엉뚱한 방향으로 날려 버리기도 했다. 그래서 샨달이 원반을 들고 빙글빙글 돌 때면 우리는 안전을 위해 멀리 떨어졌다.

나도 샨달을 안아 주었다. 마음이 조금은 진정되었다. 나는 샨달의 어깨 위로 중얼거렸다.

"널 보니까 나도 좋네."

샨달이 뒤로 물러나며 미소를 지었다. 그리고 그다음에…… 아, 대체 무슨 말을 해야 하는 걸까?

내가 육상 팀 연습에 나갈 것도 아닌데. 그것 말고는 공통점도 없는데.

"우린 얼른 가 봐야 해. 학교 돌아온 첫날부터 지각할 순 없잖아!"

피오나가 말하자 샨달이 손을 흔든 다음 서둘러 떠났다. 피오나가 나를 밀며 주차장을 가로질렀다. 그리고 아치 모양의 학교 정문을 통과해 안으로 들어갔다. 피오나는 빠른 걸음으로 걸으면서 재잘재잘 떠들었다.

"우리는 정말 운이 좋은 거야. 우리 학교는 울타리 같은 것들로 꽉 막혀 있지도 않고, 복도도 심하게 붐비지 않으니까. 또 네가 수업을 듣기 위해서 계단을 오르락내리락하지 않아도 되고."

피오나 말이 맞았다. 그러다 나는 문득 '비가 오면 어떡하지?'라는 생각이 들었다.

우리는 학교 정원으로 들어섰다. 피오나가 나를 밀면서 정원 길을 걷는 동안, 나는 피오나가 부지런히 준비한 것들을 보았다. 우리 오른편으로는 그리스풍의 노천극장이 있는데, 계단식 시멘트 의자가 반원형으로 쫙 펼쳐져서 무대에 맞닿아 있었고 점심 때면 주로 부잣집 애들이 이곳으로 몰려들었다. 그 노천극장의 벽을 따라 풍선들이 쭉 붙어 있었고, 그 사이에 "제시카, 돌아온 걸 환영해!"라고 쓰인 커다란 현수막이 있었다.

나는 어깨 너머로 피오나에게 미소를 보냈다. 피오나가 몸을 앞으로 숙이며 내게 속삭였다.

"개빈이 도와줬어."

예비 종이 울렸다. 피오나가 첫 번째 수업 시간에 늦지 않도록 서둘렀다. 두세 명 정도가 손을 흔들며 인사했다. 하지만 대부분은 잔디를 가로지르면서 수업 시작종이 치기 전에 들어가려고 서둘렀다.

"정말 고마워. 그리고 현수막 맘에 들어."

그런 다음 나는 몸을 크게 비틀어 뒤를 돌아보았다.

"여긴 언제 왔던 거야?"

피오나가 웃었다. 마치 '넌 죽었다 깨어나도 모를 걸'하는 표정으로.

"일찍."

리버티 고등학교는 정원을 중심으로 건물들이 마차의 바큇살처럼 펼쳐져 있었다. 예전에는 학교 규모가 훨씬 더 작았다. 그런데 시간이 흐르면서 임시 교실들이 원래 있던 건물들 뒤로 계속 세워지고 있었다. 건물들이 모여 있는 각각의 구역은 '관'이라고 불렸다. 그리고 관마다 고유의 숫자가 있었고, 각 관에서 특정 과목을 하나씩 들을 수 있었다. 예를 들어 수학은 900관, 과학은 800관, 영어는 200관에서 진행했다.

이런 방식이 창의적이진 않았지만 그래도 건물들을 쉽게 알아볼 수 있었다.

피오나는 나를 밀고 200관의 한 건물로 들어갔다. 이 건물은 일반 트레일러 주택 두 채를 옆으로 붙여 놓은 것으로, 정말 일반 주택을 교실로 꾸며 놓은 것이었다. 그리고 다른 건물들처럼 여기에도 경사로가 있었다. 전에 나는 지그재그로 길게 놓인 이 경사로가 항상 성가셨다. 수업에 늦어 빨리 가야 할 때도 여기서 시간을 다 잡아먹었고, 수업 끝나는 종이 울리면 여기서 병목 현상이 벌어져 꽉 막혔다. 그리고 무엇보다 소리가 요란했다. 수업 중에 무언가를 전달하러 오는 사람들은 경사로로 쿵쿵거리며 올라왔다. 시험을 치고 있을 때, 이 소리가 나면 나는 집중력이 흐트러졌다.

게다가 경사로는 흉측했다. 페인트칠한 나무에 파이프 가드레일…… 선생님 몇 분이 예쁘게 꾸며 보려고 애는 썼지만 성공한 사람은 아무도 없었다.

그리고 지금 이 경사로는, 내가 교실에 갈 수 있는 유일한 길이었다.

경사로는 예상보다 더 내 신경을 건드렸다. 신입생이었을 때, 나는 친구들과 교실에 들어가면서 이 가드레일에 매달려 아래로 휙 넘어갔고 나오면서는 가드레일을 뛰어넘곤 했다. 그냥 그게 더 빨랐기 때문이다.

선생님들은 야단을 쳐서 우리가 그렇게 못 하도록 했다. 아니면 순전히 우리가 철이 들어서 그렇게 안 하는 것일 수도 있었고. 하지만 피오나가 나를 밀며 경사로를 올라갈 때, 나는 더는 예전 방법들로 올라갈 수 없다는 것을 깨달았다.

무엇이 내 마음을 움직였는지는 모르겠지만 나는 휠체어 바퀴를 꼭 잡고 밀기 시작했다.

"조심해. 손가락이 끼일 수 있다고!"

"그냥 내가 하게 해 줘."

하지만 막상 피오나가 옆으로 비켜나자 나는 이게 절대 쉬운 일이 아니라는 걸 알아차렸다. 휠체어를 움직이려면 어깨 뒤의 삼두근과 팔뚝의 힘이 필요했는데, 내게 이 근육들의 힘은 턱없이 부족했다.

게다가 조종도 잘하지 못했다. 나는 휠체어를 밀며 경사로의 중간쯤까지 갔지만, 통로를 막아 버려 아무도 못 지나가게 하고 있었다.

"먼저 가세요."

나는 뒤에서 기다리는 사람들에게 웅얼거렸다. 피오나한테 안으로 밀어 달라고 했다. 그러다 문득 생각지도 못한 문제가 떠올라 마음이 심란했다.

교실에 가면 나는 어디에 앉아야 하지? 휠체어에서 내려와 내가 앉았던 일반 의자로 옮겨야 하나? 아니면 휠체어에 앉은 채로 교실 뒤에 있어야 하나? 그럼 필기는?

마침 알로이 선생님이 들어왔다. 다행이었다.

"제시카!"

선생님이 교실 뒤로 오면서 소리쳤다.

"다시 만나서 정말 기쁘구나! 아무도 모르는 것 같았거든…… 네가 언제 돌아오는지 말이야."

그러더니 빈 책상 하나를 끌고 와 휠체어 옆에 두며 말을 이었다.

"네가 쓸 수 있는 커다란 탁자를 갖다 달라고 말해 둘게. 하지만 오늘은 이걸로 할 수 있겠니?"

"그럼요."

나는 마치 모든 일이 잘 풀리고 있다는 듯이 미소 지었다.

"저, 알로이 선생님?"

피오나가 선생님을 불렀다. 피오나는 내게 영어 숙제 목록을 꺼내라는 신호를 보냈다.

"그동안 밀린 제시카의 영어 숙제 목록이에요. 병원에 있어서 할 수가 없었죠. 선생님도 이해해 주실 거라고 믿어요. 지금 밀린 숙제를 다 하려고 하니까 너무 엄두가 안 나서요. 여기서 몇 개만 빼 주시면 안 될까요?"

선생님이 피오나를 빤히 쳐다보았다. 피오나도 선생님을 바라보았다.

"선생님, 제시카는 수업이 여섯 개예요."

그러면서 숙제 목록 종이를 살짝 흔들었다.

"다른 과목들도 전부 다 이렇게 많다니까요."

그런 다음 간절한 눈빛으로 선생님을 쳐다보았다.

"조금만 봐 주세요, 네?"

선생님이 그 목록을 가져갔다. 그리고 나를 보며 미소 지었다.

"우리 한번 방법을 찾아 보자."

수업 시작 종이 울렸다. 선생님이 교실 앞으로 나가면서 소리쳤다.

"얘들아, 안녕? 다 들어왔니? 그럼 우리, 제시카를 환영해 줄까?"

모두 박수를 치고 휘파람을 불었다. 두 명은 자리에서 일어나기까지 했다.

피오나가 자기 자리로 돌아가면서 내게 빙긋 웃으며 윙크를 보냈다. 이건 어떤 특정한 뜻을 담은 윙크였다.

넌 할 수 있어. 해낼 수 있다니까. 하나는 했고, 이제 다섯 개 남았다.

11. 점심

많은 사람이 내게 와서 인사를 건네고 학교에 돌아와서 기쁘다고 말해 주었지만, 더 많은 사람은 그냥 못 본 척 지나갔다. 그러자 나 스스로 마음의 문을 닫는 게 느껴졌다.

피오나는 케일리가 한 충고를 똑같이 해 주었다.

"웃어. 그리고 마음을 열어 봐. 네가 먼저 다정하게 굴면, 저 사람들도 너한테 다정하게 대해 줄 거야."

하지만 쉽지 않은 일이었다. 오히려 반대로, 저 사람들이 나한테 먼저 그래야 하는 거 아닌가? 하지만 사람들이 나를 투명인간처럼 대하는 건 싫어서 피오나의 충고대로 하려고 노력했다.

또 나는 선생님들한테 내 생각을 직접 말하려고 노력하면서 숙제를 일부빼 달라고 요청했다. 그러면 선생님들은 대부분 너그럽게 봐 주었다. 하지만 아무리 그래도 남아 있는 숙제의 양이 만만치 않았다. 새 단원에 들어가면서 새로 내 준 숙제도 함께 해야 했기 때문이다.

과학 수업이 끝나고 베더 선생님이 내 숙제 목록을 다시 돌려주었다. 나는 깜짝 놀랐다. 선생님이 원래 해야 할 큰 숙제 대신 500자 이내의 에세이를 제출하라고 하면서, 풀어야 할 문제지도 세 장으로 확 줄여 주었기 때문이다.

내가 그 목록을 다 확인하자 선생님이 말했다.

"마음 같아선 다 없애 주고 싶지만, 그래도 교육 과정에 꼭 필요한 것들은 남겼단다."

나는 꽤 부담되었던 큰 숙제를 안 해도 되자 마음이 편안해졌다.

"아니에요, 이걸로도 충분해요. 정말 도움이 많이 되었어요!"

선생님은 나를 보며 상냥하게 미소 지었다.

"네가 돌아온 것만으로도 기쁘구나, 제시카. 필요한 게 있으면 언제든 이야기하렴, 알았지?"

나는 고개를 끄덕이며 선생님에게 고마운 마음을 전했다. 그리고 주말 즐겁게 보내셨으면 좋겠다고 인사를 했다. 하지만 피오나가 나를 문 쪽으로 밀기 시작하자 선생님이 물었다.

"부모님은 좀 어떠시니?"

질문이 조심스러웠다. 마치 이런 걸 물어봐도 되는 건지 확신이 안 선다는 듯. 하지만 선생님은 모른 척 넘어갈 수 없는 것처럼 보였다.

그리고 이 질문은 내가 그날 받은 질문 중에서 처음으로 나온 아주 개인적인 질문이었다. 그리고 뭔가 이상한 질문이기도 했다. 베더 선생님은 우리 부모님을 전혀 알지 못했기 때문이다.

피부가 따끔따끔했다. 왜 나한테 이런 걸 물어보시는 걸까?

하지만 그 순간, 선생님의 책상 위에 있던 사진들이 떠올랐다. 선생님의 딸 한나의 사진들이었다. 한나는 집 앞에서 도마뱀을 잡아 선생님에게 만우절 장난을 치다가 자전거에서 떨어져 팔이 부러졌다.

문득 선생님의 질문이 이해되었다. 선생님은 우리 엄마 아빠를 몰랐지만, 선생님도 부모였다. 그래서 나는 선생님에게 사실대로 말했다.

"좋으실 때도 있고 나쁘실 때도 있어요, 저처럼요."

내 목소리는 부드러웠다.

선생님이 고개를 끄덕였다. 그리고 숨을 깊이 들이마시더니 다시 내쉬면서 말했다.

"선생님은 상상조차 할 수 없구나."

베더 선생님과 인사를 하고 나와서 경사로를 내려갈 때 피오나가 속삭였다.

"좀 어색했던 거 알아?"

"아니야, 난 진짜 괜찮았어."

점심시간이었다. 배가 고팠다. 하지만 피오나는 정원 쪽으로 가지 않았다. 오히려 거기서 멀어지고 있었다.

"어디 가?"

"점심 먹으러."

피오나가 짓궂게 웃으며 대답했다.

'점심'은 카이로 코치의 교실에 차려져 있었다.

'점심'은 피자와 샐러드, 컵케이크, 탄산수, 쿠키, 그리고 사탕이었다.

'점심'은 풍선과 리본 장식, 그리고 화이트보드마다 "제시카, 돌아온 걸 환영해"라고 적어서 예쁘게 장식한 곳에 있었다.

'점심'은 육상 팀 선수들과 친구들과 코치의 모임이었다. "서프라이즈!" 모두 소리쳤다. 그리고 파티용 나팔을 불거나 나한테 색종이 조각들을 뿌렸다.

'점심'은 나를 울렸다. 순간 깨달았다. 내가 이 사람들을 얼마나 그리워했는지. 우리는 그냥 모여서 달리기만 하는 게 아니었다. 우리는 팀이었다.

"너희들 정말 고마워."

나는 목이 메어 간신히 한마디 했다. 그리고 눈물을 훔쳤다.

"제시카는 유쾌하고 좋은 동료이며……."

누군가가 이렇게 말하기 시작했다. 이건 정말 이 상황에 맞지 않는 말이었지만, 뭐 상관없었다. 누군가가 소리쳤다.

"말해라! 말해라!"

내가 끔찍한 사고에서 살아남은 게 아니라, 마치 무슨 대단한 일을 하고 온 것처럼 느껴졌다. 나는 고개를 세차게 저으면서 이런 말도 안 되는 생각을 떨쳐 버렸다. 그리고 간단히 말했다.

"먹어라! 먹어라!"

모두 한바탕 웃은 다음 먹을 것에 냅다 달려들었다. 왜냐하면, 음…… 달리기 선수는 항상 배가 고프니까. 안 고플 때가 있기는 할까?

피오나가 내게 샐러드 한 접시와 페퍼로니 파인애플 피자 한 조각을 갖다 주었다. 카이로 코치가 내 옆으로 책상을 갖다 놓으며 말했다.

"넌 몰랐을 거야. 우리가 얼마나 널 보고 싶어 했는지."

나는 고개를 끄덕이며 웃어 보이려 애썼다. 코치는 내가 기억하는 것보다 흰머리가 더 늘어 부쩍 나이 들어 보였다. 그러다가 코치의 손목에 둘린 팔찌가 눈에 들어왔다. 초록색과 검은색 실을 꼬아서 만든 그 팔찌는 중간에 어떤 글자가 새겨져 있었다. "루시".

나는 눈길을 돌렸다. 기분이 좋지 않았다. 그 사건 이후로 코치와 대화를 나누지 않았기 때문이다. 코치는 병원에 찾아왔었다. 나는 코치를 보고 싶어 하지 않았다. 지금껏 코치는 나를 믿어 주었고 내게 맞는 운동 연습을 시켜 주었다. 그렇게 코치를 만난 지 3년 만에, 나는 지난번 내 마지막 리그에서 가장 빠른 400미터 단거리 주자가 되었다.

나는 그런 코치에게 전화 한 번 하지 않았다.

"언젠가 너랑 이야기를 나누고 싶었단다."

"저도요. 그리고 죄송해요. 제가 그렇게…… 마음을 닫고 있어서."

그러자 코치가 고개를 저었다.

"제스, 누가 너한테 뭐라고 할 수 있겠니? 괜찮아."

나는 코치를 바라보다가 불쑥 물었다.

"그런데 저희 아빠랑 무슨 일이 있었나요?"

코치는 마음이 무거워 보였다.

"보험 문제가 복잡하게 얽혀 있어서 그래. 그리고 그 문제들은 너희 아버지랑 내가 바라는 만큼 빨리 해결이 안 되고 있단다. 안타깝게도, 너희 아버지는 내가 어떻게 압력을 가해서 이 문제들을 해결할 수 있다고 생각하시지. 하지만 그건 진짜로 내 소관이 아니야."

"보험 때문이라고요?"

"그건 어떡해서든 해결이 될 거야. 다만 시간이 걸릴 뿐이지."

당혹스러웠다. 아빠가 보험 문제로 카이로 코치를 싫어했단 말이야? 그게 어떻게 코치의 책임일 수 있지? 하지만 그다음 나는 궁금해졌다. 그럼 병원비는 누가 낸 거지? 구급차는? 물리치료사는? 휠체어, 목발, 압박 양말……, 그밖에 다른 것들은?

전엔 이런 문제들을 깊이 생각하지 않았다. 그냥 잘 처리되었을 거라고 믿었다. 코치가 자리에서 일어나며 말했다.

"제시카, 파티에서 찬물을 끼얹을 생각은 전혀 없었단다. 마음껏 즐겨, 알았지? 우리는 네가 돌아오면 환영해 주려고 오랫동안 기다렸어."

코치가 몸을 돌리더니 음식에 몰려 있는 팀원들을 항해 소리쳤다.

"자, 주목! 모두 이리 와서 제시카랑 이야기를 나눠라! 안 그러면 전부 운동장 달리기다!"

코치가 소리칠 때 모두 귀를 기울여 들었다. 그리고 순식간에 나는 팀원들의 사랑과 수다, 반쯤 먹은 피자로 둘러싸였다. 학교에 돌아온 첫째 날, 뭔가 어색하고 이상하긴 했지만 그래도 여기에 있으니 참 행복했다.

그리워하던 것들을 다시 보니 행복했다.

12. 로사

피오나와 같이 듣지 않는 수업은 수학 하나뿐이었는데, 수학은 그날 마지막 시간이었다. 나는 수학Ⅱ의 삼각함수를 들었고, 피오나는 미적분 기초를 들어서 서로 반이 달랐다. 피오나가 내년에는 나와 같은 수업을 듣기 위해 미적분 심화 수업을 듣지 않을 거라고 선언했지만 나는 그렇게까지 할 필요 없다고 했다. 피오나는 정말 할 만큼 했다.

5교시가 끝나자 피오나는 나를 밀면서 학교를 가로질러 900관으로 급히 갔다. 그리고 숨을 헐떡이며 나를 교실 앞까지 밀고 갔다. 러커 선생님이 칠판을 지우고 있었다. 러커 선생님은 우리 둘 다 신경이 쓰이는 선생님이었다. 이 선생님은 로봇 같았다. 웃은 적도, 긴장이 풀어진 적도, 어떤 개인적인 일들을 학생들과 공유한 적도 없었다.

러커 선생님의 삶은 전부 숫자와 관련되었다. 그리고 선생님의 표정이나 태도는, 선생님의 곧고 검은 비대칭 보브 커트 머리만큼이나 엄격했다. 나는 선생님한테도 어딘가에 인간다운 면이 있을 거라고 확신했다. 하지만 선생님의 수학Ⅰ과 Ⅱ를 듣고 난 다음에는 더는 그런 걸 찾으려 하지 않았다. 나는 그저 이 수학 수업이 끝나기만을, 그리고 선생님과 끝나기만을 기대했다.

러커 선생님은 피오나가 누구인지 잘 알았다. 피오나가 작년에 선생님 수업을 들었을 뿐만 아니라, 내 숙제를 선생님에게서 받아 왔기 때문이다. 분명 선생님은 내가 누군지도 잘 알았다. 그런데도 칠판을 닦다 말고 뒤를 돌았을 때 내게 아무 말도 하지 않았다. '돌아와서 기쁘다', '만나서 반갑다' 같은 말들 말이다. 선생님은 그저 나를 가늠하고 있었다.

나는 살짝 당황했다. 그리고 선생님에게 숙제를 좀 줄여 달라고 이야기하기 시작했다. 내가 이야기를 하는 동안에도 선생님의 표정은 조금도 바뀌지 않았다. 선생님은 그냥 나를 유심히 보기만 했다.

확실히 선생님은 내가 선생님에게 입력한 데이터를 달가워하지 않았다. 그리고 어떠한 반응도 보이려 하지 않았다. 동의하지 않는다는 반응만 빼고. 그래서 나는 바인더를 열고 내가 다 끝낸 숙제들을 꺼냈다.

"확률은 푼 다음에 답도 확인했어요. 밀린 숙제에 새로 내 주시는 숙제까지 하려면 부지런히 해야겠네요."

선생님이 내 숙제를 가져가더니 쭉 훑어본 다음 말했다.

"확률은 잘 푼 것 같구나."

그게 다였다. 선생님은 다시 몸을 돌려 칠판을 깨끗이 닦으며 물었다.

"로사랑 앉을래?"

나는 잠시 아무 생각도 안 났다. 그러다가 선생님이 교실 맨 뒤에 앉는 그 여자애를 말한다는 걸 알아차렸다. 그 애는 특별한 도움이 필요했다.

그 애는 전동 휠체어를 타고 다녔다. 그 애는 말을 거의 하지 않았고, 한다 해도 알아듣기 힘들었다. 그 애 이름이 로사라는 것도 난 몰랐다.

"그 탁자는 자리가 충분할 거야."

러커 선생님이 뒤도 돌아보지 않고 말해 나는 혼란에 빠졌다.

그래, 맞아. 나는 다리를 하나 잃었어. 하지만 다른 데는…… 다 멀쩡하단 말이야. 그런데 지금 나한테 특별한 도움이 필요하다고 생각하는 거야? 나를 그렇게 보는 거야? 안 돼! 그러면 안 되지!

게다가…… 내가 특별한 도움이 필요한 애들 옆에 앉으면, 사람들은 나도 그런 애라고 생각할 것이다. 그냥 그런 거였다. 러커 선생님이 뒤를 돌아서 나를 물끄러미 보았다. 선생님은 대답을 원했다.

나는 속으로 갈등했다. 거짓말을 하고 싶었다. 나는 근시라서 원래 앉던 앞자리에 앉아야 한다고, 내가 휠체어에서 깡충 뛰어 그 의자에 앉으면 된다고. 하지만 나는 오늘 학교에서 느낀 두려움도 떠올랐다. 별종이 된 것 같은 그 느낌. 로사는 어떤 기분일까?

나는 지금껏 로사를 똑바로 본 적 없었다. 솔직히 말해서, 그 애를 완전히 없는 사람 취급했다. 그게 더 쉬웠다. 덜 불편했다. 순전히 나를 위해서.

"네, 그럴게요. 로사랑 앉으면 저도 좋을 것 같네요."

그러자 선생님이 고개를 살짝 들어 허리를 세우더니 몸을 돌려 칠판을 마저 닦았다. 그래서 나는 로사 옆에 앉게 되었고, 피오나는 미적분 수업을 들으러 뛰어나갔다. 잠시 후 수업 시작 종이 울렸다. 모두 조용히 앉아 러커 선생님이 이야기하길 기다렸다.

제시카가 돌아왔으니 환영해 주자는 말은 전혀 없었다. 그저 평소처럼 수업이 진행되었다. 숙제 꺼내기. 교환하기. 채점하며 복습하기.

수학 시간 중간에 나는 깜짝 놀랐다. 로사가 나한테 쪽지를 한 장 밀어 넣었기 때문이다. 그건 수학 시간에 절대로 해서는 안 될 짓이었다.

나는 얼른 그것을 읽었다. 그리고 나도 똑같은 죄를 저질렀다. 우리는 몇 번 더 쪽지를 주고받았다. 로사는 평생 휠체어에 있었고, 목발을 짚어야만 걸을 수 있다고 했다. 그리고 태어날 때부터 뇌성마비를 앓았다고 했다. 그밖에도 내가 알게 된 사실은, 로사는 올해 신입생이고 초밥을 좋아한다는 것, 수학이 쉽다는 것, 그리고 점심은 402호에서 먹는다는 거였다.

언니도 올 수 있어. 우리가 얼마나 재미있게 노는데!

로사가 이렇게 적어 주었다.

로사는 이미 내 이름을 알고 있었다. 그리고 피오나도.

피오나 언니는 정말 좋은 사람 같아.

로사는 글 옆에 긴 속눈썹을 한 웃는 얼굴 이모티콘을 크게 그려 놓았다.

정말 멋진 친구지.

나는 이렇게 쓴 다음에 긴 머리칼이 곱슬곱슬한 웃는 얼굴 이모티콘을 덧붙였다. 로사가 나를 보며 한쪽 입꼬리만 올라간 미소를 지었다. 그러고는 다시 글을 써서 보냈다.

의족은 언제 맞춰?

나는 얼른 휘갈겨 써서 넘겼다.

글쎄, 이르면 다음 주?

벌써? 우와! 축하해! 언니는 정말 운이 좋아!

이 글을 읽자, 눈시울이 화끈해지면서 내 안에 있는 뭔가가 툭 끊어졌다. 아니면 연결되었거나. 아니면 그냥 바뀌었거나, 뭐 어쨌든 간에.

갑자기 내가 정말로 운이 좋다는 생각이 들었다. 또다시 400미터를 55초에 끊을 수는 없을 테지만, 혼자 일어설 수는 있을 것이다.

평생 휠체어에만 앉아 있지는 않을 것이다.

13. 개빈

수업이 끝나고 피오나가 나를 밀며 학교 정원 쪽으로 가면서 입을 열었다.

"방금 뭔가를 깨달았어."

"뭔데?"

"오늘 파티에 누가 안 왔는지 알아?"

"음…… 누군데?"

"메릴."

나는 무릎에 있던 가방을 살짝 뒤척이며 말했다.

"가만 보자, 내가 메릴을 그리워했던가? 절대 아니거든!"

나는 몸을 돌려 피오나를 힐끗 보며 말을 이었다.

"그 애는 잊어버려, 알았지?"

"쉽지 않아."

"피오나, 네가 그 애를 싫어하는 건 나도 알고 있어. 그런데 너무 집착하니까 좀 의심이 들기 시작하네. 너 혹시 개빈 좋아하니?"

그러자 피오나가 휠체어를 세우고 앞으로 와 내 눈을 똑바로 보며 말했다.

"나를 그런 친구로 보는 거야? 그 애를 좋아하는 건 너잖아. 그래서 나는 이런 상황이 괴롭다고. 개빈은 너 같은 애랑 있어야 하니까, 메릴이 아니라!"

"피오나, 제발. 이 얘긴 그만하자."

"나는, 아니 우리는, 개빈이 똑똑하다고 생각했어. 음, 고상하다고 말이야.

학생회장에 출마했을 때 그 애가 한 연설 기억나? 네가 그랬잖아. 들어본 연설 중 가장 감동적이었다고. 그리고 정말 그랬어!"

피오나는 다시 나를 밀기 시작했다.

"그런 애가 어떻게 메릴에게 넘어갈 수 있는 거지?"

"음…… 예쁘니까?"

"남자들은 천박해."

"에헤이, 그건 여자들도 마찬가지야. 여자애들이 개빈을 왜 싫어할까? 그 애의 연설이나 그 애가 학교 신문에 올린 칼럼들, 아니면 그 애가 시작한 '따뜻한 마을 만들기 운동' 때문이라고. 그럼 여자애들은 개빈을 왜 좋아할까? 귀여우니까."

"거 봐. 너는 다르잖아. 그리고 어쨌든 미안해. 내가 개빈한테 짜증 나 있다는 거, 인정. 메릴이 개빈이랑 있는 걸 보니까 속이 뒤집히더라고. 너는 이렇게 힘든 일을 겪고 있는데, 메릴은 무슨 공주처럼 지내잖아."

나는 다시 한번 몸을 뒤로 돌리며 말했다.

"평소처럼 행동해. 흥분하지 말고. 그 애들이 오고 있거든."

개빈과 메릴은 정원 맞은편 꽤 먼 곳에 있었다. 하지만 그 애들은 우리가 있는 길로 들어와 점점 우리 쪽으로 다가왔다. 메릴은 양팔로 개빈의 한쪽 팔을 꽉 끌어안은 채 홀딱 반한 얼굴로 개빈을 올려다보고 있었다. 그런데 그 모습이 참, 메릴다웠다.

둘이 같이 있는 모습은 낯설었지만 그게 그렇게 신경 쓰이지는 않았다. 지금 내게 닥친 문제들이 더 커서 그런 것 같았다. 오래전 짝사랑 상대에 매달리는 것보다는.

하지만 아무리 그래도, 나는 저 애들을 피하고 싶었다. 다른 방향으로 가고 싶었다. 휠체어를 사륜구동으로 바꿔서 풀밭을 가로질러 가고 싶었다. 개빈이든 메릴이든 마주치고 싶지 않았다.

하지만 내가 이런 생각을 피오나한테 말하려는 찰나 개빈이 우리를 알아봤다. 개빈은 걸음을 멈춘 다음 서둘러 우리 쪽으로 왔다. 메릴이 허공을 끌어 안고 있도록 내버려 두고서.

"제시카!"

개빈이 소리쳤다.

"자선사업 대상자가 되는 건 싫은데."

나는 낮은 소리로 투덜거렸다.

개빈이 미소를 지으며 다가왔다.

"하루 내내 찾아다녔어! 점심시간엔 정원에 있을 줄 알았거든!"

개빈은 턱수염을 기르고 있었는데, 피오나 말이 맞았다. 감각 있어 보였다. 아주 세련된 감각. 마치 개빈에겐 그것이 필요했던 것처럼.

메릴이 잰걸음으로 쫓아왔다. 그런 다음 제일 먼저 한 일은 개빈을 또다시 자기 팔로 걸어 잠근 거였다.

"안녕, 제시! 만나서 저어어엉말 반갑다!"

나는 신경이 곤두서는 걸 느낄 수 있었다. 나한테 저따위 싸구려 우정이 필요한가? 피오나가 내 옆으로 와서 메릴은 무시한 채 개빈에게 말했다.

"육상 팀 선수들이 제시카를 위해서 파티를 열었거든. 카이로 코치의 교실에서. 팀원 전부가 거기에 있었지."

피오나가 메릴을 쳐다보며 말을 이었다.

"어머, 팀원 전부는 아니었구나."

개빈이 메릴을 쳐다봤다. 그러자 메릴은 개빈에게서 한 손을 끄르더니 그 손으로 입을 막으며 유감이라는 제스처를 취했다.

"오우, 미안! 완전히 까먹고 있었네!"

"그래, 충분히 그럴 수 있을 거야."

피오나가 이렇게 말하며 빈정대는 눈빛으로 그리스풍 노천극장에 걸린 현수막을 쳐다보았다. 거기엔 "제시카, 돌아온 걸 환영해!"라는 글자가 크고 선명하게 적혀 있었다. 피오나는 얼른 내 뒤로 가며 말했다.

"우린 이만 가 봐야겠다. 갈 곳도 많고, 할 일도 많아서 말이야."

우리 목소리가 들리지 않을 만큼 멀리 떨어지자 나는 혀를 내둘렀다.

"우와! 너 정말 인정사정없구나,"

"저렇게 가식적이고 자기밖에 모르는 애는 처음 봤어. 남자들은 멍청해."

우리는 차에 올라탔다. 갑자기 나는 피곤해졌다.

우리 둘 다 벨트를 맸을 때 피오나가 물었다.

"오늘 네가 해냈어. 기분은 좀 어때?"

나는 피식 웃었다.

"너한테 미안하지. 너는 또 육상 팀 연습하러 가야 하잖아! 나를 위해 이 모든 걸 준비하느라 어젯밤도 꼬박 새워 놓고서. 오늘은 무슨 연습을 하러 가는 거야? 단거리 경주?"

피오나가 자동차 시동을 걸었다.

"솔직히 말하면, 오늘은 그냥 팀 미팅이야. 그리고 코치도 알아. 내가 늦을 거라는 거."

"그냥 팀 미팅만?"

하지만 다음 순간, 그 이유를 알아차렸다.

"내일 글렌우드 릴레이 경주야?"

피오나가 고개를 끄덕였다.

나는 차를 타고 가는 동안 메릴과 함께 있는 개빈을 떠올렸다. 그리고 그 모습이 진짜로 신경 쓰이지 않아서 깜짝 놀랐다. 어쩌면 이건 두 개의 주제가 대비되는 상황이어서 그럴 수도 있었다. 개빈과 글렌우드 릴레이 경주.

마지막 초청 경기 직후에 누군가가 죽었다. 누군가는 다리를 하나 잃었고.

게다가 개빈이 메릴 같은 애를 좋아하는 거라면, 나는 그동안 개빈을 과대 평가하고 있던 건지도 몰랐다.

잠시 이런저런 생각들이 내 안에서 돌아다녔다. 생각이 흐르는 대로 그냥 놔두었다. 하지만 아무리 그래도 결과는 바뀌지 않았다. 나는 나 자신을 위로하지도 않았다. 그리고 내가 개빈과 사귈 가능성이 '희박'에서 '제로'로 되자마자, 애초부터 나는 그 애를 바라지도 않았다며 내게 억지 믿음을 강요하지도 않았다.

간단한 문제였다. 나는 개빈 밴스와 끝났다.

14. 보험

집에 도착했을 때 엄마는 나를 기다리고 있었다. 엄마가 그럴 거라는 걸 나도 짐작하고 있었다. 엄마는 부엌에 썬칩과 치즈를 준비해 놓고서 기다리고 있었다. 내가 제일 좋아하는 오후 간식이었다.

우리는 자리에 앉아서 이야기했다. 나는 기분이 좋아졌다. 엄마가 굉장히 흥미를 가지며 내 하루를 알고 싶어 했기 때문이다. 솔직히 말해서, 이걸 다 어떻게 일일이 설명할 수 있을까? 나는 큼직큼직한 일들을 몇 개 이야기했다. 숙제가 많이 줄었다는 것, 피오나가 정말 대단했다는 것, 카이로 코치 교실에서 나를 위한 파티가 크게 열렸다는 것, 그리고 사람들이 나를 친절하게 대해 줬다는 것들 말이다. 하지만 나를 빤히 쳐다보거나 아예 못 본 척한 눈빛들에 대해선 그냥 넘어갔다. 그리고 개빈이나 메릴, 베더 선생님의 질문, 러커 선생님의 냉담한 태도, 로사와 앉게 된 일들도 말하지 않았다. 나는 너무 피곤해서 힘들었던 일들을 다시 들추고 싶지 않았다.

하지만 피곤하든 안 하든, 내가 꼭 알아야 할 게 하나 있었다.

"……엄마?"

나는 엄마가 내 컵에 주스를 더 따라 줄 때 물었다.

"응, 왜?"

"카이로 코치가 그러는데, 저희 보험 문제가 좀 있다면서요. 도대체 어떻게 된 일이에요? 그리고 아빠는 왜 그게 코치의 잘못이라고 생각하는 거고요?"

"코치가 그랬니?"

"네."

엄마가 주스 통을 내려놓자 통이 살짝 흔들렸다.

"그런 건 얘기하지 말아야 했는데."

엄마는 고개를 흔들었다.

"네 아빠가 몹시 화를 낼 거야."

"왜요? 이해가 안 돼요. 왜 제가 알면 안 되는데요?"

"왜냐면 다른 사람은 몰라도 너만큼은, 보험에 대해 걱정하거나 생각하지도 말아야 하니까. 코치도 그런 문제를 너한테 말해 주면 안 되는 거였어."

"코치는 제가 물어봐서 대답해 준 것뿐이에요."

"보험에 대해서?"

"아니요, 아빠가 왜 코치한테 화났는지요."

"아빠는 코치한테 화나지 않았어, 진짜로. 그냥 이 상황에 화가 난 거지. 그리고 처음에는 코치가 더 심했던 것 같고."

"그럼 정확하게 말해서 아빠는 제가 오해하게 행동했어요. 아빠가 코치한테 화났다고. 그래서 제가 코치한테 물어본 거예요. 이제 됐죠?"

엄마는 한숨을 푹 내쉬었다.

"휴우, 이제 곧 그렇게 되겠구나."

"아빠가 코치한테 화낼 거라고요? 따지고 보면, 그 사고든 보험이든 코치가 잘못한 건 하나도 없어요. 코치는 그 사고 이후로 10년은 늙은 것 같아요. 손목에는 루시 이름이 박힌 팔찌도 차고 있고요, 알겠죠?"

엄마가 또 한숨을 내쉬었다.

"그러니까 보험에 무슨 문제가 있는 건지 알려 주세요! 그게 왜 그렇게 큰 문제가 되는 거예요?"

나는 엄마를 가만히 쳐다보았다. 이유는 모르겠지만 엄마는 한동안 골똘히 생각했다. 마침내 엄마는 숨을 깊게 들이마신 다음 입을 열었다.

"시간이 지나면 해결될 거야. 모든 게 다 잘될 거라고. 지금은 그냥 보험금 지급이 막혀서 그래. 왜냐면 보험 회사들이 보험금 지급을 주저하면서 서로 미루고 있기 때문이지."

"그게 무슨 뜻이에요?"

"잭 로는 보험에 안 들었어."

"우리를 트럭으로 친 사람이요?"

"그래, 보통의 경우라면, 그 사고는 잭의 잘못으로 일어났기 때문에 잭의 보험 회사가 우리 병원비를 내야지. 그런데 그 사람은 보험에 들지 않았어. 합법적으로 등록된 트럭도 아니었고. 트럭에 번호판은 있었지만, 경찰들은 잭이 다른 차에서 그 번호판을 떼어 냈을 거라고 판단하고 있어. 운전 정지되는 걸 피하려고 말이지."

나는 가만히 새겨들었다. 그리고 물었다.

"하지만…… 그 사람이 일한 회사는요? 회사는 보험에 안 들었어요?"

"그 사람은 혼자 일했어. 폐기물을 운반하는 프리랜서 트럭 운전사였고, 건당 돈을 받았지."

"그래서요? 보험도 없고, 돈도 없는 거예요?"

"펜호수 근처에 그 사람 명의로 된 상당한 땅이 있는데, 거기서 그 사람의 아내가 살고 있단다."

"그러니까……, 그 여자 분이 제 병원비를 내기 위해서 그 땅을 팔아야 하는 거예요?"

"응, 하지만 당연히 그 여자 분은 그러기 싫어서 변호사를 고용했지. 그리고 또, 교육청과 학교 버스 회사는 자신들 잘못이 아니라고 주장하고 있고. 그래서 그들은 지금껏 돈을 한 푼도 안 내고 있단다."

"잠깐만요. 학교 버스는 학교 거 아니에요?"

"아니야, 학교 버스는 하청 회사의 소유야. 그래서 보험도 학교와 분리되어 있지. 이 문제는 아주 복잡하단다. 여러 사무실에서 일하는 많은 사람이 서로 자신들의 책임이 아니라고 주장하고 있는 거야."

"그런데…… 우리는 보험이 없나요?"

내 목소리는 점점 작아졌다. 어떤 대답이 나올지 이미 예상되었기 때문이다.

"아빠 걸로 들었지. 건강 보험, 생명 보험, 상해 보험…… 아빠만 적용이 돼."

엄마가 고개를 흔든 다음 흘린 주스를 냅킨으로 닦았다.

"우리도 보험이 있긴 했는데, 보험료가 너무 비싸서 다 해약했어. 이런 상황을 전혀 예상 못 했지."

"그럼 병원비는 누가 내고 있는 거예요?"

"엄마가 말했지? 이 문제를 해결하는 데에는 시간이 걸릴 거라고."

"하지만 그동안은요? 지금까지 돈이 얼마나 들었어요?"

"이건 네가 걱정할 문제가 아니야. 다 잘 해결될 거야, 알았지? 네가 집중해야 할 것은 딱 하나, 다시 일상생활로 돌아오는 거란다."

엄마가 나를 보며 빙긋 웃었다.

"네 이야기를 들어 보니, 오늘 학교에서 큰일을 치른 것 같구나."

잠시 후 엄마는 자리에서 일어나 종이 접시들을 치웠다. 그리고 부드러운 목소리로 말했다.

"지금 이 이야기는 우리 둘만 알고 있었으면 좋겠다. 그리고 아빠가 누구한테 화를 더 낼지 모르겠네. 코치인지 엄마인지."

비밀을 지키는 건 어려운 일이 아니었다. 아빠는 늦게 들어와서 일찍 나갔다. 내가 퇴원한 이후로 아빠는 일을 더 많이 했다. 그리고 이제야 나는 그 이유를 알았다. 나는 계속 병원에 다녀야 했다. 의족도 맞춰야 했다. 누군가는 그 비용을 부담해야 했다.

3부
직진

1. 클로에

월요일 과학 시간이었다. 학교 행정실에서 나한테 쪽지를 하나 보냈다. "즉시 행정실로 오시오"라고 적힌 체크란 밑에는 짧은 글이 휘갈겨져 있었다.

병원 예약

좀 어리둥절했다. 엄마가 병원 진료 예약을 할 거라는 건 알고 있었지만 이렇게 빠를 줄은 몰랐다. 나는 가방을 어깨에 메고 피오나의 도움을 받아 경사로를 내려갔다. 오늘은 학교에 목발을 짚고 왔는데, 다른 건 다 괜찮았지만 경사로만은 아니었다. 나는 이 경사로에서 애를 먹으며 참 아이러니하다고 생각했다.

"걱정하지 마. 혼자 갈 수 있어."

내가 피오나한테 말했다. 피오나가 행정실까지 따라오려고 했기 때문이다.

"너는 다시 교실로 들어가 수업을 들어야지. 우리를 위해서. 알았지?"

피오나가 망설였다. 하지만 나는 손을 내저어 쫓아내는 시늉을 한 다음 절뚝거리며 학교를 가로질러 갔다.

행정실은 꽤 멀리 있었다. 마침내 그곳에 도착하자 나는 안심이 되었다. 걸음을 내디딜 때마다 가방은 점점 더 무거워졌고 양쪽 팔은 아팠다. 하지만 나를 기다리던 엄마는 기운이 막 넘쳐 났다.

"의사 선생님, 11시 30분 예약이 취소되었대. 빨리 가면 제시간에 도착할 수 있을 거야!"

우리는 서둘렀다. 시간에 맞춰 도착했다. 그리고 대기실에서 한 시간가량을 안절부절못하고 서성거렸다.

마침내 우리가 진료실에 들어가자, 의사 선생님이 곧바로 나타났다.

"제시카! 잘 지냈니?"

의사 선생님이 의자에 앉은 채로 바퀴를 끌며 내게 다가왔다. 그런 다음 내 절단 부위를 검사하고 찔러 보고 치수를 쟀다.

"아주 좋은데!"

의사 선생님이 하얀색 가운 주머니에서 처방전 종이 뭉치를 휙 꺼냈다.

"확실히 임시 의족을 할 준비가 되어 있구나. 이 정도면 신기록인데."

의사 선생님이 처방전에 뭐라고 휙 쓰더니 그걸 한 장 뜯어서 내게 건넸다.

"잘했다, 그리고 축하해!"

의사 선생님은 벌써 문 쪽으로 나가고 있었다. 그때 엄마가 물었다.

"그러면 이 처방전을 들고 행크 크루버 씨에게 가면 되나요?"

"다른 의지 제작자도 괜찮습니다."

"아…… 그럼 추천해 주실 분 계세요?"

그러자 의사 선생님이 문을 열어 놓은 채 멈춰 서서 대답했다.

"행크 씨 실력이야 알아주지요. 그리고 집에서 가까운 곳이 좋잖아요. 제시카는 정기적으로 방문해서 의족을 조정해야 할 겁니다. 한창 성장하고 있으니까요."

우리는 집으로 돌아왔다. 엄마가 전화번호부에서 의지 제작자들을 찾아보왔고, 우리 동네에는 행크 아저씨밖에 없다는 걸 알아냈다.

"엄마, 행켄슈타인도 괜찮아요."

엄마가 고개를 돌려 나를 쳐다보았다.

"행켄슈타인?"

"병원에 있을 때 제가 좀 삐딱했잖아요. 그 아저씨는 제가 파이프 다리를 좋아해야 한다고 생각했다니까요. 하지만 누구든 상관없어요. 저를 걷게 할 수 있다면 말이죠. 거기로 가요."

"행켄슈타인."

엄마가 키득키득 웃었다. 그런 다음 연락처를 찾아서 전화를 걸었다.

"접수원이 아주 친절하네! 내일 아침 10시로 예약했어. 그리고 반바지 입고 오래."

그래서 나는 이튿날 또 학교 수업을 빼먹고 행켄슈타인의 실험실로 갔다. 실험실은 번잡한 그랜드 애비뉴 도로에 있었는데, 뒤로는 철창 울타리가 쳐진 주유소가 있었고 옆으로는 빨래방이 있었다. 아스팔트 주차장에는 여기저기 파인 자국이 잔뜩 있었고 바람에 날려 온 쓰레기가 건물 한쪽에 쌓여 있었다. 우리는 "교정 및 보철 전문"이라고 쓰인 낡은 파란색 간판을 보고서 맞게 찾아왔다는 걸 알았다. 엄마가 안전띠를 풀며 말했다.

"일단 들어간 다음에 생각해 보자, 알았지?"

나는 고개를 끄덕이며 목발을 집어 들고 조수석에서 나왔다. 반바지를 입고 있으니 기분이 이상했다. 발가벗겨진 느낌이었다.

"맘에 안 들면 다른 곳으로 가도 돼."

이건 그냥 엄마가 예의상 한 말이고, 나한테는 실제로 다른 선택권이 없다는 걸 나는 잘 알고 있었다. 그렇지만 엄마가 이렇게 말해 줘서 기뻤다.

대기실은 보통의 개인 병원과 비슷했다. 다만 여기 의자들은 딱딱한 플라스틱이었고, 바닥에는 카펫 대신 비닐 장판이 깔려 있었다. 독특한 냄새도 났다. 나쁜 건 아니고, 뭐랄까…… 무슨 공장 냄새 같은 거.

대기실에는 노부부가 먼저 와 있었다. 할아버지는 휠체어에 앉아서 무릎 위에 의족 하나를 올려놓고 있었다. 할머니는 그 옆 의자에 앉아서 무릎 위에 지갑을 올려놓고 있었다. 두 분은 우리를 쓱 쳐다보았다. 미소를 짓거나 인사를 건네지도 않았다. 할아버지는 기분이 안 좋아 보였다. 의족을 달지 않고 차라리 내던지고 싶어 하는 것 같았다.

우리는 접수대로 갔다. 나는 미래의 내 모습을 상상하지 않으려고 애썼다. 나는 의족을 무릎 위에 올려놓고서 심술 부리는 노파가 되고 싶지 않았다.

접수원은 우리 엄마보다 훨씬 젊었다. 솔직히 나랑 나이 차이도 별로 안 나 보였다. 기껏해야 20대 초반?

"안녕! 네가 제시카인가 보구나!"

접수원이 인사했다. 모든 것이 처음인 내게 접수원은 한 줄기 햇빛 같았다. 나는 미소를 지으며 고개를 끄덕였다. 접수원은 이름표를 달고 있었다.

"클로에 언니인가 봐요."

우리 둘은 웃었다. 순간 마음이 편안해졌다. 언니 덕분에 이곳 분위기가 밝아졌다. 그것만으로도 나에겐 많은 도움이 되었다.

클로에 언니가 엄마한테 클립보드를 건넸다. 거기에는 엄마가 작성해야 할 서류가 한 장 끼워져 있었다. 언니는 접수대 뒤에서 몸을 살짝 앞으로 기울여 내게 말했다.

"행크 선생님이 조만간 너를 다시 걷게 해 주실 거야. 솜씨가 정말 좋은 분이란다."

엄마가 서류를 절반 정도 작성했을 때 클로에 언니가 대기실로 들어왔다.

클로에 언니가 할아버지에게 미소를 지으며 말했다.

"벤슨 씨, 안으로 들어가실까요?"

할아버지가 인상을 쓰며 투덜거렸다. 그것은 분명 할머니한테 자기를 밀고 들어가라는 신호였다.

엄마와 나는 한동안 그곳에 앉아 있었다. 시간이 길게 느껴졌다. 클로에 언니는 접수대와 안쪽 어딘가를 계속 오갔다. 언니는 우리한테 기다리게 해서 미안하다며 여러 번 사과했다. 그러더니 결국은 대기실로 와서 내 옆에 앉았다. 클로에 언니가 엄마를 보며 말했다.

"앞에 분들, 거의 다 끝나셨어요. 이렇게 오래 걸릴 줄 몰랐어요. 죄송해요."

"괜찮아요. 신경 써 줘서 고맙네요."

클로에 언니가 나를 쳐다보다가 눈길을 다른 곳으로 돌렸다. 그리고 다시 나를 보며 말했다.

"모든 게 바뀔 거야. 이제부터는 다 좋아질 거란다."

클로에 언니는 단어를 신중하게 선택해서 말하는 것 같았다. 마치 단어 하나하나가 그 뜻 이상의 의미를 지니고 있다는 듯.

"미안해. 평소엔 여기 나와서 환자들한테 말을 걸지 않는데…… 행크 선생님이 네 이야기를 해 주셨거든. 남 일 같지 않아서 말이야."

클로에 언니 말에는 내가 이해할 수 있는 것, 그 이상의 의미가 있었다. 나는 그걸 찾으려고 애썼지만, 정확히 알 수 없었다. 엄마가 물었다.

"가족 중에 사고를 당한 분이 있나 봐요?"

클로에 언니는 고개를 저었다. 그런 다음 자기 다리를 툭툭 쳤다. 그러자 딱딱한 소리가 났다. 탕. 탕.

"저도 무릎 아래를 절단했어요. 어렸을 때 암으로 다리 하나를 잃었거든요."

그때 안쪽 복도에서 언니를 부르는 소리가 들렸다.

"클로에?"

클로에 언니가 벌떡 일어나더니 서둘러 대기실을 나갔다. 언니는 눈 깜짝할 사이에 빠져나갔다. 나는 입을 떡 벌리고 있었다.

2. 희망

벤슨 할아버지는 여전히 의족을 무릎에 올려놓은 채로 휠체어를 타고 떠났다. 할아버지는 아까보다 더 심술이 난 듯했다.

"벤슨 씨, 그 의족으로 연습하는 거 잊지 마세요."

클로에 언니가 뒤에서 소리쳤지만 할아버지는 한 마디도 하지 않았다.

"이제 네 차례야."

클로에 언니가 우리를 데리고 안쪽 복도를 걸어갔다. 나는 클로에 언니의 다리를 쳐다보았다. 부드럽게 움직였다. 분명 그랬다.

마음 한구석에선 언니가 의족을 한 게 맞는지 의심했다.

클로에 언니는 우리를 작은 방으로 데려갔다. 거기에는 긴 테이블과 싱크대가 있었다. 바닥은 지저분한 하얀색으로 얼룩져 있었다. 바닥뿐만이 아니었다. 벽장 문, 싱크대, 의자 여기저기에 하얀색 분필 가루 같은 것들이 묻어 있었다. 클로에 언니가 테이블에 종이를 깔았다.

"여기에 올라와 앉아. 행크 선생님이 치수를 잰 다음에 석고를 뜨실 거야."

그런 다음 나를 보며 미소 짓고는 이어 말했다.

"하나도 안 아파."

클로에 언니가 나가자 엄마는 속삭였다.

"정말 놀랍다! 분명히……."

그때 행크 아저씨가 들어왔다. 악몽 같았던 병원에서 본, 그때 그 모습이었

126

다. 머리가 벗겨지고 땅딸막하며 뭔가에 몰두해 있는 모습. 몸은 여기 있지만, 정신은 다른 곳에 있는 것 같았다.

아저씨의 신발과 바지, 셔츠는 하얀색 분필 가루로 더러워져 있었다.

"제시카!"

마침내 아저씨는 나갔던 정신이 돌아온 것처럼 말했다. 나를 다시 보니 진심으로 반가운 것 같았다.

"좋아 보이는구나. 다행이다."

아저씨는 엄마를 보며 말을 이었다.

"안녕하세요, 제시카 어머니. 그동안 잘 지내셨어요?"

엄마는 고개를 끄덕였다. 하지만 아저씨는 엄마가 진짜로 대답하기를 기다렸다. 그래서 엄마가 말했다.

"지난번에 봤을 때보다는 훨씬 잘 지내고 있어요."

"다행이네요."

행크 아저씨가 의자를 하나 집어 들고 내 앞으로 왔다.

"자, 그럼, 너한테 딱 맞는 다리를 만들어 볼까?"

나는 행크 아저씨의 말대로 오른쪽 압박 양말을 벗었다. 그리고 왼쪽 신발과 양말도 벗었다. 그러자 아저씨는 치수를 재기 시작했다. 아빠가 쓰는 연장처럼 생긴 도구들로 말이다. 물체의 지름을 측정하는 철제 캘리퍼. 줄자. 목수의 직각자처럼 생긴 도구. 행크 아저씨는 내 절단 부위를 다양한 방법으로 꼼꼼하게 측정했다. 내 왼쪽 발과 다리도 마찬가지였다. 다 마친 뒤 고개를 끄덕이고서 물었다.

"주로 어떤 신발을 신니?"

"저거요."

나는 내 운동화를 가리켰다. 행크 아저씨가 운동화를 들고서 크기를 쟀다.

"좋았어. 우선은 네 절단 부위 모양을 뜰 거야. 그걸 가지고 석고 모형을 만들 거고, 그 모형을 가지고 네 첫 번째 의족 소켓을 만들 거란다."

그러자 엄마가 물었다.

"소켓이라면…… 절단 부위에 끼우는 부분을 말하는 건가요?"

"네, 맞습니다. 일단 편안한 소켓을 만들고 나면, 거기에 임시 의족으로 쓰일 파이프와 발을 덧붙일 겁니다. 하지만 우선은 모양 뜨기부터."

행크 아저씨는 벽장에서 물건들이 잔뜩 들어 있는 상자를 하나 꺼냈다. 그리고 그 안에서 길이를 조절할 수 있는 기다란 일자 벨트를 하나 꺼내 내게 건넸다.

"그걸 허리에 매면 돼."

그런 다음 행크 아저씨는 끈 세 개를 더 꺼냈는데, 끈 양쪽 끝에는 악어 주둥이처럼 생긴 작은 쇠 집게들이 달려 있었다. 아저씨는 그 끈들을 한쪽 옆에 둔 다음, 아주 짧고 얇은 스타킹을 하나 꺼냈다. 그리고 그 스타킹을 내 절단 부위에 씌웠다. 그건 매끄럽고 부드러운 비단 같았다.

"이렇게 해야 나중에 석고 붕대를 쉽게 떼어 낼 수 있거든."

그다음에는 아까 꺼낸 끈 세 개를 이용해 스타킹과 허리에 맨 벨트를 연결했다. 아저씨는 스타킹이 내 절단 부위를 부드럽게 꽉 잘 감싸고 있는지, 그리고 끈들이 확실하게 연결되었는지 다시 한번 확인했다.

"몇 군데 표시만 해 두면, 이제 준비는 다 끝났다!"

무릎, 아주 조금 남아 있는 정강이, 상처 자국, 튀어나온 뼈, 아저씨는 스타킹 바로 위에다 이런 것들을 표시했다.

"이 표시들은 석고로 옮겨질 거야. 그걸 보고서 모양을 조금 조절할 거란다."

행크 아저씨는 물이 담긴 작은 그릇과 분필 가루 같은 게 잔뜩 묻은 하얀색 붕대 두 개를 들고 왔다.

"석고 붕대 해 본 적 있니? 오래 안 걸려."

아저씨는 돌돌 말린 붕대 한 개를 물이 담긴 그릇에 담갔다. 붕대가 젖자 아저씨는 그걸 꺼내서 내 다리에 휘감았다. 무릎 윗부분에서 시작해 절단 부위까지 나선형으로 내려갔다가 다시 올라왔다.

"여기에는 석고가 묻어 있는데, 물과 만나 발열 반응을 일으키지. 따뜻해지는 거 느껴지니?"

나는 고개를 끄덕였다. 절단 부위가 점점 따뜻해졌기 때문이다. 불편하진 않았다. 뜨거운 수건으로 감싸는 것과 비슷한 느낌이었다.

행크 아저씨는 붕대 두 개를 다 썼다. 그리고 나한테 다리에 힘을 빼고 편안히 있으라고 하더니 석고 붕대를 꾹꾹 누르며 마사지했다.

"이게 다리에 착 달라붙어야 해. 그래야 모양을 정확하게 뜰 수 있거든."

석고 붕대 마사지가 다 끝나자 아저씨는 그것을 반들반들하게 매만졌다. 그런 다음 무릎뼈 밑 부분을 엄지손가락으로 꼼꼼히 눌렀다.

"다했다. 이게 딱딱하게 굳을 때까지 좀 기다리면 돼. 그럼 진짜로 끝이야. 어때, 간단하지?"

그동안 아저씨는 주변을 치웠다. 석고가 여기저기에 떨어져 있었다. 아저씨의 신발에도 떨어져 있었고 바지에는 석고에 끌린 자국까지 있었다. 아저씨는 아저씨를 쳐다보고 있는 나를 보더니 피식 웃었다.

"그래, 하나 마나인 것 같지? 그래도 아저씨는 열심히 치우려고 한단다."

석고의 뜨거운 열기가 차츰 식어 가는 게 느껴졌다. 그렇게 몇 분이 더 지나 아저씨가 석고 붕대를 확인했다. 그리고 쇠 집게가 달린 끈 세 개를 푼 다음 말했다.

"준비됐니?"

나는 고개를 끄덕였다. 아저씨가 석고 붕대를 몇 번 움찔움찔하니 그대로 쏙 빠졌다. 아저씨는 그것을 살펴보고서 빙긋 웃었다.

"잘 나왔구나."

엄마가 물었다.

"그럼 소켓을 만드는 데는 얼마나 걸릴까요?"

"보통은 일주일 정도 걸립니다."

아저씨가 엄마한테서 내게로 눈길을 돌린 다음 말을 이었다.

"하지만 이번 주 금요일을 목표로 한번 해 볼까?"

"그렇게 해 주시면 고맙죠."

"준비되면 연락드리겠습니다."

나는 왼쪽 신발을 신고서 목발을 짚었다. 그리고 밖으로 나오다가 복도에 있던 클로에 언니와 마주쳤다.

"아, 미안!"

클로에 언니가 얼른 한쪽으로 비켜서며 말했다.

우리는 미소를 지으며 서로 인사를 나눴다. 나는 목발을 짚고 주차장으로 갔다. 아주 낯선 감정이 내 안을 가득 채웠다.

다시는 이런 감정을 느낄 수 없을 것이라는 생각이 들었다.

그건 희망이었다.

3. 로사

나는 지난 월요일 수학 시간을 빼먹었다. 병원 진료 예약 때문이었다. 피오나가 나를 위해 숙제를 갖다 주었지만, 이번 단원은 좀 어려웠다. 그래서 할 수만 있다면 수학 시간은 빼먹지 않고 들어가고 싶었다.

그래서 나는 석고 붕대로 다리 모양을 본뜬 다음, 엄마랑 멕시코 음식점에 가서 먹을 걸 주문했다. 그리고 학교로 돌아가는 길에 차 안에서 점심을 해치웠다. 나는 5교시에 딱 맞춰 학교에 돌아갈 수 있었다.

나는 5교시에 피오나와 수업을 들으며 그날 겪은 일들을 이야기했다. 내가 그곳을 행켄슈타인의 실험실이라고 부르자 피오나도 키득키득 웃었다.

"우와, 클로에 언니 이야기는 정말 놀라운데."

"그렇다니까! 언니가 자기 다리를 툭툭 치지 않았다면, 나는 언니가 의족을 했다는 걸 전혀 몰랐을 거야."

나는 즐거운 기분으로 수학 교실에 들어갔다. 그리고 의자를 하나 끌고 와 로사 옆에 앉았다.

"언니, 어제 정말 보고 싶었어! 좀 걱정했거든."

나는 로사의 입 모양을 보면서 그 애가 하는 말을 읽고 있었다.

"난 괜찮아."

나는 로사를 안심시켰다. 로사가 날 보고 싶었다고 하니 기분이 좋았다. 그래서 행켄슈타인의 실험실에서 다리를 본뜬 이야기를 로사에게 말해 주었다. 로사도 깔깔대며 웃었다. 사람들을 웃게 만드니 기분이 정말 좋았다. 사람들을 피하거나 쫓아내는 것보다는 훨씬 나았다. 게다가 로사가 나를 보고 싶어 하며 걱정했던 것도 기분이 좋았다. 그건 뭔가 엄청나게 달콤한 일이었다.

그때 수업 종이 울렸다.

"지금까지 한 숙제를 전부 꺼내서 올려놓도록."

러커 선생님이 말했다. 선생님은 평소보다 더 냉랭한 얼굴로 연단에서 우리를 내려다보았다. 누군가 물었다.

"전부요? 아직 채점도 안 했는데요?"

"응, 전부."

러커 선생님이 대답했다.

"어휴, 이런."

나는 숙제를 다 못 했기 때문이다. 시작만 했다고 하는 게 더 정확했다.

선생님은 연단에서 내려와 의자 사이로 난 통로를 천천히 걸었다. 그러면서 숙제를 하나씩 거두어 갔다. 나는 어제 병원에 갔던 일과 오늘 다리 본뜬 일을 이야기하면서 선생님에게 변명할 생각이 없었다. 나도 그 정도의 판단력은 있었다. 선생님한테는 어떠한 변명도 통하지 않을 것이다.

로사가 내 숙제를 보더니 눈이 휘둥그레졌다. 로사는 자기 숙제를 나한테 넘기며 뭐라고 소곤댔다. 하지만 나는 그 말을 이해할 수 없었고, 또 이해하려고 노력할 만큼 기분이 좋지도 않았다.

본능적으로 나는 로사의 숙제를 내 것 위에 올려놓았다. 글씨가 삐뚤빼뚤했다. 마치 손 자체가 선을 매끄럽게 그을 수 없는 것처럼. 숫자들은 작은 번개 표시와 울퉁불퉁한 곡선이 합쳐진 것처럼 보였다. 하지만 풀이 과정은 일목요

연했고, 답은 알기 쉽게 네모 칸을 둘러서 표시를 해 놓았다.

러커 선생님이 와서 우리 숙제를 거둬 갔다. 그리고 뒤를 돌아 교실 앞으로 걸어가면서 숙제를 자세히 살폈다. 선생님은 딱 세 걸음 만에 멈춰 서서 어깨 너머로 나를 쏘아보았다.

약 2초의 시간이었다. 하지만 선생님은 나한테 느낀 실망, 불신, 분노를 충분히 전달할 수 있었다. 그러자 그동안 겪어야 했던 안 좋은 일들이 주마등처럼 내 머릿속을 지나갔다. 내가 왜 이것밖에 할 수 없었는지 말이다.

나는 막 소리치고 싶었다. 저는 한 달이나 학교에 못 나왔다고요! 거의 죽을 뻔했단 말이에요! 제가 요즘 하는 일들은 전부 다 힘들다고요, 아시겠어요? 그래서 그랬단 말이에요! 턱이 바르르 떨렸다. 나는 고개를 돌렸다.

로사가 나한테 쪽지를 건넸다.

수업 끝나고 도와줄 수 있는데.

나는 바로 답장을 보냈다.

미안, 수업 끝나면 엄마가 바로 데리러 오시거든.

하지만 나도 이게 핑계라는 걸 알았다. 피오나가 도와주는 게 더 좋다는 거, 진실은 이거였다. 피오나는 편했다.

필요하면 언제든 전화해.

로사가 준 쪽지엔 전화번호가 적혀 있었다.

나는 미소를 지으며 고개를 끄덕였다. 그리고 그것을 잘 넣은 다음 칠판을 보며 수업에 집중했다. 하지만 집중하기 힘들었다. 나는 밝은 마음과 희망을 안고서 수학 수업을 들으러 왔다. 그렇지만 지금 여기의 나는, 폭풍우를 만나 산산이 부서진 난파선 같았다.

133

4. 이웃

그날 저녁 내내 나는 숙제에 매달렸다. 하지만 밤이 되었는데도 숙제가 많이 줄어든 것 같지 않았다. 읽어야 할 게 너무 많았다. 국어와 역사는 더. 하지만 가장 걱정되는 건 수학이었다. 특히 새로 내 준 숙제는 내일까지 해야 했다.

피오나한테 여러 번 전화했지만, 번번이 어긋났다. 처음에 피오나는 운동장에 있었고, 그다음엔 자기 엄마와 밖에 나갔고, 그다음엔 다른 일들로 바빴다. 저녁 10시 30분, 나는 결국 포기하고서 혼잣말을 했다. 그래, 내일 아침에 도와달라고 하자.

하지만 이튿날 아침 피오나가 전화를 하더니 늦잠을 잤다고 했다. 그래서 엄마가 간신히 늦지 않게 나를 학교까지 데려다줬다. 아침 수업 시간에는 피오나가 나를 도와줄 수 없었다. 그리고 점심시간에는 회의가 있어 급히 가 봐야 했다.

나는 뒤에서 피오나를 불렀다.

"피오나! 수학 숙제 도와줘야지!"

"미안! 꼭 가 봐야 하는 회의라서 그래!"

피오나는 그렇게 떠났다. 나는 목발을 짚고서 멀뚱멀뚱 서 있었다.

"에이, 참!"

나는 투덜거렸다. 기분이 몹시 상했다. 엄마가 싸 준 점심을 먹으러 정원 쪽으로 걸음을 옮겼다. 수학이 싫었다. 러커 선생님도 싫었다. 게다가 점심을 어디에서 먹을지, 누구와 먹을지도 몰랐다.

그때 로사가 떠오르면서 내가 정말 바보처럼 느껴졌다.

왜 어젯밤에 로사에게 전화를 안 했지?

나는 러커 선생님에게 화가 났다. 그리고 나한테도. 나는 목발을 짚고 400관으로 갔다. 내가 기억하기로, 로사는 402호에서 점심을 먹었다.

나는 걸음을 멈추고 주변을 둘러보았다. 그리고 그 교실을 찾았다. 문틈으로 살짝 엿보니 거기엔 휠체어를 탄 로사가 있었다. 로사는 휠체어를 탄 다른 여자애들 두 명하고 깔깔대며 웃고 있었다.

그 교실에는 남자애들 두 명과 선생님 한 분도 있었다. 남자애들은 길쭉한 과자를 공들여 쌓으면서 멋진 통나무집을 만들고 있었다. 선생님은 책을 읽고 있었다.

"우와, 언니!"

로사가 나를 보며 활짝 웃었다. 나는 안으로 들어가 로사 옆에 앉았다.

"수학에서 완전히 헤매고 있어."

"내가 도와줄게!"

"고마워."

나는 숙제를 꺼냈다.

로사는 나한테 친구들을 소개했다.

"얘는 리샤, 그리고 패니……, 여기 남자애들은 일리, 트웬트."

나는 이 이름들을 듣고서 알리샤, 페니, 빌리, 트렌트를 말했을 거라고 해석했다. 하지만 확실하진 않았다.

"내 이름은 월이란다. 네가 제시카인가 보구나."

선생님이 친근하게 손을 흔들며 말했다. 나는 고개를 끄덕이며 미소 지었다. 하지만 마음이 좀 불편했다. 선생님은 이미 내가 누구인지 알고 있었다.

로사는 바로 수학 숙제로 넘어갔다. 그리고 내게 자기 숙제를 보여 주면서 풀이 과정을 하나씩 설명했다.

"자, 이 삼각함수 그래프에서 반복되는 것을 찾으려면……."

나는 로사의 말을 이해하려고 무척 애썼다. 로사의 숙제를 보면서 하나까 도움이 되었다. 그리고 로사는 한 문제가 끝날 때마다 내가 로사의 풀이를 보지 않고서 나 혼자서 풀어 보도록 했다. 그렇게 해서 내가 그 문제를 확실히 이해하고 넘어가도록 했다.

로사는 끈기 있게 나를 격려했다. 내가 문제를 제대로 풀 때마다 "봤지? 언니는 잘 이해하고 있어!"라고 말했다. 그리고 나 혼자서 문제들을 풀기 시작하자 로사는 웃으면서 말했다. "봤지? 어렵지 않다니까!"

예비 종이 울렸다. 나는 내 물건들을 챙겨 넣었다. 로사가 말했다.

"언제든지 와. 도와줄게."

"고마워."

"내가 언니네 집에 갈 수도 있어."

나는 망설였다. 좀 의아했다. 아니, 어떻게? 어떻게 오겠다는 거지? 내가 로사의 집으로 가는 게 훨씬 더 쉬울 것이다.

그러다 나는 로사의 그다음 말을 듣고 깜짝 놀랐다.

"언니네 개, 내가 좀 좋아하거든. 그 녀석은…… 뭐랄까, 행복해 보여."

"우리 집 개를 네가 어떻게 알아?"

기분이 이상했다. 왜 그런지는 모르겠지만…… 그러다 문득 어떤 생각이 스쳐 지나갔다. 내가 휠체어를 탄 여자애한테 스토킹을 당하고 있었구나.

로사가 내 표정을 보더니 웃었다.

"아침에 달리기할 때마다 우리 집을 지나갔잖아. 우리 집은 매리골드 거리에 있어. 인어 분수가 있는 집."

어떤 까닭인지 로사의 말은 점점 이해하기 쉬워지고 있었다.

"그 집 알아! 우리 집에서 가깝잖아. 우리 집은 하켄 거리에 있어."

"봤지? 우리는 이웃이라니까."

우리가 나가자 윌 선생님이 소리쳤다.

"잘 가라, 얘들아! 그리고 제시카, 언제든지 또 와도 돼. 항상 환영이니까!"

"고맙습니다."

나도 큰 소리로 대답하고 목발을 짚고 절뚝거리며 수업을 들으러 갔다.

5. 꿈

그날 밤 또 달리는 꿈을 꾸었다. 잠에서 깬 다음엔 항상 눈물을 쏟으며 울었다. 하지만 그러다 멈췄다. 꿈에 나타났던 어떤 새로운 것이 기억났기 때문이다.

인어 분수와 로사. 로사는 내가 그 집 앞을 뛰어가자 현관 앞에서 손을 흔들어 주었다. 로사는 마치 유령처럼, 흐릿한 안개처럼 그렇게 있었다. 내 바로 오른쪽에서.

꿈에 왜 로사가 나왔는지 궁금했다. 나는 꽤 오랫동안 똑같은 꿈을 꾸었다. 새롭게 등장한 이 장면은 왠지 침해를 당한 것 같은 느낌이었다. 이건 내 꿈이었다. 내가 세상에서 가장 사랑하는 곳으로 향하는 탈출이었다. 그 거리, 강, 나무, 다리.

셜록이 기대에 찬 눈빛으로 나를 톡톡 치면서 가볍게 낑낑 울었다.

"미안. 학교 갔다 와서 공놀이해 줄게, 알았지?"

셜록은 우리의 오래된 일과를 아직 포기하지 않았다. 하지만 새로운 일과도 좋아하는 것 같았다. 나는 셜록을 안아 준 다음 코를 대고 비볐다. 그러다 문득, 다리가 생기면 셜록과 걸어서 로사 집에 갈 수도 있겠다는 생각이 들었다.

이렇게 생각하자 그 나름대로 기분이 좋아졌다.

6. 선수용 의족

피오나가 좀 달라졌다. 뭔가 빛이 났다. 피오나는 아니라고 했지만 나는 믿지 않았다.

"너, 좋아하는 사람 생겼어?"

나는 결국 과학 시간에 물어봤지만 피오나는 아니라고 장담했다.

"그럼 무슨 일인데? 나한테는 아무 말도 안 해 주고!"

피오나는 마침내 두 손을 들었다. 하지만 아주 조금.

"곧 알게 될 거야!"

"그러니까, 뭐를?"

나는 계속 졸랐지만 피오나는 더는 아무 말도 하지 않았다.

그래서 나는 이 일이 피오나와 관련된 게 아니라, 나와 관련된 것으로 추측했다. 컵케이크를 더 주려는 걸까?

점심시간이 되자 피오나는 나를 데리고 카이로 코치의 교실로 갔다.

"왜? 무슨 일인데?"

피오나는 흥분해서 어쩔 줄 모르고 있었다.

"카이로 코치가 너한테 아주 놀라운 걸 보여 줄 거야!"

"그게 뭔데?"

"이제 그만! 이건 코치의 깜짝 선물이야."

이때부터 나는 코치의 교실에 가면 사람들이 바글바글할 줄 알았다. 그런데 코치밖에 없었다. 코치와 노트북 한 대.

코치의 조상은 폴란드와 에티오피아 출신이었다. 그래서 코치는 까만 피부에 반짝이는 눈, 그리고 내가 본 손들 중에서 가장 멋진 손을 가졌다. 손가락은 길고 우아했으며, 그 끝은 살짝 위로 올라가 있었다. 하지만 뭐니 뭐니 해도 제일 인상적인 건, 그 힘이었다. 코치는 손으로 산도 움직일 수 있을 것 같았다.

피오나와 내가 교실에 들어갔을 때, 코치는 그 멋진 손으로 노트북 자판을 두드리느라 바빴다.

"제시카!"

코치가 날 보며 미소 지었다. 그리고 자판을 몇 개 더 두드린 다음 피오나를 보며 말했다.

"얼마나 이야기했니?"

"아무것도요."

그러자 코치가 빙긋 웃었다.

"우와, 감동인데."

"그럼요. 그러셔야죠!"

피오나가 웃으며 말했다.

"이게 무슨 일인지, 누가 좀 설명해 주시죠?"

"이리 와서 앉으렴."

그래서 나는 코치의 의자에 앉아 노트북 화면을 들여다보았다. 코치가 유튜브 동영상 하나를 보여 주었다.

경기장의 트랙이 보였다. 달리기 경주를 준비하는 선수들. 엄청 큰 시합인 것 같았다. 해설자가 뭐라고 설명하고 있었다. 내가 모르는 언어였다.

"이게 뭐예요?"

내가 물었다.

"쉿. 그냥 봐 봐."

갑자기 화면이 클로즈업되었다. 무엇을 클로즈업한 것인지 도통 감이 안 잡혔다. 고무 패드에 아주 작은 못 같은 것들이 촘촘히 박혀 있었는데, 그 패드는 길고 검은 금속에 붙어 있었다. 그리고 그 금속은 크게 휘어져 있었다.

카메라가 차츰 뒤로 물러났다. 바닥에 까끌까끌한 고무 패드를 덧댄, 그 휘어진 금속은 두 개가 있었다. 그리고 그 금속은 양쪽 다리에 연결되어 있었다.

달리기 선수인가? 그랬다. 다리는 휘어지고 발바닥은 까끌한 달리기 선수.

카이로 코치가 부드러운 목소리로 말했다.

"오스카 피스토리우스. 이 사람은 400미터 육상 선수야. 그리고 양쪽 무릎 아래를 잃었지. 저건 육상 선수용 의족이고."

"저걸 하고서 달린다고요?"

나는 숨이 턱 막혔다. 불가능해 보였기 때문이다. 그 의족은 낫 모양으로 생겼다. 커다란 갈고리 같았다. 저 의족을 달고 어떻게 서 있는지도 모르겠다. 뛰는 건 말할 것도 없고.

하지만 그 사람은 트랙을 따라 걸어와 스타팅 블록에서 준비 자세를 취했다.

나는 숨을 참았다. 내 두 눈을 믿을 수 없었다.

카이로 코치가 몸을 숙이더니 다른 선수들을 가리켰다.

"자 봐. 이 선수의 경쟁자들이 어떤 사람들인지."

스타팅 블록으로 들어오는 다른 선수들은 모두 다리가 두 개였다.

살이 있고 피가 흐르는, 인간의 다리 두 개.

선수들은 준비가 되었고 스타트 건이 울렸다. 갈고리 다리를 한 그 선수가 스타팅 블록에서 튀어나갔다. 다른 선수들과 똑같았다.

나는 지켜보았다. 심장이 쿵쾅거렸다. 달릴 수 있잖아! 달릴 수 있어.

그 선수는 달릴 수 있을 뿐만 아니라 빠르기까지 했다. 다른 선수들이 리거 모티스 벤드에서 어려움을 겪을 때도, 그 선수는 힘이 더 강해졌고 결국 마지막에 2등으로 들어왔다.

화면에 그 선수의 기록이 떴을 때 나는 입을 떡 벌렸다.

"46초 9?"

"빠른 편이지. 평범한 다리의 선수들하고 비교해서도."

코치는 내게 동영상 두 개를 더 보여 주었다. 하나는 에이미라는 여성 마라톤 선수였다. 그 선수도 나처럼 한쪽 다리의 무릎 아래가 없었다. 그리고 또 하나는 청소년 육상 팀으로 참가한 내 또래의 선수로 한쪽 다리가 없었다.

동영상이 모두 끝나자 코치가 노트북을 닫고 나를 똑바로 쳐다보았다.

"어때?"

"어떠냐고요?"

놀라웠다. 믿을 수 없었다. 그 사람들은 사이보그 같았다.

나는 다리를 잃은 것을 숨기고 싶었다. 나한테 뭔가 다른 게 있다는 걸 잊게 만들고 싶었다. 하지만 저 의족을 하면 숨기는 건 글렀다.

코치가 살며시 내 대답을 재촉했다.

"내가 묻는 건 이거야. 어때, 너도 이렇게 하고 싶니?"

다시 뛸 수 있다고 생각하자 심장이 터질 것 같았다. 의심했던 순간들은 모두 사라졌다.

"네!"

"자, 그럼, 상황을 정리하면 이래. 육상 선수용 의족은 아주 비싸. 우리는 이미 보험 회사들과 많은 문제가 있지. 네 기본적인 의료비를 처리하는 것만으로도 말이야. 하지만 문제가 없다 하더라도, 이 보험 회사들이 선수용 의족 비용을 내도록 하는 건 거의 불가능한 일이지. 그래서 우리는 어제 팀 회의를 했단다. 그리고 '제시카를 뛰게 하자' 캠페인을 열기로 했어. 육상 팀원들은 네 개의 후원회 중 적어도 한 개 이상에 참여하기로 했지. 과자 판매, 경품권 추첨판매, 세차 이벤트, 기부금 모으기."

코치가 숨을 한 번 깊이 들이마셨다.

"우리의 목표는 너한테 육상 선수용 의족을 마련해 주는 거야. 그래서 올해 안에 네가 다시 트랙으로 돌아와 우리 팀원으로서 경기에 참여하는 거지."

나는 코치와 피오나를 번갈아 쳐다보았다.

뭔가 말하고 싶었다. 하지만 무슨 말을 할 수 있을까?

내가 정말로 다시 뛸 수 있을지도 모른다니……, 믿기가 두려웠다.

7. 부담감

집으로 돌아와서도 나는 여전히 그것이 사실인지 믿을 수 없었다.

내가 다시 뛸 수 있을지도 모른다고? 나는 우리 집 컴퓨터로 아까 본 유튜브 동영상들을 보고 또 봤다. 그리고 서서히 인정하기 시작했다. 다시 뛸 수 있을지도 몰라!

나는 엄마한테도 그 동영상들을 보여 주었다. 엄마는 무척 놀랐다.

"세상에, 이런 건 처음 봐!"

나는 동생한테도 그 동영상들을 보여 주었다.

그 애는 아주 직설적이었다. 동영상을 다 본 후 이렇게 말했다.

"이상해."

"멋지지 않아?"

내가 케일리를 장난스럽게 툭 치며 말했다. 케일리는 동영상들을 한 번 더 보고 나한테 물었다.

"언니, 진짜로 저런 의족 달 거야?"

"우리 팀이 모금 행사를 크게 할 거야. 그래서 나한테 선수용 의족을 하나 사 줄 거라고! 과자도 팔고, 경품권 추첨 판매랑 세차 이벤트도 하고……."

"진짜로?"

"진짜로."

그렇지만 아빠는 내심 확신하지 못했다. 나는 나중에 아빠가 부엌에서 엄마

144

한테 하는 이야기를 들었다.

"과자랑 경품권으로 어떻게 2만 달러나 모아?"

나는 숨을 죽이고 후미진 곳에서 엿듣고 있었다.

2만 달러라고?! 우리 팀은 절대로 그렇게 많은 돈을 모을 수 없을 것이다!

엄마가 단호한 어조로 조용히 말했다.

"제시카가 의심하고 걱정하도록 하지 마. 그 애는 지금 행복해. 희망에 차 있다고. 그 애한텐 이런 게 필요해."

"하지만 그게 허황된 꿈이라면 너무 잔인하잖아! 그리고 제시카가 평소에 하고 다녀야 하는 일반 의족값 2만 달러랑 병원비는? 아니, 코치는 알고나 있는 거야? 그 비용들을 감당하기 위해서 우리가 어떤 일을 겪고 있는지?"

나는 숨을 더 죽였다. 2만 달러가 더? 머리가 어지러웠다.

의족 하나도 이렇게 비싼데, 병원비는 대체 얼마라는 거야?

엄마가 조용히 말했다.

"우리, 전에 상담했던 그 변호사를 고용하자. 그래서 보험 회사에 압력을 넣자고. 하지만 육상 팀이 돈을 모으겠다는 계획에 대해서는 부정적으로 말하지 말자. 우리를 도와주려고 하는 거니까."

"그 변호사는 합의금이 얼마가 되었든 그 돈의 절반을 가져가길 원하잖아. 그리고 이 싸움은 몇 년이 걸릴지도 모르고."

"그럼 다른 변호사랑 상담해 보면 되지. 그리고 그 변호사도 똑같은 이야기를 하면, 글쎄, 그 합의금의 절반이 얼마가 될지는 모르겠지만 그래도 아예 없는 것보다는 낫겠지."

아빠가 한숨을 내쉬었다. 아빠한테 쌓인 피로를 느낄 수 있었다. 아빠는 어디를 가나 그렇게 피곤할 것 같았다.

"그 사람들은 왜 자신들이 져야 할 책임을 조금도 지지 않을까? 우리는 지금껏 충분히 지지 않았나?"

부엌에서 침묵이 흘렀다. 내가 한 발로 조용히 뛰는 게 쉬운 일은 아니었지만, 나는 최선을 다해서 엄마 아빠가 알아차리지 못하게 서둘러 자리를 떴다.

나는 그 자리에서 빠져나왔지만, 죄책감에서 벗어날 순 없었다. 어쩌면 육상팀이 모은 돈은 병원비를 내는 데 써야 할지도 몰랐다. 아니면 일반 의족에 쓰이거나. 달리는 것보다 훨씬 더 중요한 일이, 진짜로 있을지도 몰랐다.

희망이라니, 이게 가당하기나 하나?

8. 먹구름

이튿날 아침에 피오나가 학교 가기 전에 나를 데리러 왔다. 피오나는 가는 내내 주저리주저리 떠들었다. 나는 피곤했고 결국 폭발했다.

"2만 달러야! 2만 달러라고!"

피오나가 학생 주차장에 들어서며 물었다.

"뭐가?"

"육상 선수용 의족 말이야. 인터넷으로 찾아봤어."

그러자 피오나가 어깨를 으쓱하며 말했다.

"그럼 2만 달러 모으면 되겠네."

나는 눈만 깜빡이며 피오나를 한동안 쳐다보았다.

"너희는 말도 안 되는 꿈을 꾸고 있는 거야."

피오나는 나를 보며 그저 미소 지었다.

1교시와 2교시 수업은 영원히 끝날 것 같지 않았다. 나는 쉬는 시간에 아프다며 집에 갈까 진지하게 고민했다. 하지만 나는 이미 학교를 너무 많이 빠졌다. 그래서 학교에 있는 것 자체가 중요하다고 스스로를 설득하면서 버텼다.

점심시간이 되자 피오나는 정원에서 점심을 먹어야 한다고 우겼다.

"날씨 좀 봐. 정말 좋잖아! 이런 날 누가 안에서 먹니?"

피오나는 나를 앙상한 느릅나무 옆에 데려가 앉히고 만다린 치킨 샐러드를 사러 갔다. 나는 이상하게도 사람들 눈에 띄지 않는 것 같았다. 사람들은 모두 어디론가 가고 누군가를 만났다. 나를 일부러 안 보는 게 아니었다. 그냥 자기 일을 하는 것뿐이었다. 나는 어떤 영화 속에 있는 느낌이었다. 모두에게 정해진 역할과 위치, 목적이 있는 그런 영화 말이다. 내가 맡은 역은 조용히 앉아서 주변을 둘러보는 것이었다. 영화가 사실처럼 보이게끔 하는 엑스트라 중 하나. 피오나가 돌아오자 마음이 놓였다.

"미안, 오래 걸렸지!"

피오나가 내게 샐러드를 건네며 내 안색을 살폈다.

"왜 그래. 괜찮아?"

"잘 모르겠어. 어제는 기분이 하늘로 붕 떴는데, 오늘은 땅으로 뚝 떨어졌어. 팀원들이 도와준다고 나서 줘서 참 기뻐. 하지만 기억 안 나? 원반던지기용 보호 그물막을 새로 사려고 2000달러를 모을 때 얼마나 오래 걸렸는지? 자그마치 2년이었어! 그런데 2만 달러를 무슨 수로 모아?"

그러자 피오나가 샐러드 위에 소스를 골고루 뿌리며 말했다.

"우선, 너는 원반던지기용 보호막이 아니야. 너는 살이 있고 피가 흐르는 사람이라고. 안 좋은 일을 겪고 있어서 그렇지. 사람들은 너를 돕고 싶어 할 거야. 그러니까 그들한테도 기회를 줘."

나는 기분이 나아져야 했지만 그러지 않았다. 다시 달리려는 꿈과 나 사이에 먹구름이 끼었다. '현실'이라는 먹구름이.

9. 임시 의족

수업이 끝나고 행크 아저씨의 사무실에서 '소켓 맞춤'이 예정되어 있었다.

소켓 맞춤이 무슨 소리인지 도통 감이 안 잡혔다.

나는 차를 차고 가는 내내 아무 말도 하지 않았다. 엄마도 마찬가지였다. 엄마, 아빠, 또 돈 문제가 어떻게 되고 있는지 궁금했지만 물어보지 않았다.

'교정 및 보철 전문'이란 간판을 봐도 내 기분은 전혀 나아지지 않았다. 하지만 사무실로 들어가 클로에 언니를 보자 기분이 좋아졌다.

"제시카! 흥분되지?"

나도 모르게 웃음이 나왔다. 언니가 그렇게 보였기 때문이다.

"그런 것 같네요."

"그럼 얼른 안으로 들어가자. 행크 선생님이 준비하고 기다리셔."

엄마와 나는 클로에 언니를 따라가며 서로 눈빛을 교환했다.

클로에 언니는 우리를 지난번 그 방으로 데려갔다. 행크 아저씨는 화요일에 본뜬 석고의 플라스틱 버전을 들고 들어왔다. 행크 아저씨는 나한테 바지를 말아 올리고 압박 양말을 벗으라고 했다. 그동안 아저씨는 벽장에서 면으로 된 도톰한 스타킹 같은 것을 하나 꺼냈다. 그리고 그것을 내 절단 부위에 씌운 다음 그 플라스틱 모형을 들고서 말했다.

"자, 이건 네 시험용 소켓이야. 오늘 우리는 압력 때문에 아픈 곳이 있는지, 체중이 골고루 잘 분배되는지, 잘 맞는지, 뭐 이런 것들을 확인할 거야.

아픈 곳이 있으면 나한테 꼭 얘기해 줘야 한다. 이걸 끼면 아늑한 느낌이 들어야 해. 약간의 압박감이 있을 테고. 하지만 익숙해지면 절대로 아프지 않을 거야."

행크 아저씨가 빙긋 웃으며 말을 이었다.

"준비됐니?"

내가 고개를 끄덕이자 아저씨가 무릎을 굽혀 내 절단 부위에 소켓을 끼웠다.

나는 기형인 사람이나 동물을 보여 주는 프릭 쇼의 신데렐라 같았다. 그것도 이상한 유리 구두를 신고 있는 신데렐라. 하지만 어느새 그런 상상도 싹 사라졌다. 소켓의 느낌이 꽤 괜찮았다.

"어때?"

"의외로 편한데요."

그러자 아저씨가 소켓을 밑에서 위로 밀어 올리며 또 물었다.

"지금은?"

"괜찮아요."

아저씨가 힘을 주며 더 세게 밀어 올렸다.

"아프지 않아?"

나는 고개를 끄덕였다.

"다리와 소켓 사이에는 약간의 공간이 있어야 한단다. 의족이 다 완성되고 네가 그걸 끼고 일어섰을 때, 절단 부위가 소켓에 딱 달라붙어 있으면 안 돼. 약간 떠 있어야지. 하지만 또 그렇다고 해서 절단 부위에 피가 몰릴 정도로 떠 있어서도 안 되고. 그런데 딱 맞게 잘 맞춘 것 같구나."

150

아저씨는 나한테 무릎을 구부려 보라고 했다. 그런 다음 소켓 주변을 자세히 살폈다. 특히 뒷부분. 무릎뼈는 밖으로 나와 있었고, 소켓은 그 밑에 있었기 때문에 나는 무릎을 구부릴 수 있었다. 하지만 무릎 뒤가 살짝 조이면서 아팠다.

"여기를 좀 줄여 줄까?"

"그러면 좋겠네요."

행크 아저씨는 모든 각도에서 소켓을 확인했고, 내가 압박을 느끼는 곳에는 소켓 위에 작은 표시들을 했다. 그런 다음 나를 일어나게 하더니, 내 짧은 다리를 커다란 나무토막 위에 올려놓도록 했다.

사고가 난 뒤 양쪽 다리로 일어선 건 처음이었다.

"어때?"

"이상해요."

"그런데 아픈 데가 있니? 압박이 심해? 두 눈을 감고 느껴 봐."

"여기가 살짝 그런 것 같아요."

나는 무릎 안쪽의 한 곳을 가리키며 말했다. 아저씨가 그곳에 표시했다. 그리고 다른 곳은 이상이 없다는 걸 확인한 후 소켓을 빼 주었다.

"이제 준비는 다 끝났구나. 오늘부터 일주일 안에 의족을 준비해 놓을게. 제시카, 지금 만드는 건 임시 의족이야. 왜냐면 네 다리가 계속 바뀌고 있기 때문이지. 하지만 네가 이 임시 의족에 잘 적응하고, 또 절단 부위가 두세 달 동안 바뀌지 않고 안정되면 우리는 이 과정을 한 번 더 해서 영구 의족을 맞출 거야. 그때는 네가 생활하는 방식에 좀 더 맞춰서."

"무슨 뜻이에요?"

"너는 활동적인 아이잖아. 우리는 네 움직임을 잘 따라갈 수 있는 의족을 만들어 주고 싶단다. 하지만 일에도 순서가 있는 법이지. 우선은 네가 잘 걷는 것부터."

나는 행크 아저씨한테 육상 선수용 의족에 대해 물어보려고 했다. 그런데 내가 그러기도 전에 엄마가 먼저 물었다.

"잠깐 이야기 좀 할 수 있을까요? 사무적인 일로?"

행크 아저씨가 엄마와 나를 번갈아 보더니 엄마의 말뜻을 알아차렸다.

"그럼요, 제 사무실로 가실까요?"

그렇게 엄마와 행크 아저씨는 자리를 비웠다. 그동안 나는 압박 양말을 다시 신고 오른쪽 바지를 돌돌 말아 핀으로 고정했다.

나는 '사무적인 일'이 무엇일까 생각하지 않으려 애썼다. 돈 문제일 게 뻔했기 때문이다.

나는 속으로 달리기에 대한 생각을 억누르려 애썼다.

오로지 걷는 것에 집중했다.

일주일이면 다리가 생길 것이고, 다시 걷는 법을 배울 것이다.

일주일이면.

10. 달리기

힘든 일주일이었다. 의족을 빨리 받고 싶어서가 아니었다. 나는 의족을 기대하고 있지만 그것 때문에 살짝 두렵기도 했다. 의족을 한 내 모습이 끔찍하면 어떡하지? 학교에서 의족이 툭 떨어지면 어떡하지?

사실 이번 주가 힘든 이유는, 육상 팀이 나를 공식적으로 목요일 시합에 초대했기 때문이다. 나는 그곳에 가는 게 겁났다.

과자 판매와 경품권 추첨 판매는 이미 시작되었다. 이번 주 토요일에는 '제시카를 뛰게 하자' 세차 이벤트가 처음으로 열릴 것이다.

겉으로는 웃으며 감사하다고 했지만, 속으로는 이것이 실현 불가능한 목표라는 것을 알고 있었다. 절대로 2만 달러를 모으지 못할 것이다.

팀원들은 줄곧 내게 말했다. 내가 아직도 팀의 일원이라고. 팀원들은 모두 신이 나서 내게 의족을 마련해 주려고 했다. 그들은 정말 긍정적이었다.

목요일이 되었다. 우리의 주요 라이벌인 랭스턴 고등학교와 시합이 있는 날이었다. 그것도 우리 학교에서. 내가 해야 할 일은 목발을 짚고 우리 학교 트랙으로 가는 것뿐이었다.

다른 운동선수들은 달리기 선수들을 보며 킬킬 웃었다. 그들은 한 발을 다른 발 앞으로 옮기는 데 기술이 뭐 그렇게 많이 필요하겠냐고 생각했다. 누구나 트랙에서 달릴 수 있다고 생각했다. 이건 다 메릴 에이브럼스 같은 애들 때문이라고 생각한다. 하지만 달리기를 진지하게 여기는 선수들은, '진짜' 운동을 하는 선수들보다 훨씬 더 많은 것들을 참고 견뎠다.

농구 선수들은 빗속에서 전력 질주를 하는 건 생각하지도 않았다. 테니스 선수들은 코트가 조금이라도 젖어 있으면 연습을 취소했다. 배구 선수들은 날씨가 추우면 아무것도 안 하려고 했다. 미식축구 선수들은 날씨가 안 좋으면 아령 같은 걸로 근육을 단련하거나 칠판을 가져와 전략을 구상했다.

축구 선수들과 트랙 선수들만이 날씨에 연연하지 않았다. 그리고 리버티 고등학교의 운동 팀 중에서 유일하게 육상 팀만이 리그에서 우승한 경험이 있었다. 그리고 육상 팀의 여자 대표 선수들은 거의 매년 리그 우승에 도전했다.

사람들은 우리가 왜 뛰는지 이해하지 못했다. 우리가 생각 없이 뛰는 것처럼 보이는 것 같았다. 우리가 하는 일이라곤 트랙을 돌고 또 도는 거였으니까. 그것이 바로 달리기의 묘미였다. 달리기 선수들이 아무 생각 없이 뛰는 것처럼 보일 수 있지만, 실제로는 아주 강한 정신력이 필요했다.

엄마는 내가 타고난 달리기 선수라고 말했다. 달리고 싶어서 이 세상에 온 거라고 말이다. 반면 케일리는 달리는 걸 싫어했다. 케일리는 2년 전 여름에 달리기를 해 보려고 했다. 하지만 나랑 일주일 정도 가볍게 조깅을 하고 나서 이렇게 물었다.

"언니도 뛰면서 걸음 수를 세?"

나는 어떻게 대답해야 할지 몰랐다. 나는 평생 걸음 수를 세어 본 적이 없었다.

그래서 어쩌면 달린다는 건 타고 나는 것인지도 몰랐다. 아니면 나중에 받아들이는 것일 수도 있었고. 나에게 있어서 달리기는 먹고 숨 쉬는 것과 같았다. 달리지 못하면 컨디션이 안 좋았다.

154

다리를 잃은 건, 피부로 숨 쉬는 법을 배워야 하는 것과 같았다.

어찌어찌해서 나는 살아남았지만 숨을 쉴 때마다 괴로웠다.

그리고 카이로 코치가 다리 절단 선수들의 달리기 영상을 보여준 후에야 폐가 공기로 꽉 찬 느낌이었다. 나는 흥분했고 행복했다. 이미 뛰고 있는 기분이 들었다. 나는 그 꿈을 지키고 싶었다.

하지만 2만 달러라는 현실을 인식하자 내 폐는 다시 그 기능을 멈췄다. 물에 빠진 나는 얼음층 밑에 갇혀 있었다. 내게 남은 산소는 얼마 없었다. 나를 살릴 수 있는 무언가가 저 위에 있는데, 나는 이 차갑고 딱딱한 얼음층 밑에서 빠져나가지도 못하고 허우적대고 있었다. 나는 그런 느낌이었다.

11. 샨달

수업이 끝나고, 나는 트랙으로 갈까 말까 망설이며 테니스 코트 주변을 서성였다. 샨달이 그런 나를 보고 뛰어왔다.

"언니! 왜 여기 있어?"

나는 어깨를 으쓱해 보였다.

"트랙에 가려고 했어. 너희들 응원해 주려고. 그런데……."

나는 말꼬리를 흐렸다. 그러자 샨달이 대신 말했다.

"그런데 그렇게 할 수 있을지 확신이 안 섰던 거야?"

샨달의 목소리는 다정했다. 마치 다 이해한다는 듯.

나는 목이 탁 메면서 눈물이 핑 돌았다. 샨달이 나를 안아 주었다.

"언니, 힘들 것 같으면 안 와도 돼. 다들 이해할 거야."

"하지만 랭스턴이잖아."

샨달도 이게 무슨 뜻인지 알았다. 랭스턴은 모든 게 다 최신식이었다. 스타팅 블록에서부터 높이뛰기용 가로대와 착지대, 원반던지기용 보호 그물막, 허들, 지붕 없는 관람석까지. 랭스턴의 장비들은 우리 학교를 부끄럽게 만들었다. 그리고 그 트랙. 우리는 랭스턴의 트랙을 질투했다. 우리 것은 그냥 땅바닥이었다. 그 애들 건 타탄이 쫙 깔려 있는 트랙이었다.

내가 뛰어본 트랙 중에서 가장 훌륭했다. 깨끗하고 부드러웠다. 그리고 무엇보다 좋은 건 빨리 달릴 수 있다는 거였다. 색깔은 고급스러운 파란색이었다. 나는 랭스턴에서 경주를 펼칠 때마다 내가 물 위를 달리고 있다고 상상했다. 믿을 수 없을 만큼 멋진 기분이었다.

그래서 랭스턴과 우리는 라이벌 관계였다. 랭스턴은 우리 팀이 갖고 싶어 하는 걸 모두 갖고 있었다. 하지만 우리는 그 애들이 돈으로도 살 수 없는 걸 갖고 있었다.

유대감. 어쩌면 그 유대감은 땅바닥에서 몇 년 동안 바람을 맞고 달리면서 형성된 것일지도 몰랐다. 아니면 그것은 카이로 코치가 우리 팀을 가족이라 부르고, 또 우리가 서로 가족처럼 대하기를 기대해서 생긴 것인지도 몰랐다. 아니면 그것은 그저 언더도그들이 모여서, 다시 말해 약자들이 모여서 전의를 다지며 생겨난 것인지도 몰랐다. 이유야 어쨌든, 우리는 유대감이 있었고 랭스턴은 없었다. 아, 그 애들도 유대감이 있는 척 행동하기는 했다. 하지만 보면 알 수 있었다. 그게 다 보여 주기 위한 쇼라는 걸.

샨달이 나를 찬찬히 살폈다. 그리고 장난스럽게 말했다.

"이런, 바네사 스틸 언니가 의기양양해서 여기저기 돌아다니겠네. 잘난 척은 혼자 다 하면서 말이야. 우리 제시카 언니는 존재하지도 않았던 것처럼."

피가 거꾸로 솟았다.

바네사 스틸. 지난번 웨스트필드 초청 경기에서 내가 그 애를 꺾어 버리자 그 애는 내 악수를 거절했다. 내가 지금 이 경쟁에서 탈락한 것을 그 애는 다행으로 여기고 있을지도 몰랐다.

나는 목발을 꽉 쥐고 곧장 트랙 쪽으로 걸음을 옮기며 샨달에게 말했다.

"가자."

"그렇지. 바로 그거야."

샨달이 내 옆에서 보조를 맞추며 걸었다.

우리는 걸으면서 샨달이 참가할 경기에 관해 이야기를 나눴다. 트랙 가까이 갔을 때 나는 잠시 걸음을 멈추고 눈앞의 풍경을 쭉 훑어보았다. 경기 진행 요원 중 한 명이자, 출발을 알리는 스타터가 벌써 나와 있었다. 스타터는 빨간색 모자와 코트를 입고 있어서 찾기 쉬웠다. 랭스턴 선수들은 걸으면서 몸을 풀고 있었다. 우리 팀은 여기저기 모여서 몸을 풀고 있었다.

샨달이 짐짓 고상한 체하며 말했다.

"왔노라, 그리고 보았노라. 고통의 타원 경기장을."

"어서 가 봐. 너도 스트레칭하면서 몸을 풀어야지. 그리고 1등 해서 5점 따내고!"

"글쎄, 그건 잘 모르겠어. 하지만 내가 100미터 달리기에서 3등을 하고 거기서 따낸 1점으로 우리 팀이 이긴다면, 우승 공로는 내가 다 차지하는 건데!"

"그래, 그럼 그렇게 해!"

나는 활짝 웃었다.

샨달이 떠나고 나는 목발을 짚고 몸을 휘청거리며 경기장으로 갔다.

나는 우리 팀이 잘되기를 바라며 그들 사이에 서 있고 싶었다. 어떻게 해서든 내가 아직 팀에 속해 있다고 믿고 싶었다.

12. 바네사 엄마

경기 시작 직전, 우리 팀 선수들이 한곳에 둥글게 모였다. 나도 인필드'에 남아서 4000미터 릴레이 선수들과 1600미터 달리기 선수들을 응원했다.

여자 대표팀 선수들이 1600미터 달리기 출발선에서 기다리고 있을 때, 나는 미리 리거 모티스 벤드 구간으로 갔다. 그리고 피오나가 내 앞을 지나갈 때마다 온 힘을 다해 소리쳐 응원했다. 피오나는 800미터 지점에서 앞서 나가기 시작했다. 하지만 세 번째 코너를 돌 때 속도가 더 나지 않는 걸 느낄 수 있었다. 피오나는 할 수 있는 한 오랫동안 참고 견뎠지만, 1400미터에서 선두를 빼앗겼다. 피오나가 2등을 차지하면서 우리 팀에 3점을 안겨 주었지만 피오나는 그것에 만족하지 않았다. 피오나가 나를 보더니 숨을 헐떡이며 말했다.

"이전 기록보다 6초나 느렸어. 그리고 세 번째 코너에서 죽는 줄 알았다니까. 그 뒤로 회복이 안 되더라고."

나는 피오나를 격려하며 안아 주었다. 피오나가 잠시 숨을 돌리고 말했다.

"이제 시간이 됐구나. 사람을 뒤에서 조종이나 하는, 그런 얍삽한 인간하고 잘 지내야 할 시간이."

목발을 짚고 트랙을 지나갈 때 관람석에 있는 사람들의 시선이 느껴졌다. 나에 대해 뭐라고 수군대는 학부모들이 보였다.

나는 계단을 올라 관람석 제일 밑 줄에 있는 의자에 앉았다. 그리고 목발을

---

* 경주 트랙으로 둘러싸인 안쪽 지역.

내려놓은 다음 가방을 풀었다. 나는 앉아서 100미터 여자 허들 경기와 110미터 남자 하이허들 경기를 지켜보았다.

다리, 다리, 어디에나 다리가 있었다.

나는 그들이 그렇게 어려움 없이 움직이는 걸 지켜보았다. 적절한 때에 맞춰 완벽한 조화를 이루며 걸음을 내디디는 한 쌍의 다리들. 왜 전에는 다리를 이런 식으로 볼 수 없었을까?

경기 중간에 저 멀리 떨어져 있는 높이뛰기 경기장을 쳐다보니 개빈이 거기에 있었다.

심장이 점점 빠르게 뛰는 걸 느낄 수 있었다. 나는 진정하려고 애썼지만, 심장은 더 미친 듯 쿵쾅거리며 뛰더니 곧 숨이 가빠지면서 속이 울렁거렸다.

이건 개빈 밴스와 상관없었다. 경기가 끝나고 허들을 치우고 있어서 그런 거였다.

다음은 400미터 달리기였다. 나는 앞에 놓인 난간을 꽉 잡았다.

"제자리에! 준비!"

스타트 건이 울렸다. 심장에서 피가 마구 뿜어져 나왔다.

나는 그 선수들을 응원하고 싶었다. 트랙 안으로 뛰어 들어가 리거 모티스 벤드 주변에서 그들을 열광적으로 응원하고 싶었다. 하지만 내가 할 수 있는 일이라고는, 난간을 있는 힘껏 잡고서 목이 터져라 소리치는 것뿐이었다.

이건 내 경주가 아니었지만, 내 경주이기도 했다.

그때 옆에서 부드러운 목소리가 들렸다.

"제시카?"

나는 몸을 돌려 내 옆자리에 앉으려 하는 그 여자 분을 쳐다보았다. 모르는 분이었다. 아니, 잠깐. 낯이 익었다.

기억을 더듬었다. 우리 팀 선수들의 엄마는 아니었다. 이분은 다른 선수들의 엄마에 비해 유달리 공들여 잘 꾸몄다. 살짝 염색한 긴 머리에는 윤기가 흘렀다. 손에는 매니큐어가 완벽하게 칠해져 있었다. 하지만 그중에서 제일 눈에 띄는 건 옷이었다. 무척 고급스러워 보였다. 이렇게 진땀이 나는 건 처음이었다.

"클로디아 스틸이란다. 바네사 엄마지."

바네사 엄마가 손을 내밀었다. 나도 손을 내밀어 악수했지만 여전히 어리벙벙했다.

"그냥 말해 주고 싶었어. 내 마음이 얼마나 아픈지 말이야."

나는 손을 빼내려 했다. 하지만 바네사 엄마가 계속 잡고 있었다.

"정말 뭐라고 말해야 할지 모르겠다. 글쎄, 이럴 때 쓸 수 있는 적당한 말이 있기나 한 걸까?"

바네사 엄마의 눈을 들여다보니 진심이 보였다.

나는 손을 빼지 않고 그냥 두었다.

"고맙습니다."

나는 경주가 한창 진행 중이라는 것도 잠시 잊었다.

마침내 바네사 엄마가 내 손을 놔주었다. 하지만 자리를 뜨지는 않았다. 남자 후보팀의 경주가 진행되는 동안 우리 둘은 아무 말도 하지 않았다. 그리고 여자 대표팀이 출발선에 섰다. 바네사 엄마가 옆에 있으니 기분이 이상했다.

바네사 엄마가 다른 데 갔으면 했다. 옆에 있는 것만으로도 무척 불편했다. 하지만 바네사 엄마는 그 자리에 앉아서 바네사를 조용히 지켜보았다. 바네사는 그 애의 트레이드 마크인 경주용 안경을 조정한 후 어깨와 목을 돌리며 양쪽 다리를 탁탁 털었다. 그러고는 스타팅 준비 자세를 취했다.

"너한텐 무척 힘든 일일 거야."

바네사 엄마가 말했다.

나는 눈을 선수들에게 고정한 채 속으로 외쳤다. 제발, 다른 곳으로 가 주세요. 하지만 그다음에 내 입에서는 엉뚱한 말들이 튀어나왔다.

"오늘 처음, 트랙에 다시 돌아온 거예요."

이런! 바네사 엄마가 다른 곳으로 가길 바라면서 말은 왜 꺼냈을까?

스타트 건이 울리자 바네사가 힘차게 뛰어나갔다. 바네사는 점점 속력을 올리며 보폭을 크게 했다. 그 애의 다리는 무척 길었고 부드럽게 움직였다.

나는 두 눈을 감고서 떨리는 턱을 멈추려 애썼다.

대체 무엇이었을까? 내가 이렇게 뛸 수 있다고 생각하게 만든 건?

바네사는 그 경주에서 쉽게 이겼다. 그래서 랭스턴은 5점을 가져갔다. 하지만 우리는 2등을 해서 3점을, 그리고 3등을 해서 1점을 얻었다. 랭스턴과는 1점 차였다.

나는 뭐라고 하며 자리를 뜰까, 그 궁리만 했다. 바네사 엄마가 떠날 것 같지는 않았기 때문이다. 그때 바네사가 쿵쿵거리며 관람석 계단 위로 올라왔다. 경주용 안경은 계속 쓰고 있었다. 바네사가 툭 내뱉듯 말했다.

"트랙이 형편없어. 여기 있는 건 다 거지 같아! 내 기록이 아주 엉망이야!"

나는 그 애를 납작하게 때려눕히고 싶었다.

바네사 엄마도 불편해하는 것 같았다. 바네사 엄마가 자기 딸에게 한마디 하기도 전에, 바네사가 한 손을 내밀며 말했다.

"엄마, 내 핸드폰."

바네사 엄마가 핸드백에서 핸드폰을 꺼내 바네사에게 건네주며 물었다.

"제시카 칼라일한테 인사했니?"

"음, 안녕."

바네사가 문자를 확인하며 내게 인사했다. 그러고는 엄마한테 핸드폰을 돌려주고는 뒤돌아서 내려갔다. 바네사 엄마가 큰 소리로 불렀다.

"바네사!"

"엄마, 저 허들 하기 전에 근육 마사지 해야 한다고요."

"바네사!"

바네사 엄마가 매섭게 소리쳤지만, 그 애는 아무런 대꾸도 하지 않았다.

"우리 딸, 용서해 주렴."

잠시 후 바네사 엄마가 말했다. 핸드백을 다시 닫는 바네사 엄마의 손이 떨렸다. 그런 다음 내 얼굴을 보며 말했다.

"아니다. 나를 용서해 줘. 내가 딸을 저렇게 이기적인 아이로 키웠으니까."

바네사 엄마는 자리에서 일어나 멀리 걸어갔다.

얼떨떨했다.

13. 개빈

정신이 들자, 한 가지 생각만 떠올랐다. 피오나한테 가서 말하자!

나는 다음 경주가 끝날 때까지 기다렸다 목발을 짚고 트랙을 지나 인필드에서 진행되는 높이뛰기 경기장으로 갔다.

그곳에 도착하기도 전에 개빈이 내게 왔다.

"여기서 보니까 반갑네!"

"그래, 여기서 보니까 나도 반갑네."

나는 흥분된 마음을 살짝 누르며 말했다. 메릴은 좀 떨어진 곳에서 땀을 닦고 있었다. 나는 메릴을 턱으로 가리키며 물었다.

"어땠어?"

그러자 개빈이 어깨 너머로 메릴을 흘끗 보며 말했다.

"최선을 다했지."

나는 키득키득 나오는 웃음을 간신히 참았다. 개빈이 정말 진심인 것 같았기 때문이다. 메릴의 최고 기록은 136센티미터인데, 고작 그것 넘고서 호들갑은 또 얼마나 떨어 대던지. 그리고 높이뛰기는 메릴이 참가하는 유일한 종목이었다. 그래서 메릴은 항상 자신이 탈락한 후에 어떻게 하면 먼저 떠날 수 있는지 그 핑곗거리를 찾았다. 내가 개빈에게 물었다.

"그래서 먼저 갈 거야?"

"농담해? 랭스턴이랑 붙었잖아! 이번엔 꼭 이겨야 한다고!"

164

나는 개빈을 신기한 눈으로 쳐다보았다.

"우와, 개빈. 네가 트랙에 그렇게 관심 있는 줄 몰랐네."

"이게 좀 전염성이 있잖아, 안 그래?"

달아오른 개빈의 뺨이 무척 귀여웠다. 나는 애써 모르는 척하며 물었다.

"달리기를 해 볼 생각은 없었어?"

"초등학생 때는 꽤 빨랐지. 그런데 그건 오래전 일이고. 또 우리 집안이 대대로 운동선수 집안은 아니라서."

나는 개빈을 빤히 쳐다보았다.

"너는 정치인이 될 수도 있어. 그리고 달리기를 할 수도 있지. 나는 네 직업을 이야기하는 게 아니라고."

개빈이 또 한 번 웃었다. 그리고 골똘히 생각하며 턱 주변을 살살 문질렀다.

"흐음, 완전히 새로운 접근 방법이네, 그렇지?"

순간 메릴이 우리 앞에 나타났다.

"안녕, 제스."

메릴이 나한테 인사를 한 다음 개빈을 보며 말했다.

"머리가 깨질 듯 아파. 집에 가야겠어."

분위기가 어색해졌다. 그래서 나는 그 둘에게 "잘 가" 하고 인사하고서 목발을 짚고 높이뛰기 경기장으로 갔다. 마침 피오나가 도움닫기를 하고 있었다. 높이뛰기 바는 146센티미터에 걸려 있었다. 피오나는 그것을 쉽게 넘었다.

"잘했어!"

피오나가 돌아왔을 때 내가 말했다.

"400미터 달리기 할 때 내 옆에 누가 앉았는지 알아?"

"누군데?"

"바네사 엄마."

"으윽, 이런! 일부러 오신 거야?"

피오나가 눈을 깜빡이며 물었다. 그래서 나는 처음부터 끝까지 쭉 설명했다. 그리고 내 이야기가 끝나자 피오나는 숨을 헉 내쉬었다.

"믿을 수 없어! 전부 다 믿을 수 없어!"

"바틀릿! 피오나 바틀릿! 준비하세요!"

"가 봐야겠어."

피오나가 말했다. 그리고 심판에게 뛰겠다는 신호를 보내고서 마음을 가다듬은 후, 몸을 앞뒤로 몇 번 흔들더니 높이뛰기 바를 향해 도움닫기를 했다. 피오나가 가쁜 숨을 내쉬며 나한테 돌아왔다.

"나 지금 엄청 흥분했어! 다른 사람들도 네 이야기를 들으면 다 나처럼 될걸!"

"잠깐만! 안 돼! 다른 사람들한테는 말하지 마!"

"왜?"

피오나가 믿기지 않는다는 듯 물었다.

"왜냐하면……."

잘 모르겠지만 그냥 그러면 안 될 것 같았다.

"왜냐면 바네사 엄마, 진짜로 괜찮은 분이었거든."

"그래서?"

"그래서 내 생각에 그 애는 바네사 엄마한테 전생의 나쁜 업보인 것 같아."

피오나가 눈을 가늘게 뜨고 나를 봤다.

"나쁜 업보? 바네사 스틸이 무슨 전생의 나쁜 업보야!"

"그냥 그렇게만 알고, 아무한테도 말하지 마. 알았지?"

"알았어. 네 말대로 할게."

그러더니 피오나는 또다시 불타올랐다.

"대신 나는 300미터 허들에 참가한 애니와 기젤다를 위해 있는 힘껏 소리쳐 응원할 거야."

"나도 너랑 같이 응원할게!"

나는 웃으면서 말했다. 우리는 항상 그 둘을 응원했다. 애니와 기젤다는 무척 재미있는 친구들이었고 아주 뛰어난 허들 선수였다.

다만 바네사만큼 잘하지 못할 뿐이었다.

14. 바네사

이제 여자 대표팀 높이뛰기 선수는 두 명만 남았다. 피오나와 랭스턴 선수 야시였다. 바로 그때 300미터 허들이 다시 세워졌다. 허들 결승선이 높이뛰기 경기장과 가까워서 우리가 응원하기에는 편했지만, 피오나가 경기에 집중하는 데는 전혀 도움이 되지 않았다. 피오나는 이미 한 번 157센티미터를 못 넘었 는데, 그때 여자 후보팀 선수들이 허들을 넘고 있었다. 그리고 허들 여자 대 표팀 선수들이 출발선에 들어서자 피오나는 다시 그런 위험을 감수하고 싶지 않았다.

"조금만 있다가 올게요!"

피오나가 심판에게 말했다. 야시는 막 두 번째 도전에서 실패한 후였다.

"잠깐만! 높이뛰기를 다 끝내고 가지 그러니?"

"2분 만요! 네?"

피오나가 부탁했다. 심판이 고개를 끄덕이자 우리는 서둘러 허들 200미터 지점으로 갔다. 나도 최선을 다해 걸었다.

경기장 저편에서 바네사가 거만하게 움직이며 스타팅 블록으로 가고 있었 다. 바네사는 상대방 선수들한테 정신적 동요를 주기 위해 달리기를 할 때마 다 이렇게 신경전을 벌였다.

나는 애니와 기젤다에게 주문을 외우며 텔레파시를 보냈다.

부드럽고 강하고 빠르게. 부드럽고 강하고 빠르게.

텔레파시로 바네사의 신경전을 방해하는 건 아무래도 무리겠지?

스타팅 건이 울렸고 선수들은 앞으로 튀어나갔다. 그들은 자기들만의 보폭으로 뛰다가 첫 번째 허들을 넘었다. 그리고 또다시 뛰다가 두 번째 허들도 넘었다.

선수들은 아직 멀리 있었다. 벌써 응원을 할 필요는 없었다. 피오나가 옆에서 투덜거렸다.

"쳇, 뭐 저런 애가 다 있냐? 맨날 이상한 안경만 쓰고."

"애니, 힘내라."

나는 목청껏 소리 지르기 시작했다. 애니는 여전히 멀리 떨어져 있어서 내 응원 소리가 들리지 않겠지만, 나는 가만히 있을 수가 없었다.

"애니, 파이팅!"

선수들이 트랙을 크게 돌기 시작했다. 그리고 바네사는 점점 선두를 굳히고 있었다. 바네사는 2번 레인에 있었는데, 애니는 오른쪽에서 기젤다는 왼쪽에서 바네사를 따라붙고 있었다.

"애니! 넌 할 수 있어! 따라잡으라고!"

나는 소리치며 한 발로 깡충깡충 뛰고 있었다. 선수들의 뜀박질 소리가 점점 커졌다. 동물들이 우르르 몰려오는 것처럼. 나는 소리 질렀다.

"힘내라, 애니! 너는 따라잡을 수 있어!"

그리고 바로 우리 앞에서, 생각지도 못한 일이 벌어졌다.

바네사의 발이 허들에 걸린 것이다. 바네사는 허공을 가르며 날아갔다.

허들이 픽 쓰러지면서 거의 애니 쪽으로 넘어갔지만, 어쨌든 애니는 그것을 살짝 돌아 자신의 레인을 지키며 뛰었다. 기젤다는 바네사를 피하다가 거의 넘어질 뻔했지만, 기젤다 역시 자신의 레인을 간신히 지키며 계속 뛰었다.

경기가 끝났을 때 모두 충격을 받아 숨도 제대로 쉬지 못했다. 우리 학교가 그 허들 경기를 휩쓸었다. 바네사가 자리에서 일어나며 화를 불같이 냈다.

"흥, 저 애는 아주 생생하구나. 경기 진행 요원님, 저 애 좀 보세요!"

"바네사가 나한테 화내지 않았으면 좋겠다."

내가 웃으며 말했다. 그리고 우리는 제자리에서 깡충깡충 뛰고 있는 애니와 기젤다에게 갔다.

"피오나 바틀릿!"

심판의 고함이 들렸다.

피오나는 얼른 높이뛰기 경기장으로 돌아갔다. 그리고 159센티미터를 깔끔하게 넘었다. 피오나는 높이뛰기 바가 조금씩 올라가 163센티미터까지 이르자 좀 긴장했다. 그리고 피오나는 신기록을 세웠다.

그때 카이로 코치가 이쪽으로 왔다. 피오나에게 축하한다고 말했지만, 나는 직감적으로 뭔가가 잘못되었다는 걸 느낄 수 있었다. 내가 물었다.

"무슨 일인데요?"

코치는 잠시 입을 꾹 다물고 있다가 말했다.

"랭스턴 측에서 저 빨간 모자를 쓴 경기 진행 요원한테 항의하고 있단다. 바네사는 네가 트랙 옆에서 자기를 산만하게 만들었다고 굳게 믿고 있어."

"뭐라고요?"

"뭐라고요?"

주변에 있던 사람들 모두 물었다.

카이로 코치가 한숨을 푹 내쉬었다.

"나도 알아. 하지만 꼭 물어봐야 하는 거라서. 트랙 옆에서 뭐라고 했니?"

"제가 뭐라고 소리쳤냐고요? 글쎄요, 힘내라, 애니, 파이팅? 뭐, 그런 말이었을 거예요."

"바네사에게 고함지른 건 아니고?"

"아니에요!"

나는 피오나를 보며 도움을 청했다. 그러자 피오나가 끼어들며 말했다.

"절대로 아니에요! 제시카는 애니를 응원했다고요."

코치가 숨을 깊이 들이마셨다.

"그렇다면, 알았다. 경기 진행 요원도 터무니없는 말이라고 했지만, 확실하게 오해를 풀고 가는 게 좋을 것 같아서 말이야. 진행 요원이랑 저쪽 코치한테 그렇게 이야기할게."

"저도 같이 갈까요?"

코치는 잠시 망설이다 말했다.

"그래, 그게 나을 수도 있겠다."

그래서 나는 목발을 짚고 경기장을 걸어갔다. 그리고 경기 진행 요원과 랭스턴 코치한테 나는 그저 우리 팀을 응원했을 뿐이라고 설명했다. 모든 선수가 그러는 것처럼.

내가 설명하는 동안 바네사는 뒤쪽에서 왔다 갔다 하고 있었다. 바네사 엄마가 바네사에게 뭐라고 한참 이야기하고 있었지만, 바네사는 확실히 엄마 이야기를 듣는 것보다 우리 쪽을 지켜보는 데 더 관심이 많아 보였다.

결국, 내가 말했다.

"바네사 좀 이쪽으로 불러 주시겠어요? 그 애가 허들에서 떨어진 게 어떻게

171

제 잘못인지는 정말 모르겠지만, 어쨌든 제가 사과할게요."

랭스턴 코치가 손짓으로 바네사를 불렀다. 바네사 엄마가 바네사를 살짝 밀치자 그 애는 우리 쪽으로 왔다. 바네사는 아직도 그 안경을 쓰고 있어 눈을 마주치기 힘들었지만, 나는 그 애의 안경을 똑바로 보며 말했다.

"바네사, 나는 그냥 우리 팀을 응원하고 있었어. 그래도 네 신경을 거슬리게 했다면 미안해."

바네사는 한 마디도 하지 않다가 몸을 휙 돌려 진행 요원을 보며 말했다.

"그러니까 저 애는 왜 여기 있는 거예요? 자기가 다른 사람들의 신경을 거슬리게 한다는 걸 안다면, 여기 있으면 안 되지 않아요?"

카이로 코치가 앞으로 나서며 말했다.

"왜냐면 제시카는 여전히 우리 팀원이니까 그렇지. 그래서 여기 있는 거야."

바네사는 '흥, 진짜요?'라고 생각하고 있는 게 분명했다. 그리고 나는 그제야 깨달았다.

나는 실제로 팀원이 아니었다. 더는.

15. 수학 시간

다음 날에도 나는 여전히 우울하고 비참했다. 쌀쌀맞은 러커 선생님을 마주하고 싶은 기분이 아니었다. 수업 시작 종이 울리자 러커 선생님이 물었다.

"제시카, 네 원래 자리로는 언제쯤 돌아갈 생각이냐?"

분명, 나는 예전보다 목발을 잘 짚고 다녔다. 러커 선생님이 나한테 뒤에 가서 로사와 앉으라고 한 것은 내가 휠체어를 타고 왔기 때문이었다.

그리고 나는 오늘 내 다리가 생길 것이다.

하지만 며칠 전 나는 마음먹었다. 계속해서 로사와 같은 책상을 쓰기로 말이다. 나중에 내가 다시 걸어 다닌다 해도.

"안 갈 거예요."

자신만만한 내 목소리에 나도 그만 깜짝 놀랐다.

러커 선생님이 나를 보며 말했다.

"네가 원래 자리로 돌아가는 게 로사에게 좋을 것 같은데."

"아니에요!"

로사가 말했다. 그러자 모두들 고개를 돌려 로사를 쳐다보았다. 로사는 평소처럼 물속에서 말하듯 말했다.

"언니가 여기 있는 게 좋아요. 제발요."

러커 선생님이 눈살을 찌푸렸다. 로사와 나를 번갈아 쳐다본 다음 말했다.

"그러면 서로 쪽지 주고받는 건 그만하도록 해."

우리는 둘 다 '이크!' 하는 표정을 지었다.

내가 러커 선생님에게 말했다.

"알겠어요. 하지만 로사는 저를 도와주고 있었어요. 로사가 수학 천재잖아요. 아시겠지만."

그러자 러커 선생님이 나를 찬찬히 들여다보았다.

"물론, 아주 잘 알고 있지."

선생님은 내 거짓말을 눈치챈 것 같았지만, 쪽지 내용이 무엇인가를 가지고 나와 논쟁할 생각은 없어 보였다. 선생님이 한쪽 눈썹을 치켜세우며 말했다.

"그런 문제 풀이는 앞으로 수학 연습실에서 하도록 해라, 알겠지?"

그런 다음 선생님은 칠판에 적은 문제를 풀기 시작했다.

로사가 얼른 내게 쪽지를 보냈다.

언니, 고마워.

나는 어제 시합 이후 처음으로, 마음속으로도 미소 지었다.

16. 새 다리

엄마가 나를 데리고 행크 아저씨의 사무실로 갔다. 엄마는 내가 너무 조용히 있다는 걸 알아차렸다.

"우리 딸, 괜찮니?"

"의족이 어떤 식으로 움직이는 건지 잘 모르겠어요. 제가 그걸 다룰 수 없으면 어떻게 하죠?"

"잘할 수 있을 거야. 걱정하지 마. 클로에 언니를 생각해 봐, 알았지? 우리는 미처 눈치채지도 못했잖아."

엄마의 이 말은 확실히 도움이 되었다. 그리고 우리를 볼 때마다 생기발랄하게 맞이해 주는 클로에 언니도 확실히 도움이 되었다. 엄마와 내가 접수대로 들어가자 클로에 언니가 말했다.

"오늘이 바로 그날이구나! 반바지하고 오른쪽 신발 가져왔니?"

나는 고개를 끄덕이며 그것들을 들어 올렸다.

"갈아입을 데가 있을까요? 학교 끝나고 바로 와서요."

클로에 언니가 나를 작은 화장실로 데려가면서 말했다.

"처음에는 기분이 이상할 거야. 그렇다고 낙담하지는 마. 너는 분명 요령을 금방 터득할 테니까. 그리고 일단 감을 잡고 나면, 어디든 걸어 다닐 수 있어."

클로에 언니는 차분하게 말했다. 은밀하게. 마치 비밀을 누설하는 것처럼.

"처음에는 지팡이나 목발 한쪽을 사용하겠지만 너는 그것도 금방 뗄 거야."

"고마워요."

이 과정을 잘 알고 있는 사람에게서 이런 말을 들으니 고마웠다.

내가 반바지로 갈아입고 나오자 클로에 언니가 나를 어떤 방으로 불렀다. 그 방은 사방이 거울로 되어 있었고, 엉덩이 높이에 긴 바가 붙어 있었다. 얼핏 보면 발레 교습소 같았는데, 다만 발레리나용 치마 대신 다양한 종류의 의족들이 여기저기 있는 게 그곳과 달랐다.

내가 안으로 들어가자 행크 아저씨와 엄마는 대화를 멈췄다. 행크 아저씨가 의족 하나를 꺼낸 다음 나를 보며 빙긋 웃었다.

"이제 다시 걸어 다닐 시간이다!"

그건 마네킹 발에 금속 파이프를 꽂아 놓은 것처럼 생겼다. 길이는 약 20센티미터, 지름은 약 4센티미터인 파이프였는데, 양쪽 끝에 금속으로 된 연결 부품이 하나씩 달려 있었다. 아래쪽 연결 부품에는 발이, 그리고 위쪽 연결 부품에는 소켓이 붙어 있었다. 이 두 부품에는 작은 구멍들이 여럿 나 있어서 꼭 배관 설비의 부품처럼 생겼다. 아빠가 싱크대 밑 배관을 연결할 때 쓰는 거 말이다.

파이프 위에는 다 완성된 소켓이 붙어 있었다. 내 피부색과 같은 소켓은 그 안이 둥글게 파여 있었다. 절단된 내 다리가 거기에 끼워지는 모양이었다.

내가 몰입해서 의족을 보고 있으니까 행크 아저씨가 씩 웃으며 말했다.

"그래, 좀 행켄슈타인 스타일 같지? 하지만……."

"엄마가 말했어요?"

내가 엄마를 획 쳐다보며 물었다.

"제시카, 내가 얼마나 큰 소리로 웃었는지 아니? 명함 이름을 행켄슈타인으로 바꿀까도 생각했다니까. 하지만 안타깝게도, 내 고객들은 대부분 그런 유머를 받아들이지 못한단다."

행크 아저씨가 내 눈을 보며 말을 이었다.

"네가 이런 농담을 한다는 건 정말로 아주 좋은 징조란다."

"이제 제가 어떻게 하면 되나요?"

행크 아저씨는 나한테 왼쪽 신발을 벗고서 평행 바 옆에 있는 의자에 앉으라고 했다. 그런 다음 발목까지 오는 나일론 스타킹처럼 생긴 걸 내게 건네며 그것을 절단 부위에 씌우라고 했다. 그리고 그 나일론 스타킹 위로 '절단 부위 양말'을 신으라고 했다. 그 양말은 보통 양말과 비슷했지만, 발이 들어갈 부분이나 솔기가 없었다. 그리고 보통 양말보다 훨씬 더 부드럽고 잘 늘어났다.

행크 아저씨가 하얀색 발포 고무로 만든 것처럼 보이는 무언가를 내 의족 소켓에서 꺼냈다. 그리고 그걸 내게 주면서 말했다.

"자, 그다음에 이건 라이너라는 거야. 절단 부위 양말 위에다 그냥 쓱 끼우면 돼. 그리고 느낌이 어떤지 말해 줘."

"딱 맞아야 되는 거예요? 약간 헐렁한 것 같은데."

내가 이렇게 말하자 행크 아저씨는 라이너를 다리에서 뺐다. 그리고 나한테 조금 더 두꺼운 양말을 신게 하더니 그 라이너를 다시 끼웠다.

이번에는 잘 맞는 것 같았다. 그러자 아저씨는 소켓을 내 다리에 맞춰 보기 위해 의족을 집어 들었다.

"여기에 다리를 넣어 보자."

나는 그렇게 했다. 딱 맞는 게 아주 편안했다. 하지만 고개를 내려서 내 몸과 연결된 파이프 다리와 가짜 발을 보니 기분이 이상했다.

"이게 어떻게 제 다리에 계속 붙어 있어요?"

내가 물었다. 정말로 내가 이것을 달고 걸을 수 있을 것처럼 보이지 않았기 때문이다.

"그건 금방 알게 될 거야. 하지만 그 전에 이게 잘 맞는지 확인하고 싶구나."

행크 아저씨는 힘을 줘서 소켓을 누른 다음 옆으로 비틀었다. 그리고 소켓에 아무 문제가 없다는 걸 확인하자 의족을 다리에서 뺐다.

"우리는 다리를 의족에 잘 고정하기 위해서 슬리브라는 걸 사용할 거란다."

행크 아저씨가 갈색 고무로 만든 것처럼 보이는 소매 조각을 집어 들었다. 그리고 그것을 소켓 위로 씌우기 시작했다.

"이건 네오프렌이라는 합성 고무야. 수영복 같은 걸 만들 때 쓰지. 이 슬리브는 네 다리와 의족 사이에 있는 공기를 빨아들여 진공 상태로 만들어서 의족을 단단히 고정할 거란다."

행크 아저씨는 슬리브를 소켓 위로 접어 올리더니 의족을 내밀며 물었다.

"아저씨가 끼워도 될까?"

나는 그렇게 하도록 했다. 그런 다음 행크 아저씨는 소켓 위에 접혀 있는 슬리브를 쫙 펴서 내 다리 위로 올렸다. 그렇게 하니까 허벅지 중간까지 오는 큰 고무 양말을 신고 있는 것 같았다. 그리고 이 슬리브는 의족을 꽉 죄는 느낌이었다. 행크 아저씨가 물었다.

"이제 일어날 준비가 됐니?"

"그런 것 같아요."

나는 이렇게 말했지만, 완전히 얼어붙은 채로 그냥 그 자리에 앉아 있었다.

"옆에 있는 바를 잡아도 돼. 예전에 일어났던 걸 기억해서 그렇게 일어나면 된단다."

이상했다. 내가 예전에 어떻게 일어났는지 내 뇌가 기억 못 하는 것 같았다. 한동안 나는 깡충 뛰거나 목발을 짚고 다녔다. 예전과 다르게 일어나고 앉았다.

그래서 나는 바를 거머쥐었다. 그리고 왼발에 힘을 줘 몸을 일으켰다.

"의족에 체중을 실어 봐. 아프지 않을 거야."

행크 아저씨가 나를 격려했다.

하지만 나는 고통이 두려운 게 아니었다. 내가 두려운 건 이 파이프를 움직이지 못하는 거였다. 나는 공포에 사로잡혔다. 내가 어떻게 해야 이걸 달고 걸을 수 있는 거지?

천천히, 오른쪽 다리로 체중을 옮겼다. 그렇게 적응하는데 1분 정도 걸렸다. 그런데 균형이 안 맞는 느낌이었다. 오른쪽 다리가 왼쪽 다리보다 긴 것 같았다.

"체중을 골고루 나눴니?"

행크 아저씨가 물었다. 내가 고개를 끄덕이자 아저씨는 말을 이었다.

"지금부터 양쪽 길이를 확인할 거란다."

행크 아저씨가 양쪽 엄지손가락을 내 엉덩이뼈의 튀어나온 부분에 댔다.

"의족 있는 쪽이 좀 더 긴 것 같아요."

내가 아저씨한테 말했다. 아저씨는 이미 알고 있다는 듯 고개를 끄덕였다.

"그게 정상이야. 그쪽 다리는 지금까지 꽤 오랫동안 압력을 받지 않았잖아. 그래서 양쪽 다리의 길이가 완벽하게 똑같을 때도, 환자들은 여전히 의족 있는 쪽의 다리가 길게 느껴진다고 말한단다."

행크 아저씨가 나를 보며 미소 지은 다음 말을 이었다.

"하지만 이번 경우에는, 확실히 이쪽이 길구나."

행크 아저씨는 얇은 나무판을 가져와 내 왼발 밑으로 밀어 넣었다. 그런 다음 내 엉덩이뼈를 한 번 더 확인했다.

"왼쪽을 올려서, 의족의 파일론을 얼마나 잘라야 하는지 가늠하는 거란다."

아저씨는 내가 얼마나 수평을 이루어 서 있는지 잰 다음에, 더 얇은 나무판을 하나 가져와 아까 그 나무판과 내 왼발 사이에 끼워 넣었다.

"아주 좋아."

행크 아저씨가 또다시 수평을 확인한 후 말했다.

"첫 번째 나무판은 1.3센티미터, 두 번째는 0.6센티미터, 그러니까 파일론을 1.9센티미터만큼 자르면 되겠구나."

아저씨는 나한테 앉으라고 했다. 그리고 육각 렌치를 이용해 소켓과 이어진 금속 연결 부품을 풀었다. 그런 다음 파이프에서 소켓을 빼냈다. 발 부분은 여전히 파이프 밑에 붙어 있었다. 아저씨가 이렇게 하니까 기분이 이상했다. 내가 마치 몸의 일부분을 뗐다 붙였다 할 수 있는 인형이 된 것 같았다.

행크 아저씨가 발이 달린 파이프를 들고 방에서 나갔다. 그리고 얼마 지나지 않아 다시 돌아왔다. 아저씨는 그 파이프를 소켓에 다시 끼워 넣었다.

"이걸로 해 보자."

나는 또 일어났다. 의족 있는 쪽 다리가 여전히 긴 느낌이었지만, 행크 아저씨는 수평을 확인한 뒤 "완벽해"라고 말했다.

"정말요?"

"그럼, 걱정하지 마. 이쪽이 긴 것 같다는 느낌은 곧 사라질 테니까. 자, 이제는 이 평행 바를 잡고서 한쪽 발로만 서서 다른 쪽 발을 앞뒤로 흔들어 볼래? 그런 다음 반대쪽도."

나는 그렇게 했다. 정말 이상한 것은 내가 내 오른발을 느낄 수 있다는 거였다. 내 오른발은 없었다. 나도 알았다. 거기에 없다는 것을. 그런데 발을 앞뒤로 흔드는 순간, 내 뇌는 안도의 한숨을 내쉬는 것 같았다.

'아, 거기 있었구나!' 라고 말이다.

"어때?"

행크 아저씨가 물었다.

"제 발이 여기 있는 것 같은 느낌이 드는데, 그게 맞는 건가요?"

"그래? 그런 느낌이 드니?"

나는 고개를 끄덕인 다음 아저씨를 쳐다보았다.

"모두 다 그런 건 아니야. 그건 확실해. 하지만 내가 보니까, 그런 느낌을 받는 환자들이 그렇지 않은 환자들보다 훨씬 더 빨리 적응하더라고."

"하지만 왜 그렇게 느끼는 걸까요?"

"네 뇌는 아직도 전에 있던 발과 연결되어 있단다. 몸에 있는 신경들이 신호를 보내면 뇌는 그것에 적응하거나 반응을 하게 되어 있지. 그래서 환상 통증이 나타나거나, 잘린 팔다리가 아직 그대로 거기 있는 것처럼 느껴지는 거야. 그 이유가 확실하게 밝혀진 것은 아니지만, 만약 네 뇌가 의족을 진짜 네 다리라고 생각한다면 그건 아주 좋은 신호지."

나는 엄마를 흘끗 보았다. 엄마는 긴장한 듯 보였지만 기뻐하는 눈치였다.

"좋았어. 그럼 이제는 왼발을 앞으로 내디딘 다음 다시 뒤로 빼는 거야. 그리고 오른발을 앞으로 내디딘 다음 다시 뒤로 빼면 돼. 어디로 가지는 말고, 그냥 호키포키하는 것처럼 발을 번갈아 앞뒤로 내딛는 거야."

그래서 그렇게 했다. 오른발을 앞으로 내딛고 뒤로 뺄 때마다 조금씩 자신감이 붙었다. 내가 호키포키를 충분히 하자 아저씨가 말했다.

"자, 몇 걸음 걸어 보자. 평행 바를 잡고서 앞으로 나가면 돼. 가장 큰 장애물은 두려움인데, 너는 두려워할 이유가 없단다. 그냥 네 몸이 기억하는 대로 움직여 보렴."

나는 첫 번째 걸음을 옮겼다. 두 번째 걸음도 옮겼다. 그리고 세 번째도.

의족은 편안하게 느껴졌다. 오른발을 왼발처럼 구를 수는 없었지만, 한 걸음 한 걸음 앞으로 나아갔다. 순식간에 나는 평행 바의 끝에 가 있었다.

나는 고개를 들어 거울에 비친 내 모습을 보았다.

새로 생긴 내 다리는 멋지지 않았지만 그렇다고 기겁할 정도는 아니었다.

나는 몸을 돌렸다. 반대편 끝에 행크 아저씨와 엄마가 서 있었다.

엄마 표정은 뭐라 정의 내리기 힘들었다. 희망. 기대. 걱정. 나는 다시 엄마의 아기가 된 것 같았다. 막 첫걸음마를 떼는 아기.

나는 숨을 깊이 들이마셨다. 그리고 손에서 평행 바를 살짝 놓았다.

두 걸음 앞으로 갔다. 내 손은 평행 바 위에 떠서 맴돌았다.

두 걸음 더 앞으로 갔다. 그리고 두 걸음 더.

눈물이 핑 돌았다. 나는 걷고 있었다.

17. 임시 걸음

다음 한 시간 동안은 의족을 조절하면서 시험도 하고 주의 사항도 들었다. 나는 무리해서 움직여선 안 되고, 피부에 뜨거워지는 곳이 있는지 확인해야 하고, 절단 부위에 물집이 생기지 않도록 주의해야 했다. 만약 그렇게 되면 거기서 모든 활동을 멈춰야 했다. 주의 사항은 거기서 멈췄다.

행크 아저씨가 내게 지팡이를 주었다. 그래서 나는 안정적으로 걷기 위해 지팡이를 짚었다. 비록 내 걸음걸이에 자신 있거나 만족하진 않아도 계속 걷고 싶었다. 행크 아저씨는 그런 자세가 정말 중요한 거라고 했다.

집으로 오는 길, 엄마가 멋진 아이디어를 냈다. 그건 내가 다리 양옆으로 지퍼가 달린 운동복 바지를 입으면 좋겠다는 거였다. 그래서 우리는 시내에 있는 운동용품점으로 차를 돌렸다. 엄마 혼자 운동용품점에 들어가 바지 두 벌을 사 왔다.

"맘에 쏙 들어요!"

엄마는 행복해 보였다. 진심으로.

아빠도 내가 양쪽 다리로 걷는 걸 보고서 기뻐했다. 하지만 아빠는 의족 자체에도 완전히 매료되었다. 아빠는 의족 맞춤과 조절 과정, 그리고 슬리브의 진공 방법 등을 전부 다 듣고 싶어 했다. 그렇게 의족의 작동 원리를 다 파악한 후엔, 나한테 부엌을 여섯 번이나 왔다 갔다 해 보라고 했다.

"우와, 핼러윈 데이에 인기 폭발이겠는데!"

케일리의 농담에 나는 케일리의 팔을 친근하게 툭 쳤다. 그리고 피오나는 내가 집에서 걷고 있다는 걸 듣자마자 우리 집으로 바로 달려왔다.

나는 초인종 소리가 들리자 소리쳤다.

"제가 나갈게요!"

나는 이미 새로 산 나이키 운동복 바지로 갈아입고 있었다. 그래서 피오나는 내 운동복 바지만 볼 수 있었다. 나는 뒤로 몇 걸음 물러나며 말했다.

"어서 들어와."

우리가 현관문 복도를 걸어가는 동안 나는 최대한 신경을 써서 열심히 걸어가려고 노력했다. 행크 아저씨가 말하기를, 내가 의족을 했다는 걸 사람들이 알아차릴 수 있는 건 걸음걸이밖에 없다고 했다. 하지만 그 걸음걸이조차도 내가 주의를 집중하면 완벽하게 터득할 수 있다고 했다.

여기엔 거울이 없었다. 그래서 나는 내가 어떻게 걷고 있는지 알 수 없었다. 하지만 피오나가 나를 따라 부엌으로 들어오면서 분명하게 말했다.

"우와, 정말 놀랍다."

그러자 엄마가 나를 나무라며 말했다.

"애가 지금 자랑하느라고 이러는 거야. 아직은 지팡이를 짚어야 하는데."

"우와! 우와, 우와, 우와!"

피오나가 나를 쳐다보며 말했다.

나는 자리에 앉아 다리의 지퍼를 열었다. 피오나가 고개를 내려서 보았다.

"어, 그냥 파이프뿐이야? 그러니까, 다리랑 비슷하게 만드는 거 아니야?"

"이건 임시 의족이야. 그리고 나는 이걸 조정하러 일주일에 한 번씩 가야 해. 그래서 이렇게 하는 게 훨씬 더 실용적이야."

"그럼 영구 의족은 언제 맞춰?"

"상황에 따라서. 행크 아저씨는 두 달 내지 세 달 정도로 생각하셔. 내 다리가 더는 안 변할 거라고 확신한 다음에 영구 의족을 만들고 싶어 하시지."

나는 지퍼를 잠그고서 피오나를 보며 미소 지었다.

"그때까지는 신중하게 살피는 게 좋고."

"아, 맞다!"

순간 피오나가 흥분해서 소리쳤다.

"내일 있을 세차 이벤트에 꼭 나와라, 걸어서 말이야! 코치가 놀라서 까무러칠걸. 그리고 세차 이벤트는 정말 엄청날 거야. 코치가 파란색과 금색이 들어간 커다란 현수막을 만들었다고. "제시카를 뛰게 하자!"라고 써서 말이야. 그리고 세차 이벤트 위원회에서 내일 육상 팀 유니폼을 입고 오라고 했어. 그래서 우리는 현수막이랑 색깔을 맞출 거야!"

나는 키득키득 웃었다.

"너, 현수막이랑 색깔을 맞추고 싶은 거야?"

"그렇게 해야 사람들 눈에 잘 띈단 말이야. 그리고 우리가 무언가를 함께하는 팀이라는 걸 보여 줄 수도 있고."

"어, 잠깐! 그런데 너는 과자 판매 위원회 아니었어?"

"어허, 나는 모든 위원회에 다 들어가 있다고!"

"대단하다."

"어때, 내일 올래?"

나는 피오나를 꼭 안았다. 그리고 내일 갈 거라고 말했다.

18. 행운아

얇은 옷 두 조각이 어떻게 이리도 많은 기억을 담고 있을 수 있는지 놀라웠다. 웃음, 고통, 승리, 패배, 우정, 피로, 기쁨. 이런 감정과 기억들이 모두 그 옷에 있었지만, 그건 그 옷을 입었던 사람에게만 그랬다. 다른 사람들에게 이건 그냥 반바지와 민소매 티일 뿐이었다.

피오나가 세차 이벤트에 올 때 이 옷을 입고 오라고 했다. 하지만 금색 반바지와 리버티 고등학교 마크가 있는 민소매 티를 손에 쥐고 있으니, 내가 꼭 다른 사람 행세를 하려는 사기꾼이 된 느낌이었다.

그렇지만 나는 숨을 깊이 들이마신 다음 그 옷을 입었다.

천이 피부에 닿았다. 시원하고 부드러웠다. 기억이 생생하게 되살아났다. 나는 오랫동안 눈물을 삼키며 침대 가장자리에 앉아 있었다. 어제 나는 조심스럽게 한 걸음 한 걸음을 내디뎠다. 그 걸음들이 아무것도 아니라고는 결코 말할 수 없었다.

하지만 그건 걷는 거였다. 순간 클로에 언니가 떠올랐다. 유튜브의 달리기 선수들도. 그들은 자연스럽게 움직이고 뛰었다. 그것도 아주 쉽게. 어떻게 그럴 수 있지?

마침내 나는 의족을 끼운 다음, 다리 옆에 지퍼가 있는 파란색과 금색 운동복 바지를 덧입었다. 그랬더니 그나마 사기를 덜 치는 것 같았다.

계단을 내려가면서 조심스럽게 걸음을 내디뎠다. 그럴 때마다 쿵쿵 소리가 나 내가 느릿느릿 어설프게 내려가는 것이 느껴졌다. 계단의 난간이 그렇게 고마울 수가 없었다. 나는 계단에 앉아서 재빨리 내려갈까 생각하기도 했지만, 그런 속임수는 쓰지 않고 걸어서 내려갔다.

엄마 아빠는 부엌에 있었다. 내가 늠름한 표정을 지으며 물었다.

"저를 세차 이벤트까지 태워다 주실 분은 누구신가요? 아니면 제가 혼자서 차를 몰고 가도 되는데요."

나는 농담을 한 거였는데 아빠가 진지한 얼굴로 재빨리 대답했다.

"아빠가 태워다 줄게."

얼마 안 있어 우리는 그랜드 거리와 하일랜드 거리의 모퉁이에 있는 주유소에 다다랐다.

내 눈에 첫 번째로 들어온 건 바로 그 현수막이었다.

제시카를 뛰게 하자!

생각했던 것보다 훨씬 더 컸고 색깔도 더 밝았다. 그리고 내 이름이 걸려 있는 걸 보니 기분이 이상했다.

내가 아닌, 다른 제시카를 말하는 것 같았다.

파란색과 노란색 풍선들은 바람 때문에 세차게 흔들렸다. 과자를 판매하는 테이블 두 개에는 파란색과 노란색 식탁보가 깔려 있었다. 그리고 30명 정도 되는 팀원들이 파란색과 금색의 육상 팀 유니폼을 입고 있었다.

"우와."

아빠가 이 광경을 보고 말했다.

"전 정말 행운아라니까요. 그렇지 않아요?"

아빠는 나를 신기하게 보더니 이내 고개를 끄덕이며 주차장으로 들어갔다.

아빠가 차를 세운 다음 내게 물었다.

"괜찮겠니?"

"그럼요!"

"필요한 건 없고?"

나는 차 문을 열고 조심스럽게 내려가 발을 모두 땅에 디딘 다음 말했다.

"전혀요!"

나는 지팡이를 꽉 잡고서 아빠에게 손키스를 날렸다.

19. 드러냄

팀원들이 내게 우르르 몰려왔다. 당연히 모두 내 다리를 보고 싶어 했다.

진짜로 내 다리를 볼 때까지는 말이다. 몇몇 여자애들은 자신의 감정을 겉으로 드러내지 않으려고 애썼지만 내 다리를 끔찍하게 여겼다.

"세상에, 그냥 파이프잖아."

"이게 끝이야? 진짜 다리처럼 하지는 않을 거야?"

하지만 남자애들은 이게 꽤 멋지다고 생각했다.

"이야, 이거 엄청 단단한데!"

"야, 다들 이리 와서 제시카 다리 좀 봐!"

"와우, 말도 안 돼. 꼭 터미네이터 같아!"

그때 카이로 코치가 끼어들었다.

"애들아, 각자 자기 자리로 돌아가라! 조금이라도 돈을 더 모으려면."

피오나를 제외하고 모두 흩어졌다. 코치가 나를 보며 빙긋 웃었다.

"여기 밖에서 보니 참 반갑구나. 유니폼을 입은 모습도."

"쟤 생각이었어요."

내가 엄지손가락을 세워 피오나를 가리키며 말했다.

"아주 좋은 생각이었구나."

나는 다리의 지퍼를 채웠다.

"의족이 예쁘지는 않죠. 하지만 다시 걸어 다닐 수 있어서 좋아요."

"분명 그런 것 같구나. 다시 달리기 위한 첫걸음이기도 하고."

코치가 활짝 웃었다. 그리고 주변을 둘러보며 말했다.

"사람들이 많이 왔어, 그렇지?"

심지어 메릴까지 나와서 과자 판매대에 있었다. 하지만 그곳에 모인 사람들은 대부분 육상 팀과 그들의 부모님들이었다.

나는 테이블들을 돌아다니며 일을 도와주었고 사람들과 이야기를 나누었다. 하지만 한 시간 정도 지나자, 돌아다니며 도와줄 만큼 일이 많지 않다는 것을 알게 되었다. 그때 저쪽 어딘가에서 "제시카!" 하고 부르는 소리가 들렸다.

"응, 왜?"

"이리 좀 와 봐!"

그레이엄 드블로와 마리오 리드였다. 그레이엄은 장대높이뛰기 선수였고, 마리오는 단거리 주자였다. 지금 그 애들이 양손을 흔들면서 나보고 인도로 나오라는 손짓을 했다. 그래서 피오나와 나는 그쪽으로 갔다.

"너, 안에 반바지 입고 왔지?"

나는 고개를 끄덕였다.

"그러면 겉에 입은 운동복 바지를 벗고 우리랑 여기에 서 있자."

"그러면 차를 세우는 사람들이 더 많아질 거야."

"싫어! …… 프릭 쇼에 등장하는 사람처럼 보일 거야!"

그러자 그레이엄이 말했다.

"아니야. 잘 들어 봐. 어떻게 하면 사람들한테 우리가 하는 일을 알릴 수 있을까? 그리고 어떻게 하면 제시카가 누구인지 알릴 수 있을까?"

"그래, 맞아. 버스 사고는 뉴스거리였지만, 사람들은 벌써 잊었다고."

나는 피오나를 쳐다보며 도움을 요청했다. 하지만 피오나는 그저 어깨를 으쓱하며 말했다.

"네가 왜 하지 않으려는지 충분히 이해해. 하지만 이 방법은 다른 어떤 것보다도 훨씬 더 많은 걸 설명할 수 있을 거야. 그건 확실해."

다른 달리기 선수 두 명도 이 이야기에 귀를 기울이고 있었다. 콜린 존슨과 멜라니 마타였다. 콜린이 말했다.

"커다란 종이에 '제가 제시카입니다'라고 써서 들고 있으면 되겠다."

"싫어!"

"그럼 '저를 뛰게 해 주세요'는 어때?"

멜라니의 제안에 나는 몸을 움츠리며 말했다.

"구걸하는 느낌이 들 거야."

"제시카, 너는 여기서 우리를 도와야 해."

나도 알고 있었다. 그런데 파이프 다리를 내놓고 구호가 적힌 포스터를 들고 서 있으라고? 그건 너무 창피할 것이다. 너무 불쾌할 것이다. 그래도. 친구들은 나를 위해 이런 일을 하고 있었다. 그렇다면 내가 최선을 다해 도와줘야 하지 않을까? 그때 피오나가 살며시 제안했다.

"그러면 '저는 다시 뛰고 싶어요'는 어때? 이건 구걸하는 것도 아니고 단순히 사실을 말하는 거니까."

나는 정말로 다시 뛰고 싶었다. 정말로 친구들을 돕고 싶었다.

"그래, 알았어. 누가 나한테 종이에다 구호 좀 적어 줘."

20. 보여 주기

나는 인도로 나가 포스터를 들고 있었다.

그러다 자동차끼리 가벼운 접촉 사고가 몇 번 일어날 뻔했다. 내가 포스터를 들고 서 있으니까 사람들은 차를 타고 가다가 나를 한 번 보았다. 그리고 조금 있다가 한 번 더 보고, 차를 타고 가다가 고개를 돌려서 또 보았다.

그렇지만 사고가 실제로 일어나지는 않았다. 그냥 세차 이벤트에 참여하는 사람들이 꾸준히 이어졌을 뿐이다. 사람들은 대부분 세차보다 수표를 끊는 데 더 관심이 많았다. 그들은 카이로 코치와 이야기를 나눴다. 그리고 나를 흘깃 보았다. 그런 다음 고개를 흔들고 지갑을 꺼냈다.

그때 개빈 밴스가 왔다.

나는 또 순식간에, 그리고 완전히 당황했다. 운동복 바지를 입고 싶었다.

나는 그냥 내 자리에서 포스터만 얌전히 들고 있으려 했다. 하지만 자꾸 개빈을 흘끔흘끔 엿보게 되었다.

개빈이 메릴을 포옹했다. 메릴은 개빈을 보고 기뻐 날뛰었다.

나는 그만 쳐다보려고 애썼다. 하지만 개빈이든 아니든, 나를 진지하게 볼 남자가 있을지 궁금했다. 나를 좋아하는 남자가 있을지.

내가 이런 생각을 한 건 이번이 처음은 아니었다. 하지만 개빈과 메릴이 함께 있는 걸 보니 이런 생각이 더 노골적으로 들었다.

나는 어깨 너머로 한 번 더 흘끗 보았다. 개빈이 지금은 카이로 코치와 이야기를 나누고 있었다. 피오나는 중얼중얼 말했다.

"쳇, 이쪽으로 와서 인사 좀 하고 가면 어디가 덧나나?"

그런데 개빈은 자기 차로 돌아가지 않았다. 대신 자동차들이 빨간색 신호등에 걸려 멈춰 서 있는 동안 재빨리 차도로 뛰어들었다. 피오나가 물었다.

"쟤 지금 뭐 하는 거야?"

"글쎄, 달리기?"

나는 빈정대며 말했다. 개빈은 중앙 분리대에 도착하자 뒤를 돌아 우리를 마주 보았다. 그런 다음 카메라를 꺼내더니 우리한테 구호가 적힌 포스터를 좀 더 올리라는 손짓을 보냈다.

"아하, 신문."

피오나가 말하는 순간 나는 진짜로 화가 났다.

"학교 신문에 이런 모습으로 실리는 건 싫어!"

"기부금이 늘어날 거야. 그냥 팔을 좀 더 위로 올려."

피오나가 내 팔을 위로 올리며 말을 이었다.

"야! 개빈! 사진을 찍으려면 내 허락부터 받아야지!" 내가 이렇게 소리를 지르기도 전에, 개빈은 이미 사진을 찍고 눈 깜짝할 사이에 차를 타고 떠났다.

나는 아무 말도 하지 않았다. 하지만 피오나한테 화가 좀 났다. 그리고 개빈에게는 정말로 화가 많이 났다. 그래서 나는 결심했다. 월요일 아침에, 개빈을 찾아서 이 사진들을 쓰지 못하게 해야겠다고.

21. 신문 기사

세차 이벤트가 끝나고 어마어마하게 많은 돈이 모였다. 876달러 50센트. 나는 놀랐고, 코치는 만족했고, 팀원들은 흥분했다.

"876달러라고?"

아빠가 집에 오는 길에 물었다.

"그리고 50센트도요. 누군가가 정성껏 구워 온 브라우니를 팔아서 생긴 돈이니까, 그것도 중요한 거라고요."

내가 덧붙이자 아빠는 미소를 지으며 고개를 끄덕였다.

"그래, 50센트도 잊지 않으마."

하지만 집에 도착하고 얼마 안 있어서 나는 기력이 떨어졌다. 온몸이 얼얼하고 절단 부위는 욱신거렸다. 의족을 빼고 잘잘 때가 되어서야 내가 너무 무리했다는 걸 깨달았다.

나는 금방 잠들었지만 아파서 계속 몸을 뒤척였다. 몸이 확 달아올랐다가 또 금세 차가워졌다. 그리고 또 달리기 꿈을 꾸었다.

다만 이번엔 달리지 않고 쿵쿵거리며 걸었다.

셜록이 나를 보며 빨리 오라고 짖었다. 녀석은 앞으로 뛰어갔다가 뒤를 돌아보며 짖었다. 나는 셜록이 무슨 말을 하는지 알았다.

자, 빨리 와, 어서 가자고. 어서. 하지만 나는 그럴 수 없었다. 아무리 열심히 노력해도, 내가 할 수 있는 건 쿵쿵거리며 따라가는 것뿐이었다.

쿵, 쿵, 쿵.

나는 고개를 숙여 내 다리를 보았다. 그건 그저 커다란 강철 파이프였다.

발도 없고, 신발도 없었다.

쿵, 쿵, 쿵.

멍, 멍, 멍!

쿵, 쿵…… 순간 나는 깜짝 놀라 잠에서 깼다. 엄마가 내 침대 가장자리에 앉아서 나를 흔들고 있었다. 엄마는 전화기와 일요일 자 신문을 들고 있었다. 신문은 이슬에 젖지 않도록 비닐에 들어 있었다. 엄마가 살며시 말했다.

"미안해. 깨워서."

"아뇨, 괜찮아요."

나는 들릴 듯 말 듯 중얼거렸다. 엄마가 나한테 전화기를 건넸다.

"피오나야. 중요한 일이라고 하더라. 그러면서 너한테 이걸 갖다 주래."

엄마가 신문을 내 옆에 두었다.

"여보세요?"

"신문 봤니?" 피오나가 전화기 너머에서 말했다.

"아니, 아직 자고 있었단 말이야."

"얼른 잠에서 깨! 지역 사회면의 첫 번째 장에 네가 나왔어!"

"뭐, 내가? 어떻게?"

"개빈이 기사를 썼거든. 정말 놀랍지!"

"개빈이?"

"응! 그리고 네 사진이 대문짝만하게 났어. 신문을 한번 펼쳐 봐!"

"신문 좀 펴 주실래요? 지역 사회면이요."

"사회면으로 가면 돼."

피오나가 말했지만 엄마는 아무런 도움 없이 그 지면을 바로 찾았다. 엄마가 신문을 쫙 펼쳤을 때 우리는 둘 다 숨을 헉 들이마셨다.

엄청나게 큰 내 사진이, 그러니까 구호가 적힌 포스터를 들고 있는 내 사진이 떡하니 실려 있었다.

저는 다시 뛰고 싶어요

참 나, 개빈한테 이 사진을 쓰지 말라고 하려 했는데. 이상하게 화가 나지 않았다.

피오나는 엄마랑 내가 그 기사를 찾았다고 확신했나 보다.

"다 읽고 나면 전화 줘."

피오나가 웃으면서 말하고 전화를 끊었다.

기사 제목은 "다시 트랙으로 돌아가다"였다. 기사 밑에는 '개빈 R. 밴스'가 적혀 있었다. 엄마 손이 바들바들 떨렸다. 그래서 내가 신문을 가져와 차분하게 들었다. 덕분에 우리 둘은 신문을 읽을 수 있었다.

제시카 칼라일은 세계 최상급의 달리기 선수였다. 아니, 적어도 트랙 코치인 레오나르드 카이로코프스키에 따르면 제시카는 조만간 그렇게 될 거였다. "제시카는 리그전에서 400미터 달리기 신기록을 세웠습니다. 그 사고가 일어나기 불과 몇 시간 전에 말이죠. 제시카는 결제력도 있고 결단력도 있었습니다. 감재력도 상당한 선수였지요."

카이로코프스키가 말한 그 사고란, 리버티 고등학교의 육상 팀이 탄 학교 버스와 객 로가 몰던 무보험의 폐기물 운반 트럭이 ……

"내가 너를 몰랐다 해도, 나는 이 기사를 읽을 거야. 글에 흡입력이 있네!"

엄마가 속삭였다.

"쉬이이잇."

내가 엄마한테 말했다. 우리는 계속해서 기사를 읽었다. 기사에는 사고에 대한 자세한 설명과 육상 팀이 내게 육상 선수용 의족을 마련해 주기 위해 벌이는 여러 일이 적혀 있었다. 그리고 세차 이벤트를 열고 있는 육상 팀의 사진도 작게 실려 있었다. 한쪽에는 "제시카를 다시 뛰게 하자"라는 제목과 함께 짧은 기사가 달려 있었고, 돈을 기부하고 싶은 사람들을 위해서 학교 연락처도 적어 놓았다. 하지만 내가 정말로 놀란 건 기사의 마지막 부분이었다.

제시카 칼라일은 다리를 하나 잃었을지 모르지만 육상 팀원들과의 유대감은 잃지 않았다. 지난 목요일 리버티 고등학교와 랭스턴 고등학교의 대항 경기가 열리자, 제시카는 트랙으로 돌아가 사이드라인에서 팀원들을 응원했다.

제시카는 다시 트랙으로 돌아가고 싶어 한다. 다시 달리고 싶어 한다.

"정말 감동적이다. 잘 아는 애야?"

엄마가 코를 훌쩍이며 눈물을 훔쳤다. 그리고 기사 밑에 적힌 기자의 이름을 가리키며 물었다.

내가 애를 잘 아나?

개빈은 연설을 기가 막히게 잘하고, 칼럼도 끝내주게 쓰는데, 지금은 특집

기사까지 썼다. 또 교활한 바보랑 데이트를 했다.

"네가 아까 피오나한테 그랬잖아, '개빈이?'라고."

나는 엄마 말을 인정하며 고개를 끄덕였다.

"우리 학교 학생인데, 아주 잘 아는 건 아니에요."

그러자 엄마가 신문을 가져가며 말했다.

"카이로 코치는 그 애 전화번호를 알고 있을 거야. 네가 직접 전화해야 해. 이건 분명히 감사할 만한 일이야."

엄마가 방에서 나갔다. 물어볼 것도 없이, 아빠한테 그 기사를 보여 주려는 거겠지. 나는 피오나한테 다시 전화를 걸어야 했지만 오랫동안 그 자리에 앉아서 개빈 밴스에 대한 내 복잡한 마음을 정리하려 애썼다.

22. 의족 조정

금요일에는 행크 아저씨의 사무실로 갔다. 행크 아저씨는 감명을 받았는지 같은 말을 반복했다.

"정말 대단하구나. 확실히 나아졌어."

엄마와 나는 서로 눈빛을 교환했다. 엄마도 나와 같은 생각인 게 분명했다. 행크 아저씨는 평소와 다르게 보였다. 뭐랄까, 아저씨가 만든 괴물이 다시 살아나자 아저씨도 다시 살아난 느낌이었다.

행크 아저씨는 파이프 연결 부품에 난 작은 구멍 안으로 육각 렌치를 넣어 비틀면서 의족을 조금씩 조정했다. 그러면서 내전이니 외전, 배굴, 저굴, 내번, 외번처럼 다리와 발목의 움직임을 가리키는 말들을 툭툭 던졌다. 행크 아저씨는 나한테 걸어 보라고 한 다음 의족을 조정했다. 그리고 다시 걸어 보라고 한 다음 또 조정했다. 마침내 조정이 다 끝나자 아저씨는 나를 보며 미소 지었다.

"신문 기사를 읽었단다. 정말 마음에 와닿았어. 그리고 이번 주에 네 다리가 나아진 속도를 보면, 너는 분명 다시 뛸 수 있을 거야. 그것도 곧."

"고맙습니다."

내가 감사의 인사를 전했다. 행크 아저씨가 이렇게 열광하는 걸 보니 기분은 좋았다. 그렇지만 문제는, 아저씨의 이런 열정이 내게 전염되지 않는다는 거였다. 나는 길고 힘든 한 주를 보냈고, 아저씨와 달리 내 눈에는 내 걸음이 아직도 어색해 보였다.

4부
장애물 넘기

1. 아침 산책

밖은 여전히 어두웠다. 커튼 사이로 들어온 가로등 불빛이 내 침대에 곤히 잠든 셜록을 부드럽게 비추고 있었다. 셜록은 침대 발치께 놓인 루커스 곰 인형 옆에 쭉 뻗어 있었다. 등은 벽에 기대고 턱은 내 쪽을 향한 채로 그렇게 누워 있었다. 셜록은 자면서도 나를 지키고 있었다.

나는 셜록의 멋진 털과 새까만 눈가, 끝이 뾰족한 귀, 아래로 처진 수염을 보며 감탄했다. 셜록의 콧잔등에 입을 맞추며 셜록이 얼마나 사랑스러운 녀석인지 말해 주고 싶었다.

그때 가슴 속에서 무언가가 울컥 올라왔다. 내가 오랫동안 묻어 두었던 것이. 나는 일어나야 했다. 그렇게 밖으로.

속도를 너무 내거나, 무리하게 움직이지만 않는다면…… 뛸 수 있을지도 몰라.

"셜록."

소리는 거의 나지도 않았지만, 셜록이 눈을 번쩍 떴다.

"나랑 뛰……. 아니, 밖으로 나갈까?"

셜록이 머리를 들어 올렸다. 하지만 녀석이 내 말을 제대로 이해한 건지 확실하지 않았다. 그건 나도 마찬가지였다.

"가서 원반 놀이 할 준비하고 있어."

셜록은 침대에서 뛰어내린 다음 계단 밑으로 쏜살같이 내려갔다. 하지만 녀석도 알고 있었다. 내가 준비하고 내려가려면 시간이 좀 걸린다는 것을.

나는 나일론 스타킹처럼 생긴 걸 절단 부위에 씌웠다. 그런 다음 절단 부위 양말을 신었다. 그리고 그 위에 양말을 하나 더 신었다.

절단 부위가 아직도 조금씩 줄어들었기 때문에 다리를 소켓에 딱 맞추려면 양말을 하나 더 신어야 했다. 그런 다음 라이너를 끼우고 의족의 소켓에 다리를 집어넣었다. 그리고 슬리브를 펴면서 위로 올렸다.

나는 침대 끄트머리에 앉아 옷을 입었다. 다리에 지퍼가 달린 운동복 바지를 입고, 왼쪽 운동화의 신발 끈을 매고, 운동복 윗도리의 지퍼를 위로 올려 잠갔다. 셜록은 밑에서 끈기 있게 기다리고 있었다.

"잘했어."

내가 속삭였다. 그런 다음 얼른 메모를 남기고 현관문을 나섰다.

안개가 옅게 끼어 있어 공기는 촉촉하면서도 시원했다. 달리기에 완벽한 날씨였다. 나는 숨을 들이마신 후 눈을 감았다. 마음 한구석에선 내가 뛸 수 없다는 걸 인정하지 않았다.

셜록이 원반을 내려놓고 나를 올려다보았다.

"따라와."

우리는 마당으로 내려갔다. 하지만 녀석은 뭔가를 크게 기대하면서 잔뜩 흥분해 있었다. 인도에 다다랐을 때 나는 평소처럼 오른쪽으로 가지 않고 왼쪽으로 꺾었다. 녀석이 의아하게 여기는 게 느껴졌다.

"가져와."

나는 이렇게 말하며 원반을 곧장 앞으로 던졌다. 너무 멀리 나가지 않게 주의하면서. 셜록은 재빨리 그것을 쫓아 뛰어갔다. 그동안 나는 몇 걸음 가볍게 조깅을 했다. 그것만으로도 충분히 알 수 있었다. 나는 달릴 수 없었다. 셜록은 벌써 돌아왔다. 나는 원반을 다시 던지고 조깅을 했다.

하지만 기분이 안 좋았다. 달리는 느낌이 전혀 안 났다. 무척 힘들다는 것 말고는 아무것도 느껴지지 않았다.

케일리가 떠올랐다. 달리면서 걸음 수를 세던 케일리. 나는 다시 가볍게 조깅을 하며 수를 세지 않으려고 애썼다. 내가 꼭 앞으로만 움직이는, 생명이 없는 기계처럼 느껴졌다.

모퉁이에서 잠시 쉬었다. 셜록은 이 원반 놀이를 무척 마음에 들어 해서 우리는 모퉁이를 돌아 다시 시작했다. 나는 몇 번 더 가볍게 뛰었지만 결국은 포기하고서 걸었다. 이것만으로도 기적이야.

나는 계속 걸었다. 그렇게 촉촉한 공기 속을 걷던 중, 내 이름을 부르는 소리가 들렸다. 부드러운 목소리가 바람에 실려 왼쪽에서 날아왔다.

"제시카 언니!"

나는 몸을 돌렸다. 마치 꿈속으로 빨려 들어간 느낌이었다. 마당 가운데엔 인어 분수가 있었고, 그 뒤에 여자애가 하얀색 담요를 덮고 앉아 있었다.

"로사?"

"제시카 언니!"

"우와, 네가 이렇게 일찍 일어나다니."

"피, 그러는 언니는."

"그런데…… 왜 여기 나와 있는 거야?"

"나는 아침이 좋아. 평화롭거든."

로사가 셜록을 보며 말을 이었다.

"아우, 귀여워!"

"셜록, 얘는 로사란다. '안녕하세요' 하고 인사해야지."

"아아우우우우!"

셜록이 꼬리를 흔들며 소리쳤다. 로사가 손을 내밀어 셜록을 조심스럽게 쓰다듬었다. 나는 휠체어 근처의 의자에 앉으며 말했다.

"순한 애야. 걱정하지 마."

"얘랑 같이 산책하던 중이었어?"

"솔직히 내가 뛸 수 있나 없나 알아보고 싶었어. 근데 뛸 수 없더라고."

"그렇지만 그렇게 될 거야. 그 기사 있잖아, 내 방에 붙여 뒀어."

"진짜?"

"응, 정말 감명받았거든. 그리고 나한테 말 좀 해 줘. 달리기가 어떤 것인지 말이야. 언니는 달리기를 왜 좋아하는 거야?"

이렇게 직접 물어본 사람은 처음이었다. 사람들은 달리는 사람들을 이해하거나 이해하지 못하거나 둘 중 하나였다. 그리고 이해하지 못하는 사람들은 달리기를 좋아하는 사람들을 미쳤다고 생각했다.

하지만 지금은 내가 왜 달리기를 좋아하는지 설명해야만 했다. 대체 어디서부터 시작해야 할까?

"흐음…… 달리기? 아니면 경주?"

로사는 잠시 생각을 한 다음 대답했다.

"달리기. 오늘 아침처럼."

"흠…… 자유를 느낄 수 있으니까?"

로사가 깊이 생각하며 고개를 끄덕였다. 나는 말했다.

"그리고 마음속 여행을 할 수 있으니까. 평소엔 다니지 않는 곳으로……."

"뭐라고?"

"실시간으로 꾸는 꿈이랄까. 아니다, 내가 들어도 헛소리 같다."

나도 로사도 웃었다. 그래서 나는 떠오르는 대로 말했다.

"아침 공기가 얼굴에 닿으면 기분이 참 좋아. 이것도 달리기를 좋아하는 이유 중 하나지. 몸은 더운데 얼굴은 시원하거든."

나는 또 웃었다.

"개들이 달리는 자동차 창문 밖으로 머리를 내밀고 싶어 하잖아. 나는 그이유를 확실히 안다니까. 달리기도 그것과 비슷해. 다만 달릴 때는 벌레가 입으로 조금 덜 들어갈 뿐이지."

"나도 그런 기분을 느껴 봤으면 좋겠다."

"뭐?"

나는 로사에게 농담을 던졌다.

"너희 엄마는 달리는 자동차 창문 밖으로 네가 머리를 못 내밀게 하서? 에이, 그런 엄마가 어디 있나?"

"그것도 좋은 방법이네! 그럼, 다음엔 경주."

"뭐? 아하, 그러니까 내가 왜 경주를 좋아하냐고?"

로사가 고개를 끄덕였다. 나는 잠시 생각을 한 뒤에 입을 열었다.

"온몸에 전기가 흐르거든. 경기장 레인에 들어서서 결승선을 통과할 때까지…… 온몸의 세포 하나하나가 다 충전되는 느낌이야."

"결승선을 통과하면 정말 멋질 것 같아."

나는 웃으며 말했다.

"결승선을 첫 번째로 통과하면 더 멋지지."

"하지만 결승선을 넘었다는 건 경기를 끝까지 해냈다는 거잖아. 메달을 따지 못했어도 말이야."

"너는 결승선을 꽤 철학적으로 해석하는구나."

로사는 깊이 생각하며 고개를 끄덕였다. 그런 다음 입을 열었다.

"상징적인 의미가 있지."

나도 고개를 끄덕였다. 로사가 덧붙여 설명했다.

"왜냐면 결승선은 또 다른 출발선이기도 하니까."

어떤 이유에선지 나는 이 말에 흠칫 놀랐다. 400미터, 800미터, 1600미터, 그리고 릴레이 경주들을 떠올리며 로사의 말이 맞다고 생각했다. 그러면서 나는 충격을 받았다. 한 번도 이런 식으로 생각해 본 적이 없었기 때문이다.

그것은 어쩌면 달리기 선수들이 서로 다른 위치에서 출발하기 때문에 그런 건지도 몰랐다. 출발할 때 느낌과 끝날 때 느낌이 너무 달라서 그런 건지도 몰랐다. 사람들은 대부분 출발선에서 흥분하고 경직된 채로 팽팽하게 감겨 있었다. 결승선에서는 완전히 풀려 있었다.

그래서 이 둘이 같은 선이라고 하니까 기분이 매우 이상했다. 나와 매우 가까운 누군가의 비밀스러운 이중생활을 알게 된 느낌이었다.

2. 달리기

월요일 수학 시간, 로사가 내게 쪽지를 보냈다.

달리기와 경주, 둘 중 하나를 선택하라고 한다면?

로사는 이런 질문을 자주 보냈다.

이따금 너무 엉뚱하긴 했지만 어쨌든 로사의 글은 언제나 내게 생각할 거리를 남겼다. 나는 이번에도 로사가 던진 질문의 답을 생각했다. 그러면서 달리기를 계속 마음에 두고 있는 로사에 대해서도 생각했다. 로사는 왜 달리기에 집착하는 걸까? 절대로 그 애가 할 수 있는 일이 아닌데? 도대체 왜 이렇게 관심을 보이는 걸까? 결승선은 또 왜 그렇게 철학적으로 생각하고?

오래 고민할 것도 없었다. 나는 짧게 적었다.

달리기.

그렇지만 내가 달리기 자체를 진지하게 생각해 본 건 이번이 처음이었다.

3. 모금

화요일이 되자 우리는 기대를 접었다. 개빈의 신문 기사를 접하고 보내 주는 기부금 말이다. 일주일이 지났는데도 기부금은 더 들어오지 않았다.

수요일 아침엔 학교 정원에 있던 과자 판매 테이블이 보이지 않았고, 점심에는 한 명만 나와서 과자를 팔았다. 그리고 목요일 아침, 다음과 같은 메시지가 공지에 포함되어 있었다. "육상 팀원들은 점심시간에 카이로 코치의 교실로 오십시오. 지각 금지. 전원 참석."

"불길한데."

피오나가 중얼거렸다.

"오늘 있을 경기 때문에 그런 게 아닐까?"

그러자 피오나가 고개를 흔들며 대답했다.

"어제 연습할 때 다 점검했다고."

점심때까지 나는 확신했다. 카이로 코치가 이 모임을 소집한 이유는, 내 의족 기금 마련에 소극적으로 움직이는 팀원들을 꾸짖기 위해서라고 말이다. 그래서 나는 코치의 교실로 가는 내내 마음이 불편했다.

우리 팀이 왜 2만 달러를 모아야 하지?

제발, 팀원들이 나를 원망하지 않았으면 좋겠다. 애초에 불가능했던 일을 이루지 못했다고 좌절하지도 않았으면 좋겠다. 점심시간이 시작되고 5분도 안 되어서, 90명 넘는 팀원들이 코치의 교실로 들이닥쳤다. 심지어 메릴까지도.

"애들아! 빨리 끝내마!"

마침내 카이로 코치가 한 손을 높이 들며 소리쳤다.

"첫 번째! 우리 팀이 요즘 침체에 빠진 것 같더구나."

아, 이제 시작인가 보다. 코치는 교실을 쭉 훑어본 다음 말을 이었다.

"얼마 지나지도 않았잖니. 겨우 2주 모금 활동했는데, 벌써 포기한 거니?"

움직이는 사람은 아무도 없었다. 하지만 나는 느낄 수 있었다. 모두 나를 꺼린다는 것을.

"우리의 유대감은 대체 어디로 간 거지? 우리의 결심과 추진력은? 맞바람 좀 맞았다고 그대로 쓰러질 거야? 트랙을 돌면서 배운 게 있지 않나? 트랙을 돌 때 맞는 맞바람은 곧 순풍이 된다는 걸?"

우리는 잠자코 코치만 바라보았다. 코치가 봉투 한 묶음을 들어 올렸다.

"두 번째! 행정실에서 오늘 내게 이것을 전해 주었단다. 이유는 모르겠지만, '제시카' 앞으로 온 이 우편물들을 누구한테 전달해야 하는지 몰라서 그냥 상자 안에 모아 두고 있었단다."

코치가 우리를 보며 싱긋 웃었다.

"이제 우리한테 순풍이 불기 시작했단다. 사람들이 보내온 돈은 5달러에서 250달러까지 다양했어. 그래서 우리의 최종 모금액은 4765달러란다!"

환호성이 교실에 가득했다.

"세 번째! 우리한테 후원자가 생겼다. 누구인지는 밝히지 말아 달라고 요구했고. 그분은 우리가 모은 금액과 똑같은 금액을 후원하기로 약속했단다. 최대 1만 달러 내에서."

그러자 마리오 리드가 말했다.

"잠깐만요. 그러니까 그렇게 계산하면, 우리는 지금까지…… 대략……
9500달러를 모은 건가요?"

"그렇지!"

카이로 코치가 대답했다. 그리고 교실을 둘러보며 말을 이었다.

"우리는 벌써 목표액의 절반이나 모은 거야!"

또 한 번 환호성이 교실에 가득했다. 이번에는 팀원들이 주먹을 위로 올려
흔들거나, 내 등을 토닥이거나, 내게 양쪽 엄지손가락을 들어서 보여 주었다.

카이로 코치는 팀원들을 잠시 그렇게 두더니 한 손을 또 높이 올렸다.

"이제 마지막!"

그러자 모두 서로를 쳐다보며 수군거렸다.

"또? 더 있는 거야?"

"오늘 오후 경기에 우리를 보러 오는 방문객들이 있을 거야. 7번 채널에서
지역 뉴스 팀을 보내 우리 팀과 제시카를 찍어 갈 거란다."

마리오가 또 물었다.

"잠깐만요. 그럼 우리 텔레비전에 나오는 거예요?"

"그래, 신문 기사를 읽고서 우리 이야기를 더 널리 퍼뜨리고 싶어 한단다."

코치가 나를 보며 말을 이었다.

"이따가 나올 수 있지, 응?"

나는 미소, 웃음, 울음을 동시에 터뜨리며 대답했다.

"네, 꼭 갈게요."

"유니폼을 입고 오는 건 어떠니?"

나는 망설였다. 지난번 세차 이벤트에서 유니폼을 한 번 입었지만, 그때는

211

내가 신문에 실릴 거라는 걸 전혀 몰랐다. 내가 텔레비전에 나올 거라는 걸 알고서 입는 건 또 다른 문제였다. 그때 마리오가 구호를 외치기 시작했다.

"입어라! 입어라! 입어라!"

순식간에 모두 구호를 따라 외쳤다.

"입어라! 입어라! 입어라!"

나는 두 눈을 꽉 감고 말했다.

"알았어. 입을게."

"우와!"

모두 힘차게 소리 질렀다. 카이로 코치가 큰 소리로 외쳤다.

"얘들아, 잊지 마라! 오늘은 리그 마지막 경기다. 승리로 마무리하자!"

팀원들의 고함 소리를 들어 보니, 그렇게 될 게 분명했다. 틀림없이 그렇게.

4. 텔레비전 인터뷰

팀원들은 뉴스 팀이 주변에 있는 걸 무척 좋아했다. 그들은 과장해서 행동했다. 결승선을 통과할 때는 더욱 그랬다. 나는 뉴스 팀이 여기 있다는 걸 애써 잊으려 했다. 그리고 훤히 드러나 보이는 의족을 너무 의식하지 않으려 애썼다. 나는 최대한 자연스럽게 행동하려고 했다. 그러면서 피오나가 여기저기 다니며 경기를 할 때마다 피오나를 그림자처럼 쫓아다녔다.

나는 딱 한 번 의족을 완전히 잊고 있었다. 그건 샨달이 100미터 달리기에서 2등으로 들어왔을 때였다. 나는 환호성을 지르며 환영해 주었다. 왜냐면 샨달은 보통 4등으로 안타깝게 들어왔고, 지금껏 최고 성적은 3등이었기 때문이다.

"샨달, 잘했어!"

샨달이 인필드로 의기양양 들어올 때 내가 소리쳤다.

"기분이 정말 좋은 거 있지. 나 완전히 하늘을 날았다니까!"

샨달이 주먹 쥔 손을 위로 올렸다. 나도 주먹 쥔 손으로 샨달의 손을 쳤다.

"그래, 맞아! 발에서 막 불꽃이 일더라고!"

샨달이 깔깔대며 웃었다.

"언니가 그 불꽃을 봐서 다행이네. 나는 확실히 느꼈거든!"

그런 다음 샨달이 고갯짓으로 내 뒤를 가리키며 목소리를 낮추고 말했다.

"손님이 오셨네."

나는 몸을 돌렸다. 내 뒤에 서 있는 뉴스 팀이 보였다.

"제시카?"

뉴스에서 보던 어떤 여자 분이 물었다. 그분은 금발을 스카프로 묶었고 작고 귀여운 퓨마가 그려진, 최신 유행의 운동복을 입고 있었다.

"말라 섬너 앵커란다. 만나서 반갑구나."

나는 말라 앵커와 악수를 했다. 말라 앵커는 큼직한 검은색 카메라 가방과 삼각대, 그리고 비디오카메라를 들고 오는 한 남자를 가리키며 말했다.

"저기는 앤디 리처즈 촬영기사."

촬영기사가 나를 보며 활짝 웃었다. 말라 앵커가 말을 이었다.

"네가 인터뷰를 허락했다고 하던데, 너희 코치가."

나는 고개를 끄덕였다.

"그래, 잘됐다."

말라 앵커가 주변을 둘러보더니 인필드의 한쪽을 가리켰다.

"우리 저기서 인터뷰할까? 결승선이 배경으로 나오면 좋을 것 같아."

인터뷰 준비는 오래 걸리지 않았다. 앵커가 내게 이름을 물어보면서 인터뷰는 시작되었다. 나는 대답했고 앵커가 계속 질문을 던졌다. 처음에는 긴장이 되었지만, 카메라가 옆으로 살짝 빠져 있었기 때문에 나는 그것에 신경을 끄고 앵커의 질문에 대답하려고 노력했다.

"고맙다, 제시카. 그리고 이건 정말 중요한 이야기야. 우리도 할 수 있는 한 돕고 싶단다."

"고맙습니다."

"혹시 우리가 너희 집으로 가도 될까? 내 생각에, 가족이 나오면 너의 개인적인 생활도 보여 줄 수 있을 것 같은데."

"괜찮을 것 같아요. 하지만 저희 부모님에게 먼저 허락을 받으셔야 해요."

그래서 나는 말라 앵커에게 우리 집 전화번호를 알려 주었다. 그리고 다시 한번 고맙다고 인사한 후, 피오나를 찾으러 자리를 옮겼다.

그러다 가는 길에 개빈 밴스를 만났다.

"제시카! 좋은 소식이 들리던데!"

나는 고개를 아래로 떨구었다. 그 애가 나를 보고 있으면 그냥 당황하기 때문이다. 나는 개빈을 흘끗 보며 말했다.

"네가 만들어 준 눈덩이를 잘 굴리고 있는 거지, 뭐. 고마워."

"에이. 보잘것없는 내용이었다면 뉴스 팀이 오지도 않았을 거야."

"고마워."

나는 한 번 더 말했다. 개빈이 나를 따라오며 물었다.

"피오나 경주구나, 맞지? 그래서 리거 모티스 밴드로 가는 거고?"

"우와, 너 조심해야겠는데. 사람들이 너 우리 팀원인 줄 알겠다."

개빈은 기분이 좋아 보였다. 내 옆에서 보조를 맞춰 걷다가, 300미터 표시가 된 곳에 이르자 입을 열었다.

"실은 나도 좀 그렇게 느끼기 시작했어."

"그래? 그동안 못 한 연습 만회하려면 엄청 열심히 뛰어야 하겠는걸."

내가 코웃음 치며 말하자 개빈이 웃었다.

"그래도 네가 해 준 충고는 잘 따르고 있다고."

"무슨 충고?"

"직업과는 상관없이 될 수 있다는 거."

"그래서 뭘 한 거야? 밖에서 뛰기라도 했어?"

"응, 몇 번. 처음엔 얼마나 힘들었는지 몰라. 정말 오랜만에 뛰는 거였거든."

우리는 아무 말 없이 몇 걸음 옮겼다. 잠시 후 개빈이 말했다.

"근데 너 정말 대단하다!"

나는 당황했다. 그러다가 개빈이 파이프 다리로 걷는 나를 보고 이렇게 말했다는 걸 알아차렸다. 나는 얼굴을 찡그리며 말했다.

"카이로 코치가 유니폼을 입었으면 좋겠다고 했거든. 내가 뭐 과시하려고 다리를 자꾸 드러내는 건 아니야."

"그게 무슨 소리야? 누가 그렇게 생각을 해? 그건 그렇고 너, 지금 얼마나 빨리 걷는 줄 알아?"

그때 스타트 건이 울리며 피오나의 경주가 시작되었다. 나는 좀 더 빨리 걸음을 옮겼다. 개빈이 키득키득 웃으며 물었다.

"너를 멈추게 할 방법은 없을 거야, 그렇지?"

"응, 피오나라면 또 모를까. 그 애는 정말 대단한 친구거든."

내가 피오나한테 한 칭찬 때문인지 아니면 나를 리거 모티스 벤드에 홀로 남겨 두고 떠날 수 없어서 그랬는지는 모르겠지만, 어쨌든 개빈은 나랑 그곳에 있었다. 피오나가 첫 번째 바퀴를 도는 동안 나는 열심히 응원했다. 그리고 두 번째 바퀴를 돌며 600미터를 지날 때, 피오나는 하트웰 고등학교에서 온 1위 주자를 바짝 따라붙었다.

피오나가 커브를 돌았다. 한창 리거 모티스 벤드 구간이었다. 순간 나는 피오나의 얼굴에 서린 투지를 보았다. 그 엄청난 집중력. 나는 소리쳤다.

"피오나, 넌 할 수 있어! 앞질러 버려!"

개빈도 피오나를 응원했다. 귀여웠다. 개빈이 이렇게 응원하는 건, 이번이 처음이라는 걸 한눈에 알 수 있었다. 응원은 했지만 수줍어했기 때문이다.

피오나가 직진 구간으로 접어들자 고개를 흔들며 전력을 다해 뛰었다. 그리고 하트웰의 1위 주자를 앞지르기 위해 달리던 레인을 벗어났다.

"그렇지! 피오나! 그렇지!"

나는 소리쳤다. 숨을 죽이고 있었다. 피오나가 경주에서 이길 때까지.

"피오나가 해냈어! 해냈다고!"

나는 기뻐서 비명을 질렀다. 개빈을 얼싸안고서 깡충깡충 뛰었다.

어떤 식으로든 이 애와 이렇게 신체 접촉을 한 건 이번이 처음이었다. 우연이라도 이 애와 부딪치거나 가볍게 닿은 적이 없었다.

"아, 미안."

나는 얼른 몸을 떼며 당황한 것을 감추기 위해 주저리주저리 말을 꺼냈다.

"그러니까 넌 아마 모를 거야. 800미터 경주가 얼마나 힘든지. 400미터의 두 배라고! 리거 모티스 벤드도 두 배고! 나는 400미터도 힘들거든!"

나는 도망쳤다. 개빈이 나를 쫓아올까 봐 두려워서 그런 게 아니었다. 메릴이 개빈을 향해 부리나케 뛰어와서도 아니었다.

5. 중요한 얘기

우리 학교 남녀 대표팀은 하트웰을 모두 쉽게 이겼고, 남녀 후보팀은 간신히 이겼다. 모두 껑충껑충 뛰며 기뻐했다.

메릴은 보이지 않았지만, 그게 뭐 새삼스러운 일인가? 그리고 개빈도 같이 사라졌기 때문에 나는 팀원들과 마음 놓고 이 순간을 축하했다.

피오나가 나를 집에 데려다주었다. 놀랍게도, 7번 채널 뉴스 팀의 밴이 우리 집 앞에 주차되어 있었다. 집으로 들어가자 아빠 목소리가 들렸다.

"누가 이 사고의 책임자인지를 두고 아직도 왈가왈부하고 있습니다. 그동안 우리는 어떻게 해야 하죠? 학교 행사 중에 일어난 사고였습니다. 학교 버스에서 사고가 일어났다고요."

"아빠!"

나는 가방을 내려놓으며 말했다.

"지금 뭐 하시는 거예요? 학교 친구들이 절 미워했으면 하시는 거예요?"

말라 앵커가 촬영기사에게 신호를 보내 그만 찍도록 했다.

"제시카, 이건 정말 중요한 이야기란다."

"안 돼요! 뭔가 멋지고 긍정적인 걸 이루려는 저희 팀을 찍어야죠! 이런 부정적인 것들을 굳이 언급할 필요는 없잖아요!"

말라 앵커는 아빠와 무언의 눈빛을 교환한 후 나를 보며 미소 지었다.

"너희 엄마가 셜록 이야기를 해 주셨어. 앞마당에서 셜록이랑 노는 네 모습을 찍어도 될까?"

"그럼요."

밖에서 10분 정도 찍은 후 앵커와 촬영기사가 짐을 챙겨 떠났다. 나는 밖에서 셜록이랑 좀 더 있었다. 집으로 들어가 보니 아빠는 나한테 무척 화가 나 있었다.

"아빠가 부정적으로 굴고 있다고 생각하니? 그렇다면 정말 미안하구나. 그리고 기본적인 치료비를 부담해야 하는 교육청의 의무에 대해서도, 네가 말하고 싶지 않았다면 정말 미안하구나. 하지만 이게 현실이란다. 보험 회사들이 보험료 지급을 차일피일 미루는 동안, 아빠는 우리 가족의 생존을 위해서 하루에 12시간, 14시간, 16시간씩 일하고 있어. 그 사람들이 네 치료비를 두고서 누가 책임질 것인지 논의하는 동안, 엄마 아빠는 이 집을 담보로 또 대출을 받았단다. 그렇다고 해서 모든 걸 다 해결할 수 있는 정도도 아냐. 그저 미수금 처리 대행 회사가 우리 집에 들이닥치는 것과 신용 불량, 파산을 잠시 미룰 수 있는 정도지. 저쪽 변호사들은 지금 일종의 술래잡기 게임을 하고 있어서 우리도 우리 변호사를 고용해야 했단다. 그리고 우리 변호사 말이, 이런 사건은 해결하는 데 보통 몇 년이 걸린대. 하지만 우리가 지금 네 권리를 위해 싸우지 않으면, 너는 합의금을 아주 조금밖에 못 받을 거야. 그리고 거기에는 앞으로 몇 년 동안 필요한 의료비와 의족은 포함되지도 않았을 테고. 제시카, 너는 계속 성장할 거고 네 몸은 조금씩 변하겠지. 게다가 의족은 시간이 지나면 낡아서 못 쓴단다. 아빠도 조사를 좀 해 봤어. 너는 평생 수십 개의 의족이 필요할 거야. 개당 2만 달러짜리가. 이건 우리가 쉽게 살 수 있는 것도 아니고 부담이 안 되는 척할 수도 없어. 부모로서, 우리는 네 미래를 준비해야만 한단다. 이것조차 못한다면 완전히 무책임한 부모가 되는 거지. 이런 이유로 아까 뉴스 팀 앞에서 아빠가 '부정적으로' 행동하는 것처럼 보였다면 정말 미안하구나. 사실은 너를 보살피는 거였어."

"그걸 제가 무슨 수로 알겠어요? 그리고 전에는 왜 이런 이야기를 해 주지 않았고요?"

아빠가 지친 표정으로 대답했다.

"글쎄 말이다. 그랬어야 했는데. 하지만 우리는 네가 이미, 네 일만으로도 충분히 힘들다고 생각했어."

엄마 아빠에게 걱정거리가 있다는 건 알고 있었다. 시간이 지나면 모든 게 저절로 해결될 줄 알았다.

하지만 내가 하루하루 걷는 것만 걱정하는 동안, 엄마 아빠는 긴 안목을 갖고 내 미래를 생각하고 있었다.

사고가 일어나기 전 '내 미래'는 그저 대학 진학을 의미했다. 지금 내 미래를 생각해 보았다. 순간 현실을 직시하고서 정신이 번쩍 났다. 피오나와 내가 꿈꾸던 대학에 진학하는 건, 더는 내 선택 사항이 아니었다.

엄마 아빠는 이제 대학 등록금을 대 줄 형편이 안 되고 나는 절대로 달리기 장학금을 받지 못할 것이다. 그래서 피오나는 나 없이 혼자서 대학에 다닐 것이다.

이런 생각들과 함께 아빠가 말했던 것들, 그리고 그것 때문에 엄마 아빠가 치르고 있는 희생을 생각하니, 나는 명치를 한 대 세게 맞은 느낌이었다.

"죄송해요."

나는 위층 내 방으로 올라가 눈물을 쏟으며 울었다.

6. 대화

그날 밤 나는 모든 사람과 툭 터놓고 오랫동안 이야기했다.

엄마, 아빠, 피오나, 케일리, 심지어 셜록까지. 뭐, 셜록이랑 이야기할 때에는 좀 일방적이긴 했지만. 그러다 잠들 때가 되니 너무 힘들었다.

아빠는 내 이마에 입을 맞췄다. 그러면서 아빠가 바라는 건 이 상황이 바뀌는 것뿐이라고 말했다. 그리고 방문을 닫고 나가기 직전 내게 물었다.

"그런데 루시의 성이 뭐였니?"

"루시요? 샌더스요."

내가 대답했다. 하지만 아빠가 나가려 할 때 뜨악한 생각이 들었다.

"아빠, 잠깐만요 루시 부모님에게 그거 해 달라고 하면 안 돼요. 증언인지 진술인지, 아무튼 전에 아빠가 말했던 거요. 루시는 죽었어요! 그분들은 변호사 앞에서 이야기하고 싶지 않을 거예요. 그분들한테 우리를 도와달라고 하는 건 정말 도리가 아니에요."

아빠가 나를 이상한 눈으로 쳐다보았다. 그리고 침착함을 잃지 않으려고 노력하는 게 눈에 보였다. 아빠가 살며시 말했다.

"제시카, 그분들을 도울 방법이 있는지 알아보려는 것뿐이야."

7. 엄마

주말 동안 리그 예선전이 열렸다. 카이로 코치가 나한테 같이 가자고 제안했다. 하지만 나는 학교 버스에 탈 마음의 준비가 아직 안 되었다.

대신 나는 집에서 엄마를 도와 정원에서 꽃을 가꿨다. 엄마는 팬지, 일일초, 가자니아, 버베나, 봉선화, 마리골드꽃과 정원용 흙을 넉넉히 사 왔다. 엄마는 죽은 식물과 잡초들을 뿌리 채 뽑고 새로 심은 꽃에 뿌리 덮개를 해 주느라 분주히 돌아다녔다. 엄마는 활기가 넘쳤다.

셜록은 마당에서 막대기를 씹고 놀았다. 녀석도 기분이 좋아 보였다.

나는 계절에 대해 생각했다. 기쁨이 넘치는 봄. 어둡고 긴 밤이 있는 겨울.

갑자기 궁금해졌다. 나이 든 사람들이 자신의 삶을 돌아보고 그 삶을 계절의 관점에서 본 적이 있는지.

내가 나중에 인생을 돌아봤을 때 나는 과연 무엇을 보게 될 것인지 궁금했다. 그리고 지금 이 시점에서 내 인생을 되돌아봤을 때, 나는 16년간의 봄과 그 뒤에 느닷없이 찾아온 매서운 한파가 보였다.

이 겨울은 과연 얼마나 오래갈까? 잠깐 들어온 햇빛은 얼마나 오래갈까?

"너랑 이렇게 밖에 나와 있으니까 참 좋다."

엄마는 장갑을 벗은 다음 두 손으로 내 얼굴을 감쌌다.

"내 가족, 내 꽃들. 엄마는 세상에서 이것만 있으면 돼."

나는 엄마한테서 나오는 따뜻한 햇살을 꼭 쥐고 있으려 애썼다.

8. 소식

피오나는 800미터와 높이뛰기에서 리그 결승전에 참여할 자격을 얻었다. 나는 이렇게 될 거라는 걸 조금도 의심하지 않았지만 그래도 칭찬과 축하를 듬뿍 해 주었다. 월요일 아침, 나는 피오나와 학교에 가면서 축하의 말을 쏟아냈다.

"축하해! 리그 예선 이야기 좀 자세히 해 봐!"

"그래도 괜찮을까?"

"당연하지!"

나는 이렇게 말했지만 사실 별로 듣고 싶지 않았다.

"미안. 난 정말 바보인가 봐."

"난 괜찮다니까! 정말로 듣고 싶어. 바네사가 400미터에서 우승했어?"

나는 피오나의 기분을 풀어 주기 위해 먼저 물어봤다.

"응, 허들도. 쳇, 얼마나 거드름을 피우던지. 너도 한번 봤어야 해."

"그래? 음, 뭐 또 새로운 건?"

"그래도 그 애가 네 기록을 깨지는 못했어. 그래서 메롱 해 줬지."

"메롱 해 줬다고?"

"응, 메롱메롱, 약 오르지롱! 참! 메릴이 이번엔 아예 나타나지도 않았어. 버스가 출발하려는 데도 안 나타나서 코치가 걔네 집에 전화했거든. 그랬더니 메릴 엄마가 받아서 걔 아프다고 했대."

"흠, 하지만 메릴이 갔다 해도 어차피 결승전에 끼지 못했을 거야."

"아니, 아무리 그래도 좀 뻔뻔하잖아. 그러면서 어떻게 팀의 일원이라고 말할 수 있지? 맨날 시합 중간에 빠지거나 나타나지도 않으면서? 얌체 같아."

그날 오전 내내 나는 개빈을 세 번이나 마주쳤다. 하지만 메릴은 어디 있는지 보이지 않았다. 나는 양심의 가책을 받았다. 메릴한테 너무 못되게 군 것 같아서. 메릴은 진짜로 아픈 건지도 몰랐다.

점심시간이 되자 피오나와 나는 정원으로 걸음을 옮겼다. 우리는 개빈을 또 만났다. 개빈이 멋진 모습으로 인사했다.

"애들아, 안녕."

"또 만났네. 메릴은 좀 어때? 아프다고 들었는데."

"응, 완전히 쓰러졌지. 너희들 정원에서 점심 먹으려고?"

"아니, 사실은……. 로사가 요즘 어떻게 지내는지 궁금해서 말이야."

나는 우스꽝스러운 표정을 지으며 말을 이었다.

"무슨 이유에선지, 러커 선생님은 우리가 수학 시간에 쪽지를 주고받는 걸 안 좋게 보시거든. 나는 정말로 로사랑 이야기하는 게 필요한데 말이지."

피오나가 얼굴을 씰룩거리며 내게 신호를 보냈지만 나는 모른 척했다. 그리고 피오나에게 말했다.

"너 먼저 점심 먹어. 우리 나중에 만나자."

나는 몸을 돌려 402호로 향했다. 하지만 피오나는 나를 따라왔다. 개빈도.

"너희 갈 길 가. 굳이 나 따라올 필요 없어."

개빈이 물었다.

"로사가 누구야?"

"신입생이야."

내가 대답하자 피오나가 개빈에게 속삭였다.

"뇌성마비를 앓았지."

"로사는 내 친구이자 수학 천재야."

나는 둘에게 말했다. 그리고 피오나를 질책하는 눈빛으로 쳐다보았다.

"로사는 다리 때문에 힘들어하는 나를 친절하게 대해 줬어."

나는 걸음을 멈추고 양손으로 둘을 내쫓는 시늉을 했다.

"얼른 가. 우리 나중에 만나자."

하지만 둘은 가지 않고 나를 따라왔다.

402호에 있던 사람들은 우리를 보고 깜짝 놀랐다. 월 선생님이 말했다.

"우와, 오늘은 친구들이 많네!"

빌리와 트렌트는 우리가 느닷없이 들어와서 좀 불편한 것 같았다. 그들은 다시 몸을 돌려 먹던 점심을 계속 먹었고 우리를 의식적으로 쳐다보지 않았다. 하지만 알리샤와 페니는 아무렇지도 않아 했다. 오히려 개빈이 와서 좋아했다.

내가 로사와 농담을 즐기는 동안 피오나는 개빈과 어울렸다. 우리는 모두 집에서 싸 온 점심을 먹었지만 개빈은 그러지 못했다. 그래서 내가 물었다.

"나가서 점심 사 먹고 싶니?"

"아니, 괜찮아."

그래서 나는 내 샌드위치를 반 잘라서 나눠 주었다.

점심시간이 거의 끝나 갈 무렵, 우리는 402호 사람들에게 인사를 하고 나왔다. 경사로를 내려갈 때 개빈이 속삭였다.

"로사 말을 정말로 다 알아듣는 거야? 나는 조금밖에 못 알아듣겠어."

"처음엔 나도 힘들었는데 지금은 아주 잘 들려. 사투리랑 비슷하지. 익숙해지는 데 시간이 걸리겠지만 결국은 알아듣게 될 거야."

경사로를 다 내려오자, 개빈은 정원이 있는 왼쪽으로 갔고 우리는 900관이 있는 오른쪽으로 갔다. 개빈이 소리쳤다.

"나중에 또 보자!"

9. 쪽지

화요일 1교시, 매일 아침 그랬던 것처럼 알로이 선생님이 공지 사항을 읽었다.

"얘들아, 주목! 자, 이제 졸업 파티가 얼마 안 남았습니다! 올해 주제는 할리우드의 밤이고, 정장을 입고 와야 합니다. 티켓은 학생회에서 금요일에 판매할 예정입니다. 티켓값은 1인당 55달러이며 커플은 100달러입니다. 이 파티는 3학년과 2학년에게만 해당됩니다!"

피오나와 나는 서로를 쳐다보았다. 나한테 졸업 파티에 같이 가자고 물어보는 사람이 있을까? 파이프 다리에 파티 드레스라니, 정말 웃길 것 같았다.

아로이 선생님은 졸업 파티 공지 사항을 읽자마자 다음 것도 읽었다.

"모두, 주목! 7번 채널의 저녁 뉴스를 꼭 시청하십시오. 우리 학교 육상 팀의 '제시카를 뛰게 하자' 캠페인이 특별 프로그램으로 방송될 예정입니다. 친구와 가족에게도 많이 소개해 주세요. 오후 5시와 6시, 11시에 방송됩니다!"

알로이 선생님이 나를 보며 미소 지었다.

"선생님도 꼭 볼게!"

분명 카이로 코치가 이 공지 사항을 작성해서 올렸을 것이다. 그리고 코치는 이 지역에서 만난 모든 사람에게 이메일도 돌렸을 것이다. 생각이 여기에 미치자 나는 살짝 한기가 돌았다.

코치는 뉴스 팀이 우리 아빠와 인터뷰를 진행했다는 걸 까맣게 모르고 있었다. 피오나는 내게 너무 걱정하지 말고 했지만, 하루 내내 아무것도 집중할 수 없을 것만 같았다. 수학 시간에 로사가 쪽지를 건넸다.

뉴스 꼭 볼게!

왜인지는 모르겠지만 나는 답장을 길게 적어서 보냈다. 내가 무엇을 걱정하고 있으며, 왜 걱정하고 있는지, 그리고 그 방송이 안 나오기를 내가 얼마나 바라는지 말이다.

진실은 언제나 옳아.

나는 로사가 적은 글을 보며 그 안에 담긴 뜻을 찬찬히 살폈다. 그때 흠 흠 하는 소리가 들렸다. 러커 선생님이 한 손을 내민 채 내 옆에 서 있었다.

"죄송합니다."

내가 변변치 못하게 대답했다. 나는 쪽지를 집어넣으려 했다. 하지만 선생님이 계속 그 자리에 서서 손을 내밀고 있었다. 그래서 나는 선생님에게 부탁했다.

"저기, 이건 개인적인……."

선생님은 계속 손을 내밀고 있었다. 나는 선생님 손 위에 쪽지를 올려놓았다. 선생님은 천천히 걸어가며 쪽지에 코를 박고 들여다보았다.

10. 방송

오후 5시가 되자 엄마는 녹화를 시작했다. 아빠가 퇴근했을 때 볼 수 있도록 말이다. 케일리는 다리를 꼬고 소파에 앉아서 친구들한테 문자를 보내고 있었다. 나는 식은땀을 흘리고 있었다.

"긴장 풀어. 다 잘될 거야."

엄마가 내 옆으로 의자를 갖고 오며 나를 진정시키듯 말했다.

"꼭 로사처럼 말씀하시네요."

"로사가 누구야?"

마침 7번 채널에서 '5시 뉴스' 시작 화면과 음악이 흘러나왔다.

"나중에 알려 드릴게요."

내가 속삭였다. 심장이 두방망이질하는 게 느껴졌다.

카메라가 줌인하면서 말라 섬너 앵커와 공동 앵커인 키스 프랭크스를 비췄다. 키스가 말했다.

"안녕하세요. 5시 뉴스입니다. 여러분, 만약 육상 경기를 치르고 집으로 가던 중, 팀원 가운데 한 명이 끔찍한 사고를 당한다면 어떻게 하시겠습니까?"

우리 육상 팀과 하트웰 팀의 경기 장면이 화면에 떴다.

"리버티 고등학교 육상 팀이 그들의 동료를 다시 트랙에 복귀하도록 돕기 위해서, 과연 어떤 활동들을 벌이고 있는지 보여 드리겠습니다."

"어, 언니다!"

케일리가 소리를 꽥 질렀다. 그 장면은 눈 깜짝할 사이에 지나갔지만, 반바지를 입고 있는 나를 다른 사람으로 착각하기는 어려웠다.

"하지만 그 전에."

말라 앵커가 이렇게 말하며 다른 뉴스로 넘어갔다. 그리고 또 다른 뉴스.

광고 몇 편과 또 다른 뉴스. 날씨.

뉴스 중간에 광고가 들어갈 때는, 항상 그 전에 우리 육상 팀의 티저 영상을 내보냈다. 그리고 내 영상도.

"맨 마지막에 보여 주려나 보다."

그러더니 갑자기 말라 앵커가 카메라를 정면으로 보며 말했다.

"5시 뉴스 마지막 순서입니다. 지금부터는 리버티 고등학교 육상 팀이 벌이는 특별한 활동들에 대해 전해 드리겠습니다. 이 육상 팀은 동료 선수가 다시 뛸 수 있도록 돕기 위해서 힘을 합쳐 노력하고 있습니다. 저희가 보도해 드렸던 버스 사고 기억나십니까? 젊은 달리기 선수, 루시 샌더스의 목숨을 앗아간 그 끔찍한 사고 말입니다. 그 사고로 열여섯 살 소녀 제시카 칼라일은 다리를 잃었습니다."

텔레비전 화면은 뉴스룸에 있던 말라 앵커에서 인필드를 걷고 있는 내 모습으로 바뀌었다. 나를 뒤에서 잡은 화면이었는데, 그런 각도에서 본 내 모습은 무척 낯설었다.

먼저 내 눈에 띈 건, 내가 아직도 뒤뚱거리며 걷는다는 거였다.

"사고가 일어나기 몇 시간 전, 제시카는 400미터 달리기에서 리그 신기록을 세웠습니다."

말라 앵커의 목소리가 화면 위로 흘러나왔다. 그런 다음 화면이 바뀌면서 트랙에 있는 카이로 코치가 나왔다. 코치는 마이크에 대고 말했다.

"제시카는 재능이 뛰어난 선수입니다. 천부적인 소질이 있지요. 이제 다시 발이 생긴 제시카를 트랙으로 돌려보내고 싶습니다."

그런 다음 말라 앵커 목소리가 화면에 깔렸다.

"얼핏 보기에는 불가능한 꿈처럼 보입니다. 하지만 최근에 나온, 기술적으로 진일보한 육상 선수용 의족을 보신다면 이야기는 달라질 겁니다."

말라 앵커는 육상 선수용 의족을 그래픽으로 보여 주었다. 그러면서 한쪽 다리나 양쪽 다리를 잃은 사람들이 발목의 아킬레스건처럼 충격을 흡수하고 에너지를 저장하는, 매끈한 카본 그래파이트 소재의 칼날 모양 의족을 신고서 어떻게 달릴 수 있는지 설명했다. 엄마가 속삭였다.

"우와, 조사를 많이 했구나!"

"하지만 이 꿈에는 가격표가 붙어 있습니다. 의족의 치수를 재고 제작하고 조정하는데, 한 개에 약 2만 달러가 들어갑니다. 하지만 리버티 고등학교의 육상 팀은 이를 위해 힘을 합치기로 했습니다."

갑자기 화면에 친구들이 등장했다. 친구들은 손을 흔들고, 얼굴을 들이대며, 과장된 행동을 했다. 그들은 일제히 소리를 질렀다.

"제시카는 다시 뛰고 싶어 해요!"

그다음 말라 앵커의 목소리가 다시 흘러나왔다.

"그런데 육상 팀이 어떻게 2만 달러를 모을 수 있을까요?"

순간 마리오 리드와 친구들이 화면에 꽉 차게 나와 큰 소리로 외쳤다.

"저희는 과자 판매와 세차 이벤트를 하고 있어요!"

그리고 마리오가 카메라를 보며 말했다.

"하지만 확실히 도움이 좀 필요할 것 같아요!"

그다음에는 화면이 애니와 기젤다에게로 넘어갔다. 그 애들은 '혈기가 왕성한 허들 선수이자 제시카의 친한 친구들'로 소개되었다. 애니와 기젤다가 팀을 이루어 서로 말을 주고받는 동안, 카메라는 옆으로 움직여 나를 비췄다. 나는 트랙을 내달리는 샨달을 열심히 응원하고 있었다. 애니의 목소리가 흘러나왔다.

"제시카 좀 봐."

"정말 놀라워!"

"나는 과연 저렇게 용기를 낼 수 있을까? 여기에 나올 만큼?"

"파이프 다리로? 말도 안 돼!"

"그런데 제시카가 뭘 잘못했지?"

"잘못한 거 하나도 없지!"

"카이로 코치가 말했어, 우리는 항상 남을 도우며 살아야 한다고. 지금 우리가 하고 있는 게 바로 그거야."

"그럼, 그렇고말고!"

그때 말라 앵커의 목소리가 인터뷰를 하는 내 모습 위로 다시 흘러나왔다.

"제시카 역시 카이로코프스키 코치의 조언을 받아들인 것 같습니다."

순간 화면에서 내 목소리가 크게 나왔다.

"코치가 그랬어요. '인생이란 우리한테 주어진 삶을 사는 게 아니다. 그 삶을 어떻게 사느냐에 따라 얼마든지 바뀔 수 있는 게 바로 인생이다'라고요."

그런 다음 내 목소리가 사라지고 말라 앵커의 목소리가 다시 들렸다.

"제시카는 자신의 상황에서 무엇인가를 해내기 위해 열심히 애를 쓰고 있습니다. 하지만 달리기를 위해서 특별히 제작된 의족이 없다면, 제시카가 또다시 달리는 건 불가능할 겁니다."

"며칠 전에는 이 다리로 뛰어 보려고 했죠. 그런데 정말 아니었어요. 너무 둔하더라고요."

내가 이렇게 말하는 동안, 카메라는 내 파이프 다리에 초점을 맞춰 그곳에 관심이 집중되도록 했다. 갑자기 야외에서 찍은 화면이 사라지면서 앵커가 있는 스튜디오로 돌아갔다. 키스 프랭크스 앵커가 말했다.

"여러분, 제시카를 다시 달리게 하고 싶으신가요? 물론 그렇게 하실 수 있습니다."

화면에 연락처가 떴고 키스 앵커는 말을 이었다.

"제시카를 위해서 기금을 모으고 있습니다. 그리고 기부금에 대한 정보는 저희 웹 사이트에서도 확인해 보실 수 있습니다."

화면에서 연락처가 사라졌다. 키스 앵커가 말라 앵커에게 말했다.

"정말 대단한 이야기네요."

말라 앵커가 고개를 끄덕였다.

"그리고 여기에는 더 많은 이야기가 있습니다. 제시카의 가족은 지금 치료비 때문에 힘들어하고 있습니다. 제시카한테 보험이 없기 때문이죠. 그리고 보험 회사들은 누가 이 비용을 부담해야 하는지를 놓고 서로 책임만 미루고 있는 상황입니다. 제시카 가족은 집을 담보로 두 번째 대출을 받아야만 했고, 제시카의 아버지는 하루에 열네 시간 이상 일을 하고 있습니다. 제시카한테 꼭 필요한 것들만 제공해 주는데도 그렇지요. 악몽 같은 상황입니다."

"그래도 육상 팀은 그 애들이 할 수 있는 선에서 최선을 다해 도와주고 있지 않습니까?"

"그렇습니다. 놀라운 아이들이죠."

"자, 여기까지 준비한 소식은 모두 끝났습니다."

키이스 앵커가 카메라를 보며 말했다.

"저희는 다음에 다시 만나도록 하겠습니다. 5시 뉴스를 시청해 주신 여러분, 고맙습니다!"

"그렇게 나쁘진 않았어, 그렇지?"

엄마가 녹화를 중단하며 말하자 케일리가 콧바람을 불었다.

"나쁘지 않았다니요. 아주 끝내줬다고요."

케일리는 다시 문자를 보내기 시작했다. 그러다 잠시 후 나를 보며 말했다.

"언니 완전 유명 인사 됐는데!"

"아, 그래?"

우리 팀이 나를 위해 했던 모든 일을 방송으로 3분 동안 압축해서 보니 기분이 참 좋았다. 정말로, 정말로 좋았다.

11. 로사네 집

이튿날 아침, 피오나와 나는 학교 정원에서 애니와 기젤다를 만났다. 내가 먼저 말했다.

"너희들 대단하던데! 정말 웃겼어."

"그거 대본 없이 즉석에서 한 말이야."

애니가 오만한 표정을 지으며 말했다.

그러자 기젤다도 콧대를 높이고 눈을 내리깔며 맞장구를 쳤다.

"그래, 맞아. 현장에서. 즉석으로."

"우와, 진짜? 내가 얼마나 웃었는데."

내가 웃으며 말했다.

샨달도 우리한테 합류했다. 내가 말했다.

"너의 그 날쌘 발이! 텔레비전에 나왔다니까!"

"발만? 나도 잘 나왔잖아, 그렇지 않아?"

샨달이 씩 웃으며 말한 다음 나를 꼭 안았다.

"언니가 있어서 정말 행복해. 그리고 곧 육상 선수용 의족도 생길 거야!"

마리오, 그레이엄, 멜라니, 콜린 등 육상 팀의 다른 친구들도 우리한테 합류했다. 우리는 완전 축제 분위기였다. 그날 하루 내내 그랬다. 나는 정말 신났다.

심지어 러커 선생님도 좋은 말을 해 주었다. 뭐, 그 선생님치고는.

"너희 부모님이 얼른 좋은 변호사를 찾았으면 좋겠구나. 참, 어처구니없는 상황이야."

그런 다음엔 다시 본래 모습으로 돌아갔다. 선생님은 한쪽 눈썹을 치켜세우고서 나를 똑바로 쳐다보았다.

"다음에 또 쪽지를 주고받으면, 원래 네 자리로 돌아갈 줄 알아."

"네, 알겠습니다."

나는 빙긋 웃으며 대답했다.

선생님 입가의 근육이 묘하게 씰룩거렸다. 그런 다음 선생님은 뒤돌아서 교실 앞으로 걸어갔다. 선생님과 나 사이에서 끼어 있던 로사는, 러커 선생님이 저만치 멀어지자 조용히 말했다.

"방금 웃으신 거야?"

"그거랑 비슷하다고 할 수 있지."

로사가 가방에서 바인더를 꺼내며 말했다.

"개빈 오빠가 오늘 점심시간에 402호에 왔었어. 언니를 찾던데."

"뭐? 개빈이?"

"응, 정말 귀엽더라."

"로사, 걔는 여자 친구가 있어. 진짜 예쁜 애야."

"알아. 메릴 언니. 개빈 오빠는 좀 더 나은 사람과 사귈 수 있을 텐데."

수업 시작 종이 울리자 러커 선생님은 이번 주 금요일에 시험을 볼 거라고 했다. 나는 끙 신음을 냈다. 시험 준비가 전혀 안 되었기 때문이다. 나는 수업 시간에 집중하려 했지만, 그동안 빠진 수업 때문에 그러기도 힘들었다. 로사가 쪽지를 건넸다.

오늘 밤에 우리 집으로 와. 도와줄게.

나는 고개를 끄덕인 다음 쪽지를 얼른 집어넣었다. 그리고 그날 저녁 식사 후 나는 로사의 집으로 향했다. 내가 현관문을 나서자 엄마가 물었다.

"차 안 태워 줘도 돼? 진짜로?"

"네, 여기서 가까워요. 셜록도 좀 걸어야 하고."

"그 집에서 셜록을 싫어하지 않을까?"

"로사가 얼마나 좋아하는데요."

"자세히 말해 봐. 로사가 누구야? 그리고 그 애는 셜록을 어떻게 알아?"

"엄마! 그만! 걱정할 거 없다니까요. 로사의 성은 브라지에요. 수학 천재이고, 집은 매리골드 거리에 있어요. 로사 집에 도착하면 전화할게요."

그제야 엄마는 나를 보내 줬다. 셜록과 나는 원반 놀이를 하며 길을 따라 걸었다. 차를 타고 가자는 엄마의 제안을 받아들이지 않아서 정말 다행이었다. 공기는 시원했고 봄기운이 남아 있었다.

내가 떠날 때 우리 엄마가 걱정했던 것만큼, 로사 엄마는 내가 그 집에 도착하자 기뻐했다. 로사가 나를 집으로 들여보내자 로사 엄마가 말했다.

"제시카! 전부터 너를 잘 알고 있는 느낌이야. 신문이랑 뉴스를 봤거든."

로사 엄마가 로사를 보며 말을 이었다.

"그리고 당연히 로사도 네 이야기를 많이 했고."

로사 엄마는 현관 앞에 묶어 놓은 셜록을 안으로 데려오게 했다.

"녀석이 파티를 놓치게 할 순 없지!"

로사 엄마의 말에 나는 웃으며 말했다.

"수학 공부가 파티랑 똑같을 순 없죠."

하지만 충분히 그럴 수 있었다. 부엌 식탁에는 간식거리가 쭉 늘어져 있었고, 파란색 종이 접시와 냅킨도 있었다. 로사 엄마가 말했다.

"이걸 먹으면 네 수학 에너지가 쭉쭉 올라갈 거야."

나는 엄마한테 전화를 걸어야 하는 게 생각났다. 통화를 마친 후 내가 전화를 끊으려 하자, 로사 엄마가 내게 와서 우리 엄마랑 통화했으면 좋겠다고 말했다. 그래서 나는 전화기를 건넸고, 로사 엄마는 전화기를 들고 다른 방으로 들어갔다. 그동안 로사는 부엌 식탁에서 내가 수학 문제를 푸는 걸 도와주었다.

우리는 꼬박 두 시간 동안 무한 등비급수의 총합을 구하고, 반복되는 함수를 계산하며, 이항식을 전개하는 데 집중했다.

그러면서 식탁에 있는 간식도 끊임없이 먹었다.

마침내 셜록은 내가 밤새 수학을 풀 수도 있다고 느낀 것 같았다. 식탁 밑에서 몸을 웅크리고 있던 녀석이 "아아우우우" 하고 살짝 울면서 나를 쿡쿡 찔렀기 때문이다. 로사가 웃으며 말했다.

"아우, 얘 좀 봐. 하는 짓이 정말 귀엽다."

셜록은 나와 로사 사이로 머리를 쑥 내밀었다. 로사가 셜록을 꼭 안았다.

"알았어, 셜록, 이제 가자."

"내일도 오면 내가 쪽지 시험을 내줄게."

"뭐? 쪽지 시험?"

"러커 선생님이 무슨 문제를 낼지는 뻔하거든."

"진짜?"

"응, 선생님이 내는 문제와 비슷할 거야. 시험 보면 알게 될걸."

"알았어, 오늘하고 같은 시간에?"

"응, 같은 시간에."

나는 로사와 로사 엄마에게 초대해 줘서 고맙다고 인사했다. 그리고 시원한 밤공기를 마시며 집으로 향했다.

"엄마? 저 왔어요."

"그래, 난 여기 있다."

엄마 목소리가 거실 안쪽에서 흘러나왔다. 엄마는 소파에 옆으로 앉아서 방석을 안고 있었다. 나는 램프를 딸깍 켰다.

"괜찮아요?"

"응, 괜찮아."

엄마가 한숨을 내쉬었다. 그러더니 갸우뚱 고개를 기울이며 물었다.

"로사가 뇌성마비라는 거, 왜 말 안 했니?"

"그러려고 했어요."

"그런데 왜 안 했어?"

어디서부터 시작해야 할지 정말 난감했다. 이건 이성적이라기보다는 어떤 느낌에 가까웠다. 하지만 사실이었다. 나는 별로 말하고 싶지 않았다.

"로사하고 저는 수업 중에 쪽지를 주고받아요."

"그래서?"

"그래서…… 음, 저는 그 애랑 말을 한 번도 하지 않았어요. 다리를 잃기 전에는요. 그 애를 모른 척 무시했죠. 하지만 지금은……."

나는 가방을 들어 올려서 작은 주머니의 지퍼를 열었다.

"그 애가 쓴 거예요."

나는 지금껏 모은 쪽지들을 꺼냈다. 작은 종잇조각, 노트를 절반 쭉 찢은 것, 그리고 길쭉한 종잇조각들. 정말 엉망이었다. 무슨 쓰레기 더미 같았다.

"다 가지고 있었어?"

엄마가 물었다. 나는 쪽지를 꼼꼼하게 살피며 말했다.

"어떻게 설명해야 할지 정말 모르겠어요. 그 애가 쓴 쪽지들을 보면……."

나는 고개를 들어 엄마를 쳐다보았다.

"내 눈이 뜨이는 것 같아요."

엄마는 잠시 생각에 잠겼다.

"하나만 읽어 볼래?"

나는 쪽지 중에서 한 장을 뽑으며 말했다.

"여기요. 로사가 저한테 물은 거예요. '만약 언니가 딱 한 가지 바꿀 수 있다면, 무엇을 바꾸고 싶어?' 라고."

나는 쪽지에서 눈을 떼며 말을 이었다.

"그냥 막연한 거 말고. 현실 속에서."

"그래서 너는 뭐라고 했니?"

"다시 달릴 수 있으면 좋겠다고요. 그리고 저도 그 애한테 똑같은 걸 물어봤어요. 그랬더니……."

나는 쪽지를 보며 읽었다.

"'사람들이 날 있는 그대로 봐 줬으면 좋겠어. 내 겉모습이 아니라' 라고 썼어요."

엄마와 나는 한동안 아무 말 없이 앉아 있었다. 엄마가 물었다.

"마음이 불편하니? 전에는 그 애를 있는 그대로 보지 않아서?"

나는 그렇다고 말할 뻔했다. 하지만 나는 입을 다물었다.

그리고 그 순간 내가 왜 로사의 쪽지들을 가지고 있었는지 이해되었다.

"더는 아니에요. 저는 기분이 좋아요. 왜냐면 지금은 그렇게 하니까."

12. 수학 시험

다음 날 저녁, 로사가 낸 쪽지 시험을 보고 난 후 나는 자신감이 생겼다.

"언니는 내일 'A'를 받을 거야!"

"그렇게 된다면 처음 있는 일이 될걸."

"그래도 마지막은 아니잖아!"

"점심에 복습하러 올 거야?"

"응, 그러려고."

나는 이렇게 말했다. 왜냐면 수학 시험에서 좋은 점수를 얻기 위해, 리그 기록을 깨기 위한 트랙 훈련 방법을 적용하고 있었기 때문이다.

반복. 노력. 고통. 성공. 지름길은 없었다.

그래서 나는 이튿날 점심시간에 402호로 갔다. 그리고 로사가 즉석에서 내는 수학 문제들을 풀기 위해 최선을 다했다. 로사는 일부러 내가 약한 부분의 수학 문제들을 집중적으로 내서 내 실수를 유도했지만, 나는 실수하지 않고 잘 풀었다.

수업 예비 종이 울리자 로사가 말했다.

"언니는 잘할 거야!"

하지만 수학 시간이 끝날 때까지는 마음을 놓을 수 없었다.

시험이 끝나고 시험지를 모두 거둬 가자 로사가 물었다.

"어땠어?"

"글쎄, 이렇게 말하기는 좀 그렇지만 쉬운 것 같던데?"

"우와, 성공!"

로사가 이렇게 말하며 주먹으로 나를 툭 쳐서 나는 깜짝 놀랐다.

우리는 교실을 서성이며 몇몇 수학 문제들에 관해 이야기를 나눴다. 잠시 후 피오나가 교실 안으로 고개를 쏙 내밀며 물었다.

"준비됐어?"

"아, 참! 깜빡했네! 피오나가 행켄슈타인의 사무실에 데려다주기로 했거든. 오늘 의족 조정을 하고 나면 한동안은 안 가도 될 거야."

"알았어, 잘 갔다 와."

그다음 순간, 로사의 얼굴에 짓궂은 웃음이 피어났다. 피오나 뒤로 개빈이 보였다.

"개빈이 같이 가자고 하는데, 넌 어때?"

피오나가 눈썹을 꿈틀대며 물었다. 같이 가자고 부탁하는 게 분명했다.

"음……."

그때 개빈이 피오나의 어깨 위로 말했다.

"싫으면 싫다고 말해도 돼."

"같이 가셔도 돼요."

로사가 말했다. 나는 몸을 돌려 속삭였다.

"뭐라고?"

그러자 로사가 웃음을 참으며 키득키득 댔다. 내가 개빈에게 말했다.

"글쎄…… 잘 모르겠네."

하지만 피오나가 개빈 몰래 나를 험악하게 쳐다보았다. 나는 기분이 약간

들뜨고 이상했다. 모두 나만 쳐다보고 있었다. 그래서 나는 말했다.

"그래, 알았어. 네가 그렇게 가고 싶으면 가도 돼."

그런 다음 나는 몸을 돌려 로사에게 속삭였다.

"이번 주말 기대해. 셜록한테 너를 공격하라고 할 거니까."

로사가 더 크게 키득키득거렸다.

"또 보자, 로사!"

피오나가 소리쳤다. 개빈도 피오나의 리듬에 맞춰 인사했다.

"잘 있어, 로사!"

우리는 교실을 떠났다. 안에서 로사가 소리쳤다.

"잘 가요, 모두들!"

로사의 목소리는 밝았지만 나는 마음이 아팠다. 로사도 데려가고 싶었다.

13. 개빈

클로에 언니는 내가 친구들과 같이 들어가 한 명씩 소개할 때, 개빈이 그 신문에 글을 썼다는 걸 알고서 흥분했다.

"정말 감동적인 글이었어!"

클로에 언니가 개빈에게 말했다. 그런 다음 텔레비전에서 내 이야기를 어떻게 보게 되었는지도 계속 말했다.

"나랑 내 친구들은 전부 다 너를 응원하고 있어."

"고맙습니다."

나는 이렇게 대답했지만 마음이 불편했다. 클로에 언니는 배려심이 많고 착했다. 그래서 나는 언니도 다리를 절단하고 재활 치료를 받아야 했다는 걸 쉽게 잊었다. 암은 말할 것도 없고.

나는 반바지로 갈아입었다. 그리고 대기실로 돌아가자 클로에 언니가 말했다.

"행크 선생님이 기다리고 계셔. 친구들도 같이 다 들어갈래?"

모두 나만 쳐다보고 있었다. 내가 물었다.

"어떻게, 들어가고 싶어?"

친구들은 그렇다고 대답했다. 그리고 나도 친구들을 대기실에서 기다리게 하면 기분이 안 좋을 것 같았다. 그래서 어깨를 으쓱하며 말했다.

"알았어, 들어와."

행크 아저씨는 텔레비전 뉴스가 얼마나 대단했는지 내게 말해 주었다. 하지만 내 기분은 딱 여기까지만 괜찮았던 거 같다. 아저씨는 내 소켓이 잘 맞는지부터 확인했다. 그리고 나한테 앉으라고 하더니 슬리브를 벗기고, 의족의 소켓을 잡은 다음 다리에서 빼냈다.

"헐거워졌구나. 좀 더 두꺼운 절단 부위 양말을 신어야겠다."

의족의 소켓을 빼낸 다음엔 라이너를 빼냈다. 그다음엔 절단 부위 양말을, 그다음엔 나일론 스타킹을. 갑자기 주위 사람들의 시선이 의식되었다. 벌거벗겨진 느낌이었다. 피오나는 고개를 숙였고, 개빈은 고개를 돌린 채 계속 그렇게 있었다.

얼마나 끔찍해 보일까. 절단 부위는 빨갛지도, 부어 있지도 않았다. 그냥 보통의 피부색이었다. 하지만 아직도 너무 생생했다. 지나치게.

순간 나는 굴욕감을 느꼈다. 왜 저 애들을 들어오라고 했을까? 피오나는 괜찮았지만, 개빈은? 나는 어서 빨리 이 일을 끝내고 싶었다. 다리를 가리고 싶었다.

행크 아저씨는 나한테 딱 맞는 절단 양말을 찾을 때까지 이것저것 신어 보게 했다. 그런 다음에 의족을 조금씩 조정하기 시작했다.

음악이 있었으면 좋겠다. 아니, 그 어떤 소리라도.

마침내 개빈이 침묵을 깨고 입을 열었다.

"공항에서 어떤 남자 분을 본 적이 있는데, 그분은 의족에 멋진 그림을 그리셨더라고요. 바다의 해돋이 그림이요. 정말 멋있었어요."

"우와."

피오나가 소리치더니 행크 아저씨에게 물었다.

"그렇게 해 주실 수 있어요?"

"나는 직물로 할 수 있지."

내가 아저씨 앞에서 시험 삼아 걸을 때 아저씨는 이렇게 말했다.

그러자 피오나가 물었다.

"직물이요? 그게 무슨 뜻이에요?"

"천이면 아무거나. 50센티미터 정도만 있으면 되지. 내가 샌프란시스코에서 근무했을 때에는, 사람들이 해골 무늬나 돌고래, 홀치기염색, 밀리터리 스타일 등등 다양한 천을 가져왔어. 이 지역 사람들은 좀 수수한 걸 좋아하더라고."

내가 몸을 돌려 걸어오자 행크 아저씨가 내 눈을 보며 말했다.

"네가 원한다면, 영구 의족을 그렇게 꾸밀 수 있단다. 추가 비용은 없어. 그저 소켓을 만들 때 천을 끼워 넣기만 하면 돼."

피오나는 아주 신이 났다.

"우리 천 가게에 가서 정말 멋진 걸로 고르자! 불꽃 모양이나 꽃무늬도 괜찮고, 아니면 그냥 단색도 좋지. 핫핑크처럼!"

나는 움직이지 않고 가만히 있었다. 행크 아저씨가 소켓과 붙어 있는 금속 연결 부품을 조이고 있었기 때문이다.

"하지만 나는 진짜 다리처럼 보이는 의족이 좋은걸. 불꽃 모양이나 꽃무늬는 별로야. 핫핑크는 더 별로고."

그러자 행크 아저씨가 말했다.

"흠, 절단 부위가 완전히 안정될 때까지는 영구 의족을 맞출 수 없단다. 그래서 두 달 정도 시간이 있어. 네가 결점을 감추는 스타일로 갈지, 아니면 아예 드러내 놓고 예술적으로 꾸미는 스타일로 갈지 결정하는 데 말이야. 그런데 있잖니, 육상 선수용 의족을 그렇게 꾸미는 건 어때?"

순간 불꽃 모양이 꽤 괜찮은 아이디어처럼 느껴졌다.

"거기에는 할 수 있을 것 같아."

사무실을 나가는 동안 개빈은 나를 위해 문을 열고 서 있었다. 그리고 내가 차에 안전하게 잘 탔는지 확인한 후에 문을 닫고 뒷좌석에 올라탔다.

피오나가 주차장을 빠져나가는 동안 나는 개빈을 보며 말했다.

"도와줘서 고마워. 내 다리 보고 너무 놀란 거 아니야?"

"전혀."

개빈이 말했다. 피오나가 백미러로 개빈을 보며 물었다.

"어디에 내려 줄까?"

"집에. 너만 괜찮다면."

"우리 집 지나서 몇 블록만 더 가면 돼."

내가 말했다. 그리고 개빈의 머리 받침대를 힐끗 보고서 말을 이었다.

"강에 내려갈 때는 너희 집을 지나서 뛰어가거든."

"나도 봤어. 멋진 개도 같이 있던데."

나는 웃으며 대답했다.

"셜록!"

개빈도 웃었다.

"이야, 이름도 멋지네."

피오나가 우리 집으로 차를 몰았다. 나는 개빈이랑 웃으면서 농담을 늘어놓았다. 지금껏 친한 친구로 지내 왔던 것처럼 말이다. 좀 낯설었다. 그리고 우리 집에 도착했을 때, 내 얼굴은 빨갛게 물들어 있었다. 행복했다.

나도 알았다. 개빈에게 여자 친구가 있다는 걸. 하지만 개빈은 정말로 나한테 잘해 주었다. 개빈은 왜 행켄슈타인의 사무실에 가고 싶어 했을까?

내가 차에서 내리려 하자 개빈은 얼른 뒷좌석에서 내려와 나를 위해 차 문을 열어 주었다. 나는 미소 지으며 개빈에게 말했다.

"고마워."

"무슨 소리. 나야말로 고마워. 같이 가게 해 줘서."

그런 다음 나는 인도에 서 있었다. 개빈이 조수석에 올라탔다.

그리고 내 가장 친한 친구와 함께 차를 타고 떠났다.

14. 피오나

머리를 한 방 맞은 느낌이었다. 개빈은 피오나와 있고 싶은 거였다. 내가 아니라. 순간 모든 게 다 연결되면서 이해가 되었다.

"제시카, 돌아온 걸 환영해!"라는 현수막을 노천극장에 붙일 때, 개빈이 도와준 사람은 누구였지?

메릴과 높이뛰기 경기장에 있을 때 개빈 눈에 들어올 수밖에 없는 사람은 누구였지? 리거 모티스 밴드에서, 개빈이 응원한 사람은 누구였지? 개빈이 나한테 말을 붙이러 올 때, 항상 내 옆에 있던 사람은 누구였지? 개빈처럼 다른 사람들을 앞장서서 챙기고 보살피는 행동가는 누구지? 예쁘고 긴 다리를 뽐내는, 내 가장 친한 친구 피오나였다. 주말 동안 내 생각은 점점 더 안 좋은 쪽으로 흘렀다.

정말 바보가 된 기분이었다. 나는 대체 무슨 생각을 했던 걸까? 개빈이 어떻게 나를 좋아할 거라고 기대할 수 있었을까? 단 1분이라도, 어떻게 그 모든 것들을 '아무렇지도 않게' 상상할 수 있었을까?

그리고 내가 집에서 절뚝거리는 동안, 피오나는 리그 결승전에서 달리고 있다는 사실에도 집착하지 않을 수 없었다. 나는 거기에 있어야만 했다!

나는 긍정적인 생각을 하려고 노력했다. 하지만 어떻게든 부정적인 생각이 스멀스멀 기어 나와 뿌리를 내렸다. 아름다운 정원의 잡초처럼.

나한테 필요한 것은 달리기였다. 유쾌하고 맹렬한 달리기. 머리를 깨끗이 비

우기 위해서.

하지만 나는 그 대신에 셜록과 걸어서 로사의 집으로 갔다. 로사는 이제 막 뇌성마비 환자를 위한 요가 수업에서 돌아왔다. 로사가 받는 물리 치료 중 하나였다. 나는 로사한테 내가 받는 물리 치료보다 훨씬 더 재미있을 것 같다고 말했다.

로사의 집에 간 건 잘한 일이었다. 조금이나마 웃을 수 있었다. 하지만 나는 초조하고 침울했다. 30분 정도 지난 후 나는 자리에서 일어났다.

내가 인도로 걸어가는 동안 로사가 소리쳤다.

"언니, 기운 내. 언니의 결승선은 이제 코너만 돌면 된다고."

"고마워."

나는 집에 걸어가면서 로사의 말을 곱씹어 생각했다.

늦은 일요일 오후, 피오나가 내게 전화를 했다. 나는 일부러 꾸며 낸 명랑한 목소리로 받았다.

"그래, 잘 갔다 왔어? 경기는?"

"아, 오늘 완전 안 풀리는 날이었어. 우리 팀은 리그 2위를 했고. 랭스턴이 우리를 어찌나 압박하던지."

피오나의 힘없는 목소리를 듣고 내가 말했다.

"이런, 많이 아쉽겠다."

그러자 짧은 침묵 후에 피오나는 이렇게 말했다.

"저기, 너희 집에 지금 가도 될까?"

"그럼!"

뭔가 잘못됐다는 걸 알았지만 피오나가 전화를 끊고 나서야 비로소 그게 뭔지 깨달았다. 분명 개빈 문제일 것이다.

피오나가 우리 집에 오려면 15분 정도 걸렸다. 그동안 나는 피오나가 얼마나 멋진 친구인지 생각했다. 그리고 피오나와 개빈, 그 두 친구 덕분에 내가 행복한 거라고 속으로 생각했다. 피오나가 오면 둘은 더없이 잘 어울리는 짝이라고 말해 주기로 했다. 그리고 감사하게 여기기로 했다. 내 비극적인 사고로 둘이 이어질 수 있었던 것을.

그때 초인종이 울렸다. 나는 문을 열어 준 다음 피오나를 꼭 안았다. 그리고 이번 시즌을 무사히 끝낸 피오나를 축하해 주었다. 나는 피오나에게 너무 낙담할 필요 없다고 했다. 그러자 피오나가 나를 따라 들어오며 말했다.

"글쎄, 뭐 그렇게 크게 낙담하진 않아."

"그래? 그럼 뭐가 문제야?"

우리는 소파에 앉았다. 피오나는 숨을 크게 들이마셨다. 그리고 잠시 멈춘 다음 내쉬었다.

"내가 졸업 파티에 간다면, 너는 기분이 어떨 것 같아?"

개빈이 졸업 파티에 같이 가자고 했나? 그냥 영화 보러 가는 게 아니고? 그러면 메릴하고는 언제 끝났던 거야? 마음이 자꾸만 가라앉으려 했지만 나는 애써 다시 끌어올렸다.

이 정도는 감당할 수 있었다. 이미 마음의 준비도 다했다. 충분히 이겨 낼 수 있었다.

"당연히 나야 기쁘지!"

내가 열정적으로 말했다. 그리고 이야기를 꺼내기 힘들어하는 피오나를 위해 내가 먼저 물었다.

"금요일에 나를 내려 주고서, 그 애가 물어본 거야?"

"너를 내려주고서……?"

피오나가 당황한 눈빛으로 나를 쳐다보았다.

"뭐라고?"

"개빈 말이야. 금요일에 나를 내려 주고서, 개빈이 너한테 졸업 파티 같이 가자고 한 거 아니야?"

"개빈?"

"피오나, 개빈은 분명히 너를 좋아해. 그리고 내 생각에, 너희 둘은 정말 잘 어울려."

"무슨 뚱딴지같은 소리야."

"진짜라니까."

"개빈은 나를 좋아하지 않아! 그리고 그 애는 이미 여자 친구가 있어! 너 지금, 제정신이야?"

목에 뭔가 걸려 있는 느낌이었다. 감정적으로 너무 피곤했다.

피오나가 내 팔을 잡으며 말했다.

"나한테 졸업 파티에 가자고 한 사람은, 바로 마리오야."

"마리오?"

"응, 마리오."

"하지만 나는……."

나는 고개를 저은 다음 말을 이었다.

"그럼 개빈은 왜 따라왔던 거야?"

"네가 그럴 만하니까 그렇지. 너 자신을 낮추는 말은 이제 그만해, 알았지?"

253

"고마워."

눈물이 왈칵 쏟아져 나는 피오나를 꽉 안았다.

15. 좋은 일

월요일엔 몇 가지 좋은 소식이 있었다. 나는 처음으로 러커 선생님의 시험에서 'A' 점수를 받았다.

"93점! 언니, 축하해!"

로사가 소리쳤다. 로사는 평소처럼 100점을 받았지만, 그것에 시기하는 마음은 전혀 들지 않았다. 내가 93점을 받다니!

"정말로, 정말로 고마워!"

내가 내 점수에 만족하는 것만큼 로사도 기뻐하는 눈치였다. 그런데 우리가 좀 호들갑을 피웠나 보다. 우리 앞에 앉아 있던 에릭 홀랜더가 뒤돌아보면서 말했다.

"뭐야, 너 'A' 받았어? 나는 'D'인데."

"로사 아니었으면 나는 'F'였을 걸. 로사는 아주 뛰어난 선생님이거든."

그러자 에릭이 이마를 긁으며 말했다.

"나는 일주일에 두 번 수학 연습실에 가는데. 점수가 이게 뭐야?"

"수학 연습실 말고, 대신 점심시간에 402호로 가 봐. 로사가 점수를 확 올려 줄 테니까."

에릭이 로사를 보며 물었다.

"진짜?"

"네, 언제든 오세요. 전 괜찮으니까."

로사가 미소 지었다. 나는 웃었다. 왜냐하면 "전 괜찮으니까"라는 말은, 사람들이 로사를 보며 떠올리는 생각이 아니었으니까 말이다.

에릭이 자기 시험지를 보며 눈살을 찌푸렸다.

"가게 되면 말할게."

에릭은 한 달 전의 나와 닮아 있었다. 에릭이 무슨 생각을 하고 있는지는 뻔했다. 휠체어에 탄 여자애의 도움을 받지 않아도 되는 방법을 찾을 수 있다고 생각하겠지. 그래서 나는 수학 시간이 끝난 후, 서둘러 교실을 빠져나가 에릭에게 말했다.

"물론 처음엔 로사의 말을 알아듣기 힘들 거야. 나도 그랬으니까. 그래도 한 번 가 봐. 로사는 정말 친절해. 인내심도 있고. 무엇보다 수학을 알아듣기 쉽게 설명해 줘. 로사가 아니었으면 나는 낙제했을 거야."

"그래, 고마워."

에릭은 그래도 수긍하지 않는 것 같았다. 그래서 나는 에릭에게 소리쳤다.

"내년에 또 이 과목을 들어야 할 수도 있어!"

에릭이 휙 뒤돌아봤다. 공포에 질린 얼굴이었다. 나는 웃음이 났다.

"진짜야! 그러니까 점심시간에 402호로 가 봐!"

한 주가 흘러가는 동안, 개빈은 내 삶에 여러 번 들어왔다 나갔다. 개빈은 다정하고 친절했다. 메릴과 있을 때도 있었지만, 느닷없이 혼자서 내 앞에 나타날 때도 있었다. 나는 개빈에게 신경 쓰지 않으려 했지만, 헛수고였다.

나는 다리가 없는 여자애, 그 이상의 존재라고 나 자신에게 끊임없이 말했지만, 이것 역시 헛수고였다.

목요일 점심시간, 나는 402호에 잠시 들르려고 했다. 그런데 놀랍게도 에릭

홀랜더가 안에서 수학 과외를 받고 있었다. 나는 얼른 그 애들한테 손 인사를 한 다음 거기서 빠져나왔다.

수학 시간에 로사가 나한테 쪽지를 건넸다.

에릭 오빠는 완전히 헤매고 있어.

그 애를 구원할 수 있는 사람은 너밖에 없어!

로사가 나를 보며 미소 지었다. 그리고 나중에 로사가 그 쪽지를 다시 읽고서 주머니에 찔러 넣는 걸 봤다. 나는 지금껏 보관하고 있는 로사의 쪽지들을 떠올렸다. 로사는 나한테 많은 도움을 주고 있었다. 수학 성적을 올리는 것 이상으로. 로사는 과연 그 사실을 알고 있을까?

나도 로사한테 도움이 되고 있다고 생각하니 기분이 좋았다. 로사는 에릭을 수학 시험에서 구원할 것이다. 그리고 그렇게 되었을 때 에릭은 로사의 겉모습이 아니라, 로사 그 자체를 보게 될 것이다.

더 많은 사람이 그러기를, 나는 희망했다.

16. 2만 5000 달러

금요일 아침, 카이로 코치의 공지 사항이 있었다. 유니폼을 반납하고 파티 계획을 마무리해야 하니 육상 팀 전원은 점심시간에 코치의 교실로 모이라는 거였다. 하지만 피오나와 내가 그곳에 도착했을 때 우리는 세 번째 안건이 또 있다는 걸 알게 되었다.

그건 바로 육상 선수용 의족 기금이었다.

신문 기사가 나가고서 기금이 수표로 들어오기 시작한 이후로, 카이로 코치는 교실의 화이트보드에 기금 모음 현황판을 온도계처럼 그려 놓았다. 다만 온도계 모양이 아니라 육상 선수용 의족 모양이었다. 그래서 발가락 끝에는 숫자 0이, 소켓 제일 위에는 숫자 20000이 적혀 있었다. 코치는 쌓이는 금액만큼 의족을 초록색 보드마커로 칠했다. 때문에 언제든지, 기금이 얼마나 모였나 궁금하다면, 여기 와서 화이트보드를 보면 한눈에 알 수 있었다.

텔레비전 뉴스가 나간 이후로 나는 이것을 굳이 확인하려 애쓰지 않았다. 하지만 지금 여기 와서 보니 의족이 초록색으로 완전히 칠해진 것을 볼 수 있었다. 아니, 오히려 넘치고 있었다.

카이로 코치는 모두 앉게 한 다음 발표를 시작했다.

"주말에 진행하던 세차 이벤트는 이제 그만한다. 그리고 과자 판매는 오늘부터 안 해도 된다!"

코치가 화이트보드를 가리키며 말을 이었다.

"오늘 아침에 그 익명의 기부자와 이야기를 나눴는데, 그 여자 분은……."

"여자 분이요?"

내가 물었다. 물론 코치가 알려 줄 리는 만무했다. 왜냐면 코치가 익명의 기부자 이야기를 꺼낸 이후로, 나는 그분이 누구인지 알려 달라고 졸라 보았지만 아무 소용이 없었기 때문이다. 하지만 어쨌든 나는 한 번 더 물어보았다.

"그분께 정말로 감사 인사를 드리고 싶어서 그래요. 저희한테 알려 주시면 안 돼요?"

카이로 코치는 실수한 것을 알아차렸지만, 곧바로 손을 내저으며 말했다.

"내가 방금 그 가능성을 인구의 절반으로 줄여 주었잖니. 자, 예전에 내가 말한 대로 우리 익명의 기부자는 우리한테 1만 달러를 보내 주실 거야. 그리고 우리는 우리 힘으로 거의 1만 5천 달러를 모았단다."

"1만 5천 달러요?"

나는 교실을 둘러보며 말을 이었다.

"너희들 정말 대단하구나!"

카이로 코치가 추가로 들어온 기금은 내 치료비에 보태 쓰라고 우리 부모님께 전달할 예정이라고 설명한 다음 이렇게 소리쳤다.

"그리고 두 번째!"

코치는 이렇게 육상 팀의 파티와 유니폼 반납을 확인하는 안건으로 넘어갔다. 코치가 안건을 전달하는 동안, 나는 피오나와 마리오가 서로 어색하게 곁눈질로 흘끔거린다는 걸 알아차렸다. 정말 귀여웠다. 한눈에 봐도 마리오는 피오나한테 푹 빠져 있었다. 그리고 팀원들이 교실을 우르르 빠져나가기 시작하자 피오나는 내게 눈빛으로 물었다. 마리오와 둘이서만 먼저 나가도 되는지. 그래서 나는 미소 띤 얼굴로 고개를 끄덕였다. 그래, 재미있는 시간 보내!

얼마 안 있어 교실에는 카이로 코치와 나만 남았다.

"대단한 한 해구나."

코치가 말했다. 우리는 둘 다 웃었다.

"어떻게 감사를 드려야 할지 모르겠어요."

"트랙에서 만나면 돼. 그거면 충분하단다."

나는 고개를 끄덕였다. 비록 악수는 없었지만, 거래는 성사되었다.

나는 달리는 법을 다시 배워야 할 것이다.

17. 가벼운 발걸음

졸업 파티 날짜가 다가올수록 학생들은 모두 자기 짝을 찾은 듯했다. 여자애들은 오로지 그날 입을 드레스와 머리 스타일, 그리고 파티 전과 후의 계획만 이야기했다. 피오나는 마리오와, 개빈은 메릴과 졸업 파티에 갔다.

나는 집에서 텔레비전을 봤다. 참아 보려 했지만 궁금했다. 내가 파이프 다리로 걸어 다니지 않았다면 나도 데이트할 수 있었을까?

육상 팀의 파티에서 팀원들은 내게 육상 선수용 의족을 사기 위한 수표를 건넸다. 하지만 웰스 선생님은 내 절단 부위가 아직도 변하고 있기 때문에 아직은 '영구 의족'을 맞출 수 없다고 말했다.

나는 6월까지 어쩌면 7월까지도 기다려야 했다.

기말시험을 마지막으로 학기도 끝나 갔다. 나는 모든 과목에서 'B' 이상을 받았다. 로사 덕분에 수학도 평균 82점을 받았다. 내가 이해할 수 없는 건 개빈이었다. 개빈은 여전히 메릴과 사귀었다. 하지만 그 둘이 지나갈 때 보면, 개빈은 그냥 조용했다. 개빈이 피오나와 나를 만났을 때는 활기찬 모습이었다. 사소한 것에도 웃고 떠들었다.

피오나는 계속 마리오와 사귀었고 나는 계속 파이프 다리로 다녔다.

피오나는 여름 방학 때 대입 시험 준비 책을 사서 같이 공부하자고 했다.

"이렇게 하면 우리 둘 다 시험 준비를 완벽하게 할 수 있지. 공부는 재미있을 거야. 왜냐면 우리 둘이 같이하는 데다 숙제는 하나도 없으니까!"

시험을 봐야 한다는 건 나도 잘 알았지만 그렇게 큰 의미는 없어 보였다.

내가 갈 만한 이 지역 제이씨 대학교는 대입 평가 시험 성적이 필요 없었다.

그래도 이렇게 하면 피오나와 같이 있을 수 있었고, 또 아무것도 안 하는 것보다는 뭐라도 하는 게 나았다.

또한, 피오나는 나를 설득해서 트레몬트 극장의 아르바이트 면접을 같이 보았다. 나는 면접 볼 때 굳이 내 의족 이야기를 꺼내지 않았다. 그레타 할머니도 다리를 절면서 다녔다. 할머니는 나한테 팝콘과 비둘기에 대해서만 묻더니 그 자리에서 고용했다.

여름 방학이 시작되고 실제로 극장에서 일을 시작하자마자 이 일이 꽤 재미있다는 걸 알게 되었다. 그레타 할머니는 자상하게도 피오나와 내가 같은 시간에 근무하도록 해 주었다. 그래서 우리는 영화표와 팝콘 판매뿐만 아니라 영화 상영 중 청소와 비둘기 쫓기까지 모든 일을 함께했다.

6월 말이 되자, 웰스 선생님은 내 다리가 안정되었다면서 영구 의족을 맞춰도 된다고 했다. 육상 선수용 의족도 이제 맞출 수 있다는 뜻이다.

나는 행크 아저씨의 사무실로 가서 예전에 임시 의족을 맞췄을 때 했던 그 과정을 그대로 되풀이했다. 행크 아저씨는 일상생활에서도 활동적으로 움직일 수 있는 발이 나한테 필요하다고 판단했다. 그 '플렉스 풋'을 신으면, 나는 뛸 수도 있었다.

7월도 거의 끝나갈 무렵 마침내 의족을 맞춰 보자는 연락이 왔다.

"혼자 가도 괜찮겠니?"

"그럼요."

나는 운전을 좋아했다. 그리고 약간의 시간을 들여서 의족으로 운전하는 법을 익혔다. 왜냐면 발목이 구부러지지 않아서 엑셀이나 브레이크를 밟을 때 무릎과 허벅지로 조절해야 했기 때문이다.

"핸드폰 가져가니?"

"네."

어디 갈 때 꼭 챙기는 이 핸드폰 덕분에 나는, 얽매인 것 없이 자유로운 기분이었다. 하지만 행크 아저씨의 사무실에 도착했을 때 육상 선수용 의족이 아직 완성되지 않았다는 걸 알게 되었다.

"제조 회사에서 지체되고 있어. 준비되면 행크 선생님이 연락하실 거야."

나는 실망한 모습을 감추려 애썼다. 다시 달릴 수 있다는 생각에 몇 주 동안이나 밤잠을 설쳤다. 심장이 너무 쿵쾅거려서 진정시킬 수 없을 것만 같았다. 어떤 밤에는 몰래 밑으로 내려가서 유튜브 영상들을 보기도 했다.

지금은 기다려야 했다. 또다시. 하지만 새로 맞춘 영구 의족을 끼고 걸을 때, 나는 그 육상 선수용 의족을 완전히 잊고 있었다. 새 의족은 놀라웠다!

이전의 파이프 의족하고는 조금 다르게 움직였는데, 이 의족은 '셔틀 락'이라는 의족 잠금 장치를 사용했다. 나는 절단 부위에 슬리브 라이너를 바로 끼웠다. 내가 슬리브 라이너를 씌운 절단 부위를 소켓에 집어넣자, 슬리브 라이너의 밑에 있는 톱니 모양의 못이 소켓의 구멍 안으로 들어가면서 소켓 바닥을 꾹 눌렀다. 그리고 그 못과 소켓이 맞아 떨어지면서 딸깍하는 소리가 들렸다. 슬리브 라이너는 소켓 안에 고정되었는데, 그 느낌이 안락하고 편안했다. 마치 원래부터 소켓과 하나였던 것처럼.

그리고 그 발! 고무로 만든 가짜 발가락 밑에는 검은색 카본 그래파이트가 겹겹을 이루고 있었다. 그래서 진짜 발처럼 보이지는 않았지만, 걸을 때마다 발이 구부러지면서 반동이 있었다.

"정말 맘에 들어요! 이렇게 더 좋을 줄은 상상도 못 했어요."

의족은 여전히 프랑켄슈타인의 작품처럼 보였지만, 그래도 최첨단 기술이 들어간 것 같았다. 파이프가 사라지면서, 5센티미터 너비의 평평한 검은색 카본 그래파이트 막대가 그 자리를 대신했다.

"예전에 그랬던 것처럼, 이 의족도 미세 조정을 위해서 다음에 또 와야 한다. 그리고 조정이 다 끝나면 의족에 덮개를 씌울 거란다. 전혀 티 나지 않게 서 있을 수 있을 거야."

행크 아저씨의 말에 나는 걷는 걸 멈추고 아저씨를 쳐다보았다. 내가 어떻게 이 아저씨를 그렇게 증오할 수 있었을까. 어떻게 그렇게 미워할 수 있었을까.

"고맙습니다. 도와주셔서 정말 고마워요."

"그래, 나도 잘 알아. 이 의족이 너한테는 어떤 영원의 시간처럼 보인다는 걸. 하지만 너는 아주 짧은 기간에 눈에 띄는 성장을 보여 주었단다."

이번에는 내가 칭찬을 받을 만하다고 느껴졌다. 나는 새로운 의족에 빨리 적응하기 위해서 열심히 걸음을 옮겼다. 나는 거의 평범한 사람처럼 보였다.

"내가 고객들을 위해서 할 수 없는 게 딱 하나 있는데, 아무리 의족이 좋아도 본인 의지가 없으면 의족은 잘 움직이지 않는다는 거야. 하지만 너한테는 내가 이런 걱정을 할 필요가 없지, 아무렴. 너는 네가 원하는 대로 될 수도 있고, 할 수도 있을 거야."

나는 행크 아저씨한테 다시 한번 고맙다고 인사했다. 그리고 기분 좋게 손을 흔들며 클로에 언니에게도 인사했다. 그런 다음 그곳에서 걸어 나왔다. 이 번에는 아주 가벼운 발걸음으로.

18. 서프라이즈

그날 저녁 피오나가 극장에 일하러 가기 위해서 나를 데리러 왔다. 나는 신이 나서 새로운 걸음걸이를 보여 주었다.

"우와! 정말 자연스럽다."

나는 활짝 웃고서 몸을 살짝 흔들며 춤을 추었다.

"진짜 끝내줘."

"그럼, 이제 갈까? 엄마한테 인사드리고 나가면 돼?"

"엄마는 케일리랑 나갔어. 아빠는 아직 일하시는 중이고."

"자, 그러면, 나가자."

트레몬트 극장의 매표소 앞에는 작은 매점이 있는데, 오늘 밤에는 그레타 할머니가 매점에 앉아 있었다. 나는 피오나에게 속삭였다.

"잠시 점쟁이 같아."

"그러네!"

피오나가 키득거리며 웃었다. 그런데 뭔가 좀 이상했다. 할머니는 한자리에 앉아 있었던 적이 없었다. 여기저기 다니면서 사람들을 관리했다.

"대체 무슨 일이래. 할머니가 저기 앉아 있었던 적은 없잖아."

그러자 피오나가 속삭였다.

"저 자리가 딱이네. 사람들이 자신의 운세를 궁금해 하면, 할머니가 알려 주고 돈을 받을 수도 있지. 영화 대신에 말이야. 그러기에 저만한 자리도 없네."

265

"애들아, 왔니?"

그레타 할머니가 매점 창문 뒤에서 말했다.

"네, 별일 없으시죠?"

"그럼, 시간이 더디게 가는 것만 빼면."

할머니는 쭈글쭈글 주름진 손을 입구 쪽으로 내저으며 말을 이었다.

"얼른 가 봐. 들어가면 청소할 게 나올 테니까."

피오나가 나를 위해 문을 열어서 잡고 있었다. 그리고 안으로 들어갔을 때, 너무 조용해서 흠칫 놀랐다. 아무도 없었다. 이상했다. 계산대 뒤에도 없었고, 음식을 주문하는 사람도 없었다. 정말 아무도 없었다. 텅 빈 영화 촬영장에 발을 디딘 느낌이었다. 아니면 밀랍 영화관이나. 아니면…….

"서프라이즈!"

순간 여기저기서 머리가 톡톡 튀어나왔다. 처음에 나는 깜짝 놀랐다. 하지만 거기 있는 사람들이 누구인지 한 명씩 눈에 들어오면서 우리 육상 팀이 왔다는 걸 눈치챘다. 그리고 카이로 코치도. 부모님과 내 동생도. 개빈도. 행크 아저씨와 클로에 언니도. 말라 앵커와 앤디 촬영기사도.

그레타 할머니가 내 옆으로 왔다.

"애야, 축하 파티가 시작됐나 보구나."

"하지만 그러면……."

그러자 할머니가 심드렁하게 말했다.

"여기는 오늘 네 거야."

카이로 코치가 내 쪽으로 다가왔다. 다른 사람들은 모두 그 뒤에 따라왔다. 코치는 거대한 직사각형 상자를 하나 들고 왔다. 금색 포장지로 싸인 그

상자엔 폭이 넓은 파란색 끈으로 묶은 리본이 달려 있었다.

엄마는 울고 있었다. 아빠도 그랬다.

육상 팀원들은 미친 사람처럼 폴짝폴짝 뛰며 돌아다녔다. 나한테 이 선물을 줘서 무척 흥분되는 모양이었다.

행크 아저씨가 나를 보며 빙긋 웃었다. 나는 눈물을 흘리며 말했다.

"정말 너무했어요!"

카이로 코치가 상자를 건네며 눈물을 보였다.

"잘 뛰어라, 제시카."

나는 상자를 들고 팝콘 계산대로 갔다. 사람들이 내 주위로 몰려드는 동안, 나는 내 육상 선수용 의족을 풀었다.

육상 선수용 의족이 어떤 모습일지는 이미 알고 있었다. 행크 아저씨와 여러 번 이야기를 나누면서 검토했기 때문이다. 우리는 바닥에 뾰족한 스파이크를 박는 대신 매끄러운 발이 달린 검은색 'J' 자형의 의족을 만들기로 했다. 스파이크는 나중에 내가 경주에 나갈 준비가 되었을 때 추가로 넣기로 했다. 그리고 피오나와 내가 고른 멋진 불꽃 모양 천을 소켓에 넣어서 장식하기로 했다.

그래서 나는 육상 선수용 의족이 어떤 모양일지 알고 있었다. 하지만 상자를 열었을 때, 내 눈에 들어온 것은 그것이 아니었다.

의족이 'J' 자형인 건 맞았지만, 소켓에 불꽃 모양은 없었다.

그건 파란색이었다. 그리고 뭔가 알 수 없는 황금색 무늬가 그려져 있었다.

나는 처음에 이건 내 의족이 아니라고 생각했다. 그런데 가만히 보니, 그 황금색 무늬는 글씨였다. 사인. 육상 팀원들이 하나씩 적어 준 말들.

달려, 제시카!

사랑해, 제시카!

바람처럼 달려라!

놀랍고 멋진, 우리의 친구.

우리는 믿어!

나랑 경주하자!

돌아온 걸 환영해, 제시카!

새인가? 비행기인가? 아니, 제시카 칼라일이잖아!

나는 더는 읽을 수가 없었다. 흐느끼느라 읽을 수가 없었다. 피오나가 내게 휴지를 건넸다. 나는 눈물을 닦고서 간신히 말했다.

"얘들아, 고마워. 내가 이런 대접을 받아도 되는 걸까? 정말, 정말 고마워. 그리고 사랑해."

나는 의족을 다시 상자에 넣은 다음 한 명씩 돌아가며 꼭 안았다. 한 명씩 전부. 그리고 그렇게 포옹을 하는 동안, 나는 내 기분을 더 좋게 만드는 무엇인가를 보았다.

우리 아빠와 카이로 코치가 서로 악수를 하면서 웃고 있었다.

몇 분 후, 행크 아저씨와 카이로 코치는 이튿날 트랙에서 나랑 만날 약속을 잡았다. 육상 선수용 의족을 미세 조정하고 어떤 문제가 있는지 알아내기 위해서 말이다. 그레타 할머니가 음악을 틀어 주었다. 우리는 파티를 시작했다. 팝콘을 먹고 탄산음료를 마시고 춤을 췄다.

나는 두 다리로, 기쁘게 춤을 췄다.

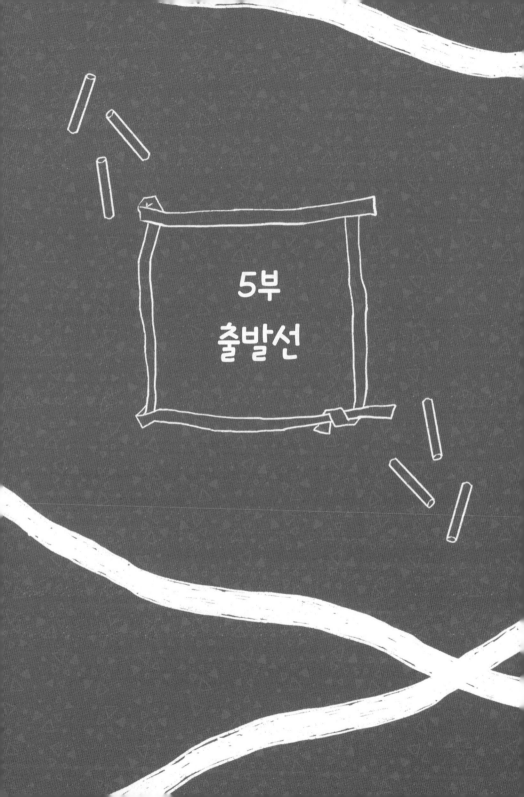

5부

출발선

1. 선수용 의족

육상 선수용 의족을 처음 달았던 날, 나는 밖으로 뛰어나가 애거리다리로 달려가지 못했다. 간신히 걷는 것만 했다.

기묘하고 낯선 교정 기구였다. 죽마 위에 올라탄 것 같아서 무서웠다. 게다가 그 의족은 내 왼발보다 더 길었다. 행크 아저씨는 그래야 한다고 말했지만, 나는 비스듬하게 서 있는 것 같았다. 균형이 전혀 안 맞는 것 같았다.

카이로 코치와 행크 아저씨가 리버티 고등학교의 트랙에 같이 나와 있었지만, 육상 선수용 의족을 끼고 달리자니 겁이 났다. 걸려 넘어지거나, 쓰러지거나, 일을 그르칠 것만 같았다.

게다가 여기에는 엄마, 케일리, 피오나, 그리고 육상 팀원들 몇 명이 나와 있었다. 사람들이 나를 기대에 찬 눈빛으로 쳐다보는 것 같았다.

모두 나한테 너무 걱정하지 말고 했지만 나는 걱정이 되었다. 사람들이 많은 돈을 들여서 내게 이 의족을 사 주었다. 나는 의족을 제대로 사용할 수 없어서 좌절했다.

행크 아저씨가 나를 위해 의족을 조정해 주었다. 하지만 그렇게 해도 그냥 느낌이 좋지 않았다. 양쪽 다리가 서로 많이 달랐다. 정말 어울리기 힘든 낯선 사람들처럼. 양쪽 다 육상 선수용 의족이거나 일반 다리이거나, 그래야 했다. 다리의 균형이 깨져서 리듬에 맞춰 걸을 수가 없었다.

나중에 세 번 정도 더 연습하고 나니 모든 게 좋아지기 시작했다. 이건 걷기용 의족이나 조깅용 의족이 아니었다. 이건 달리기용 의족이었다. 그리고 마침내 내가 처음으로 바닥을 힘껏 밀어내니 내 안에 있던 뭔가가 딸깍 움직였다.

갑자기 온몸이 자유롭게 움직였다. 내가 다시 어린아이가 되어 휘청거리며 자전거를 타고 있는 기분이었다. 신이 났다. 오싹 겁도 났다. 속도가 붙었다. 어딘가에 부딪칠 것만 같았다.

흥분되고 짜릿한 기분이었다. 한번 맛을 들이니 빠져나올 수가 없었다. 나는 매일 동네의 운동장 트랙으로 나갔다. 처음에는 차 안에서 의족을 바꿔 신었지만 그렇게 하니 좁아서 답답하기도 했고 거추장스러웠다. 나는 결국 용기를 내서 '플렉스 풋'이 있는 영구 의족을 신고 트랙으로 걸어 들어갔다. 그런 다음 하느님과 운동선수들, 그리고 중년의 조깅족들 앞에서 육상 선수용 의족으로 갈아 끼웠다.

나는 의족을 잘 바꿔 끼웠다. 10초면 충분했다. 그리고 이제는 의족이 무척 편안해졌다. 사람들의 호기심 어린 눈빛도 훨씬 편안해졌다.

"우와, 대단한데요."

트랙을 돌 때 사람들이 이렇게 말하면 나는 항상 맞장구를 쳐 주었다.

"네, 맞아요!"

하지만 곤란한 문제도 있었다. 그새 체력이 떨어진 것이다!

하지만 운동선수라면 알고 있었다. 고통 없이 얻어지는 건 없다는 걸. 그래서 나는 나 자신을 밀어붙였다. 어떨 때는 피오나와 뛰었고 어떨 때는 혼자서 뛰었다. 그리고 어떨 때는 카이로 코치와 훈련 시간을 잡기도 했다. 코치는 내가 마음속으로 자연스럽게 달리는 걸 상상하도록 했다. 2주일이 넘도록 매일 뛰고 있지만, 엄마가 거리에서 뛰는 건 한동안 안 된다고 했기 때문이다. 엄마는 아직도 내가 넘어지거나 미끄러질까 봐 걱정했다. 엄마 눈에는 트랙이 그냥 더 안전해 보였다.

그래서 나는 트랙에 익숙해지면서 자신감을 얻었다. 하지만 솔직히 말해서, 내가 다시 경주에 나갈 수 있을지는 잘 모르겠다.

하지만 그것은 별로 문제가 되지 않았다.

나는 달릴 수 있었다.

2. 꿈

나는 또다시 달리기 꿈을 꾸었다.

이른 아침. 셜록이 현관문 앞에서 온몸을 흔들며 빙글빙글 춤을 추었다.

우리는 밖으로 나왔다. 집 앞 인도에 들어섰을 때 오른쪽으로 방향을 틀어 강을 향해 뛰었다. 세상은 조용했다. 차도 없었고 사람도 없었다. 혼잡하지도 않았다. 리듬을 타며 뛰는 우리 발자국 소리만 들렸다.

셜록은 내 옆에서 신이 났다.

"아아우우우!"

우리는 강에 도착했다. 공기가 무척 깨끗했다. 시원하고 축축했다. 그 공기는 내 얼굴을 빛나게 하고 폐를 깨끗이 씻어 주고 몸의 열기를 식혀 주었다.

우리는 애거리다리로 갔다. 나는 그 긴 다리를 전력 질주로 건너기 시작했다. 다리와 폐가 타는 듯 아팠지만 나는 그 고통을 즐겼다.

나는 속도를 늦췄다. 그리고 길을 따라 미끄러지듯 뛰면서 익숙한 집들을 지나 우리 집에 도착했다. 햇빛은 더 밝아졌고 공기는 더 따뜻해졌다. 땀이 비 오듯 쏟아졌다. 시원하고, 짭짤하고, 내 몸을 깨끗하게 해 주는 땀.

이번에, 달리기 꿈은 현실이었다.

3. 로사

엄마는 이제 내가 거리에서 뛰어도 된다고 허락해 주었고 내 몸도 많이 좋아졌다. 셜록과 나는 매일 아침 애거리다리를 건너며 꼬박 5마일을 뛰었다. 아침에 눈 뜨기 힘들 때면, 나는 내가 다시 뛸 수 있기를 얼마나 기다렸는지 떠올렸다. 그러면 일어날 수 있었다. 나는 꿈같은 현실 세계로 들어갔다. 다만 현실에서 나를 데려가는 건 달리기밖에 없었다.

어떤 날 아침에는 현관 앞에 앉아 있는 로사를 보기도 했다. 그럴 때면 나는 달리기를 마친 후, 다시 그 애 집으로 돌아가면서 마무리 운동을 했다.

우리는 로사의 온라인 친구들과 로사가 듣는 온라인 여름 강좌에 관해서 이야기했다. 그리고 로사가 온라인으로 찾은, 언젠가 한 번은 꼭 가고 싶은 곳들도 이야기했다.

로사는 인터넷을 통해 여행을 다니고 사람들을 사귀고 어떤 소속감 같은 것을 느꼈다. 인터넷은 사람들이 로사를 로사 그 자체만으로 보는 곳이었다.

집으로 가는 길에 나는 생각했다. 로사가 꿈꾸는 것 중에, 내가 도와줄 수 있는 건 없을까? 나는 마음이 편치 않았다. 로사가 극장에서 있었던 깜짝 파티에 초대받지도 못했을 뿐만 아니라, 내 육상 선수용 의족 소켓에도 뭐라 한 마디 적지 못했기 때문이다. 만약 내가 그 파티에 대해 알았다면, 나는 분명 로사를 초대했을 것이다. 하지만 이 세상에서 가장 착하고 사려 깊은, 피오나 조차도 로사를 초대해야겠다는 생각을 하지 못했다.

로사는 사람들 눈에 띄지 않았다. 로사는 파티가 끝나고 나서야 그 사실을 알았다. 그것도 텔레비전 뉴스를 통해서.

로사는 입을 삐죽거리지도 않았고, 내가 죄책감을 느끼게 행동하지도 않았다. 그저 축하해 주고 기뻐해 주었다. 로사 덕분에 나는 러커 선생님 수업을 무사히 끝낼 수 있었다. 로사는 내가 희망을 느끼도록 도와주었다. 로사는 나를 응원해 주었고, 내가 예전과는 다른 눈으로 세상으로 보게 했다. 로사는 그 파티에 왔어야 했다.

그리고 지금 나는 다시 뛰고 있었다. 400미터를 또다시 55초 만에 통과할 수는 없을 것이다. 며칠 전 카이로 코치가 트랙에서 내 기록을 측정했다. 71.5초가 나왔다. 나는 그저 달릴 수 있어서 행복했다. 그리고 언젠가는 경주도 참가해 승부를 가릴 것이다. 1600미터 같은 중거리 경주에 참가할 수도 있었다. 카이로 코치는 내게 맞는 경주를 찾아 줄 거라고 했다.

하지만 로사는 여전히 그 자리에 있었다. 그리고 나는 로사에게서 점점 떨어져 나오고 있었다. 우리는 관심 분야도 다르고 학년도 달랐다. 이제 로사가 내 기억 속 과거와 함께 사라지는 건 어렵지 않을 것이다.

나는 로사를 남겨 두고 떠나고 싶지 않았다.

4. 개빈

잠들기 전, 문득 어떤 생각이 떠올랐다. 그 생각에 살을 붙이고 그것이 가능한지 궁금해하며 밤을 거의 새웠다.

나는 이튿날 아침 일찍 일어나 육상 선수용 의족을 끼고 아래층으로 살금살금 내려갔다. 그리고 차고로 가서 내 휠체어를 찾았다.

"셜록, 이리 와."

나는 차고의 옆문을 살짝 열어서 셜록이 나올 수 있도록 한 다음 조용히 속삭였다. 나는 휠체어를 밀고서 문제없이 블록 끝까지 갔다 왔다. 이번에는 정원용 흙이 담긴 커다란 자루 하나를 휠체어 의자에 올려놓고서 밀고 나갔다. 벌써 힘들었다. 좋았어, 할 수 있는지 없는지 어디 한번 해 보자.

나는 속으로 이렇게 생각한 다음 셜록에게 말했다.

"자, 가자."

내가 휠체어를 밀면서 평소 다니던 길을 따라 애거리다리로 향하는 동안, 셜록은 내 옆에서 보조를 맞추며 따라왔다.

8월 말이어서 새벽 6시밖에 안 되었는데도, 해는 벌써 떠 있었고 공기는 따뜻했다. 1마일이 표시된 도로 이정표에 도착하기도 전에 나는 땀을 뻘뻘 흘리며 숨을 헐떡였다. 팔은 뻐근하고 다리는 타는 듯 아팠다. 오르막길을 오를 때에는 그 경사가 아무리 완만하더라도, 평소보다 열 배는 더 힘들게 느껴졌다. 이런 식으로 가다간 5마일을 완주하지 못할 게 뻔했다.

조금만 더 가자. 그런 다음엔 돌아서 집에 가는 거야.

나는 스스로 이정표를 세우면서 조금씩 나아갔다. 저 블록 끝까지만 가자. 저기 정지 표시까지만. 저기 꺾어지는 길까지만. 휠체어 손잡이를 잡고 가는 팔이 후들후들 떨렸다.

손을 놓고 싶었다. 그만하고 싶었다. 하지만 계속 밀고 나갔다. 다음 사거리까지만 가자. 저기 오르막 위까지만.

나는 절단 부위가 뜨거워지는 걸 느꼈다. 경고 표시였다. 이런 징후가 나타나면 주의를 기울여야 한다고 전에 행크 아저씨가 알려 주었다. 절단 부위에 물집이 생기면 몇 주 동안 운동을 하지 못할 수도 있다고 했다.

"제시카!"

누군가 내 이름을 불렀다. 하지만 나는 아닐 것이다.

"제시카! 여기야!"

나는 천천히 속도를 줄이다가 걸음을 멈췄다. 그리고 소리가 난 방향으로 몸을 돌렸다. 길 건너편에서 어떤 남자가 내게 손을 흔들고 있었다.

햇볕에 탄 피부. 마른 몸. 균형 잡힌 몸매. 그 남자는 운동복 반바지를 입고 있었고 티셔츠는 땀에 젖어 있었다. 그리고 그 남자가 이쪽으로 건너올 때 나는 속으로 '설마' 했다. 하지만 그 순간, 턱수염이 보였다.

"개빈?"

문득 나는 깨달았다. 정원용 흙이 한 짐 얹어진 휠체어를 밀면서 뛰고 있는 내가 얼마나 이상하게 보일지. 개빈이 웃으며 물었다.

"뭐 하는 거야?"

나는 개빈의 시선을 쫓아 휠체어를 쳐다보며 대답했다.

"음…… 설명하기 어려운데."

"아, 그래. …… 어떻게, 같이 뛸래? 나는 그래도 괜찮은데."

"사실은……, 이쯤에서 돌아가려고 했거든. 평소에는 애거리다리까지 갔다가 돌아오는데, 오늘 이걸 밀면서 5마일 완주는 힘들 것 같아. 지쳤어."

"그러면 나도 여기서 돌아가지 뭐."

"꼭 내 옆에서 뛰지 않아도 돼. 정원용 흙이나 밀고 다니는 미친 여자애랑 말이지. 난 괜찮으니까."

"내가 널 귀찮게 하니? 아니면 왜 그러는 거야?"

"무슨 소리야?"

"너는 항상 나한테서 빠져나가려고 애쓰는 것 같아."

"내가?"

"응, 우리가 좀 친해졌다 싶으면 너는 나를 피하고 따돌려."

"이런, 그렇게 느꼈다면 미안해. 절대 그런 뜻이 아니었어."

"그럼 뭔데?"

나는 천천히 뛰기 시작했다. 개빈도 바로 옆에서 같이 뛰었다.

"있잖아. 너는 정말 착하고 친절해. 하지만 내가 불쌍하다는 이유로, 나한테 관심을 쏟으면서 친절을 베푸는 건 바라지 않아."

"그렇게 생각한 거야?"

"어느 정도는, 그렇지."

"그런 실수는 한 번이면 족해, 알았지? 다시는 그러지 않을 거라고."

"대체 무슨 소리야?"

"메릴 말이야."

우리는 잠시 침묵 속에서 뛰었다. 내가 말했다.

"그러니까 네 말은……."

"우린 헤어졌어."

개빈이 고개를 저으며 말을 이었다.

"그건 실수였어. 메릴이 루시의 장례식에서 힘들어하니까, 안타깝고 불쌍한 마음이 들더라고. 그런 말도 안 되는 이유로 메릴과 사귀었던 거야."

"그랬구나. 정말 유감이야."

내가 조용히 말했다. 이것 말고는, 달리 무슨 말을 해야 할지 몰랐다.

"그리고 너를 보면 당연히 안타까운 마음이 들지. 하지만……."

개빈이 걸음을 멈췄다.

"네 육상 선수용 의족에 내가 뭐라고 썼는지 봤어? 내가 거기에다 '참, 안 됐다'라고 썼니? 아니야! 나는 '내게 영감을 주는 제시카'라고 썼어. 나는 네 옆에 있고 싶어. 나한테 영감을 주니까! 너는 정말 놀라워. 너는 내가 아는 사람 중에……."

나도 뛰는 걸 멈추고 개빈을 쳐다보았다.

개빈의 머리카락이 이마에 눌린 채 옆으로 삐죽 튀어나와 있었다. 티셔츠는 여전히 젖어 있었고, 온몸이 땀으로 촉촉했다. 매력적이었다.

개빈이 이어 말했다.

"……믿을 수 없을 만큼……."

나는 개빈이 육상 선수용 의족에 적어 준 글을 분명히 읽었다. 읽고, 또 읽고, 또 읽었다.

"……가장 놀라운 사람이야."

개빈도 나를 쳐다보고 있었다. 하지만 엉망일 게 뻔한 내 머리카락을 쳐다
보고 있는 것 같지는 않았다. 내 몸에 흐르는 땀을 보고 있는 것 같지도 않
았다. 그저 내 눈을 바라보고 있었다.

내가 조용히 물었다.

"그래서?"

개빈은 한동안 나를 쳐다보았다. 그런 다음 길고, 짭조름한 키스로 대답
했다.

5. 계획

셜록이 소리를 길게 뽑았다. 그리고 멍멍 짖으며 빙글빙글 돌았다.

나는 한 걸음 뒤로 물러나며 웃었다.

"셜록이 지금 뭐라고 하는 줄 알아? '당신은 다리가 하나밖에 없는 여자애한테 키스했다고요. 그것도 휠체어에 정원용 흙을 잔뜩 싣고서 뛰는 여자애한테!'라고 하는 거야."

그러자 개빈이 셜록을 보며 말했다.

"야, 네 주인도 나한테 키스했다고!"

개빈이 내 쪽으로 몸을 돌렸다. 그리고 미소 지었다. 진심에서 나온 미소.

"그러니까 이 뜻은…… 내가 너를 귀찮게 하는 건 아니라는 거지?"

나는 고개를 끄덕였다. 그리고 우리 집 쪽으로 천천히 걷기 시작했다. 개빈이 휠체어를 밀었다. 나는 그냥 내버려 두었다.

"내가 얼마나 노력했는데. 너를 좋아하지 않으려고 말이야. 게다가 나는 네가 피오나한테 끌리고 있다고 확신했거든."

"피오나? 그래서 나를 멀리하려고 했구나."

우리는 이렇게 바보 같은 생각들도 털어놓으며 서로를 이해했다. 그리고 우리 집 근처에 다다랐을 때 개빈이 물었다.

"그럼 이 휠체어는 체력을 키우려고 하는 거야? 만만치 않겠다."

"아니야, 어떤 생각이 떠올랐거든. 그런데 지금 보니까 불가능할 것 같아."

"무슨 생각?"

나는 잠시 망설이다가 개빈에게 말하기로 마음먹었다.

"로사, 알지?"

"응."

"우리 집 근처에 살아. 매리골드 거리에."

"으흠, 그래서……."

"이야기가 좀 길긴 하지만, 어쨌든 로사는 아침마다 그 애 집 현관 앞에 앉아서 그 앞으로 뛰어가는 나를 봐. 나는 다 뛰고 나면 다시 그 애 집으로 가서 이야기를 나누지. 로사는 달리기에 대해서 많은 걸 물어봐. 내가 왜 뛰는지, 뛸 때 기분은 어떤지 말이야. 그리고 결승선을 뭔가 특별하게 생각하고 있어."

"결승선을? 그게 무슨 뜻이야?"

"정확하게는 잘 모르겠지만, 로사는 결승선을 매우 철학적으로 생각해. 그리고 결승선 통과하는 그 순간을…… 자신은 결코 경험할 수 없는 놀라운 순간이라고 생각하는 것 같아."

개빈이 한쪽 눈썹을 올리며 휠체어를 바라보았다.

"그러니까 너는 로사를 결승선에 내보내고 싶은 거야?"

"잘 모르겠어. 처음에는 그냥 로사를 데리고 내가 아침마다 뛰는 구간을 뛰려고 했지. 그런데 그다음에 이런 생각이 떠오르는 거야. 어쩌면 11월에 열리는 '강변 달리기 대회'에 로사랑 참가할 수도 있겠다고. 작년 크로스컨트리 대회가 열렸을 때는 우리 육상 팀이 자원봉사를 나갔거든. 우리는 정해진 급수대에서 참가한 사람들한테 게토레이랑 물을 나눠 줬는데, 휠체어에 탄 선수들도 있었어. 또 선수들의 참가 이유도 다양했고."

나는 어깨를 으쓱하며 말을 이었다.

"로사한테 딱 맞는 대회라고 생각했지."

그러자 개빈이 조용히 말했다.

"10마일을 뛰어야 해."

"알아. 하지만 참가할 수 있는 건 그것밖에 없는걸."

나는 얼굴을 찡그리며 휠체어를 쳐다보았다.

"그런데 오늘 뛰어 보니까, 그렇게 할 수 없을 것 같아. 이 정원용 흙이 한 11킬로그램 되나? 로사 몸집이 왜소한 편이긴 해도 45킬로그램 정도는 나갈 거야. 게다가 오늘은 2마일도 못 뛰었어."

"하지만 오늘 처음 시도했던 거지?"

내가 고개를 끄덕이자 개빈이 덧붙였다.

"그리고 이 휠체어를 좀 봐. 내가 지금껏 봤던 휠체어들이랑 비교하면 이건 장난감 수준이라고. 만약에 바퀴가 더 큰 걸로 하면 가능하지 않을까? 경주 용으로 만든 휠체어 말이야."

어느새 우리는 우리 집 마당에 서 있었다. 개빈은 어떻게 하면 이 일을 가능하게 할 수 있을지 그 방법을 찾고 있었다. 나는 개빈의 진지한 얼굴에 반해 있었다.

"네가 언제부터 다시 뛰기 시작했지? 한 달 전?"

"그쯤."

"그렇지? 그리고 너는 지금 한창 체력을 회복하는 중이잖아?"

"그러니까 네 말은, 아직 포기하긴 이르다?"

"응, 좀 더 생각해 보자. 그 애도 알아?"

"로사? 아니. 아직 아무한테도 말 안 했어. 이게 가능한 일인지 확인부터 해 보고 싶었거든."

개빈이 미소를 지었다. 그리고 내 손을 잡았다.

"내일 한 번 더 해 볼래? 내가 여기로 올게. 아침 6시 어때?"

"진심이야?"

개빈이 나를 끌어당기며 대답했다.

"그럼."

나는 살며시 웃으며 개빈의 눈을 들여다보았다. 그리고 내 작은 아이디어 가 개빈 안에서 활짝 피어나는 걸 보았다. 내가 더 강해지는 게 느껴졌다.

어쩌면 내 계획은 미친 생각이 아닐 수도 있었다.

이 순간엔, 모든 게 가능해 보였다.

6. 아빠

개빈이 떠난 후, 나는 피오나한테 전화를 걸기 위해 집으로 뛰어 들어갔다. 하지만 약간의 문제가 생겼다. 아빠가 내다보고 있었던 것이다. 아빠는 내게 직접 이야기를 꺼내지 않았지만 거실에 있는 아빠의 위치와 치켜세운 눈썹을 보니, 보고 있었던 게 분명했다.

남자애, 휠체어, 정원용 흙, 설명해야 할 게 너무 많았다!

"아까 그 애는 개빈이에요. 신문에 제 글을 썼던 애죠. 저는 오랫동안 그 애를 좋아했고요."

아빠는 고개를 한 번 끄덕였다. 흔쾌하진 않지만 승인이었다.

나는 들뜬 마음으로 휠체어와 정원용 흙, 그리고 로사에 대해 설명했다. 지극히 일상적인 이야기를 꺼내는 것처럼. 아빠는 이번에 미간을 찡그린 모습이 뭔가 달갑지 않아 보였다.

그때 엄마가 거실에 들어오며 무슨 일인지 물었다. 아빠와 나는 눈빛을 교환했다. 그리고 내가 엄마에게 다시 한번 설명을 쭉 했다.

엄마는 로사와 강변 달리기 대회에 나가는 것에 큰 관심을 보이지 않았다. 엄마 머릿속엔 이미 개빈으로 꽉 차 있었기 때문이다.

"그래서 그 애가 네 남자 친구야?"

"잘 모르겠어요."

나는 살짝 웃으며 어깨를 으쓱했다.

"하지만 우리는 내일 휠체어에 정원용 흙을 싣고 달리면서 데이트하기로 했어요. 6시에."

"아침?"

"네."

"그것도 데이트로 들어가?"

"저한텐 그래요!"

엄마가 아빠의 의견을 묻는 듯 아빠를 쳐다보았다.

"아빠도 이렇게 말하고 싶지는 않아. 친구를 휠체어에 태워서 10마일을 갈 수 없다고 말이야. 하지만 아빠가 바퀴를 좋은 걸로 바꿔 주면 좀 나아질 수 있지. 그리고 휠체어 의자를 좀 더 편안한 걸로 해 주면 그 애도 좋아할 테고."

"진짜요? 그러면 좋죠!"

개빈을 생각하던 내 머리는 어느새 강변 달리기로 바뀌어 있었다.

"자전거 가게를 운영하는 에드한테 물어볼게. 에드의 조언을 들어 봐야지. 마침 오늘 아침에 그쪽으로 갈 일이 있거든."

나는 아빠한테 달려가서 아빠를 안아 주었다.

"정말 고마워요! 말로 다 표현할 수 없을 정도로요."

"이야, 개빈이랑 사귀더니 달라졌구나. 확실히 그 애 때문인 것 같은데."

아빠가 내 관자놀이에 입을 맞췄다.

엄마가 아빠를 배웅하러 나갔다. 그리고 엄마가 다시 돌아와 내게 꼬치꼬치 묻기 전에, 나는 핸드폰을 들고 내 방으로 피신했다. 이런 소식은 '적정 시간'이 될 때까지 기다릴 수 없었다. 피오나한테 얼른 이야기해야 했다!

7. 로사

여름 방학이 끝날 무렵, 나는 인생에서 가장 멋진 날들을 보내고 있었다. 개빈과 나, 그리고 셜록은 아침마다 같이 뛰었다. 게다가 피오나와 마리오, 그리고 개빈과 나는 시간이 날 때마다 공원이나 구시가에서 놀았다. 아니면 그냥 커피숍에서 만나 사소한 것에 웃고 떠들며 시간을 보냈다.

육상 팀은 크로스컨트리 연습을 시작했지만 나는 팀의 일원으로 이 경기에 나갈 수 없었다. 대회 구간이 대부분 울퉁불퉁한 지형이거나 흙이 날리는 언덕, 아니면 자갈길이었는데, 내 육상 선수용 의족은 이런 길에 적합하지 않았기 때문이다. 그래도 나는 트랙을 몇 바퀴씩 뛰면서 속도를 계속 높였다. 나는 직선 구간에서 전력 질주를 한 다음, 곡선 구간에서 가볍게 뛰었다. 아니면 200미터를 전력 질주한 다음, 200미터는 가볍게 뛰었다. 그러다가 팀원들이 훈련을 위해 거리로 나갈 때면 나도 따라 나갔다. 우리한테 크로스컨트리는 트랙을 달리기 위한 기초 훈련 같은 거였다.

나는 열심히 달렸다. 그리고 달리는 속도는 점점 좋아졌다. 적어도 하루에 8마일을 가는데, 그중 5마일은 휠체어를 밀면서 갔다. 아빠가 밀기 쉽게 만든 휠체어로 말이다. 커다란 바퀴, 패드를 넣은 의자, 넓어진 발판, 그리고 여기에다 안전을 위해서 튼튼한 안전띠와 수동식 브레이크를 달았다. 아빠는 손잡이 사이에 가로대를 용접해 주었다. 그래서 가다가 팔이 아프면 번갈아 가며 한 손으로만 밀고 갈 수도 있었다.

아빠는 거기에서 멈추지 않았다. 아빠는 정원용 흙 대신에 11킬로그램짜리 모래주머니를 여러 개 만들어 주었다. 내 손을 위해 자전거용 장갑도 갖다 주었는데, 나는 정말 이것 덕분에 살 것 같았다. 그리고 휠체어 양쪽에 물병을 담을 수 있도록 작은 주머니도 달아 주었다. 이 더위에 꼭 필요한 장비였다.

행크 아저씨도 내게 도움이 되는 정보를 알려 주었다. 그건 바로 절단 부위에 땀 억제제를 바르는 거였다. 나는 땀을 많이 흘렸다. 그래서 절단 부위가 뜨거워지면, 물집이 생기는 걸 막기 위해 달리던 중간에 라이너를 벗어서 말려야 했다. 이 땀 억제제는 정말로 많은 도움이 되었다.

나는 일부러 로사 집에 가지 않았다. 확신이 들 때까지는 로사가 내 계획을 몰랐으면 했기 때문이다. 그때 엄마가 중요한 지적을 해 주었다.

"로사 엄마가 반대하면 어떡할 거야?"

그래서 개학을 앞둔 토요일, 나는 드디어 때가 되었다고 결심했다. 나는 휠체어를 밀며 셜록과 함께 로사의 집으로 뛰어갔다. 로사는 내가 가는 걸 보고 있었다.

"제시카 언니!"

로사가 방충 문을 나오며 소리쳤다. 아침 10시밖에 안 되었는데도 밖은 벌써 섭씨 27도가 넘어가고 있었다. 안에 있어야 하는 날씨였다.

"무슨 일이야?"

"엄마, 집에 계시니?"

"어엄마아!"

로사가 어깨 너머로 소리친 다음, 내가 밀고 온 휠체어를 보며 물었다.

"저거 누가 만든 거야? 의자 위에 놓인 건 뭐고? 어디 가는 중이야?"

그때 로사 엄마도 현관 앞으로 나왔다.

"제시카, 안녕! 안으로 들어갈래? 밖은 무척 덥네."

"아니에요, 괜찮아요. 한 가지 여쭤보고 싶은 게 있어서요."

그러자 로사가 고개를 저으며 말했다.

"여기 있는 사람들 모두 질문만 하고 있어! 그런데 대답하는 사람은 아무도 없잖아?"

"내가 할게. 우선 네 첫 질문부터……, 이건 우리 아빠가 내 휠체어를 개조해 준 거야. 그래서 나는 이걸 밀면서 뛸 수 있지."

"저걸 밀면서 뛴다고?"

놀란 로사가 묻자 나는 고개를 끄덕였다.

"휠체어에 있는 건 11킬로그램짜리 모래주머니고. 또……."

나는 그 옆에 놓인 하얀색 비닐봉지를 들어 올리며 말을 이었다.

"이 안엔 2킬로그램짜리 밀가루가 두 봉지 들어 있어."

두 사람 모두 나를 쳐다보았다. 내가 무슨 일사병에 걸린 것처럼.

"달릴 때 기분이 어떤지 나한테 물어봤던 거 기억나? 네가 결승선에 대해서 말했던 것도? 그런 일을 한 번쯤 경험해 보고 싶다고 했던 것도?"

로사의 눈이 휘둥그레졌다.

"나는 거의 매일 이 휠체어를 밀면서 뛰었어. 무게를 조금씩 늘리면서 말이지. 체력을 키우려고 노력……."

"진짜야?"

로사의 눈은 더 커져 있었다.

"나를 여기에 태워서 달리려고?"

"대체 무슨 소리야?"

로사 엄마가 물었다. 확실히 걱정하는 목소리였다.

"저는 로사랑 강변 달리기 대회에 참가하면 어떨까 생각하고 있어요. 10마일인데 좀 길긴 하죠. 하지만 이 지역에서 열리는 유일한 달리기 대회거든요. 11월에 열리고요. 그래서 저는 약 두 달 전부터 지구력을 기르고 있었어요. 하지만 제가 훈련을 더 진행하기 전에 로사 부모님께 허락을 먼저 받아야 한다고 생각했어요. 그리고 로사도 그러기를 원하는지 확인도 하고."

"좋아! 나는 정말로, 정말로 하고 싶어! 진짜야!"

로사가 휠체어에서 소리를 질렀다.

로사 엄마는 회의적으로 보는 것 같았다.

"저희 아빠가 바퀴를 큰 걸로 바꿔 주셨어요. 의자에 패드도 넣었고요. 안전을 위해서 튼튼한 안전띠와 수동식 브레이크도 달아 주셨죠."

내가 중고차 세일즈맨 같았다. 로사 엄마도 나를 그렇게 보는 것 같았다.

"로사를 안전하게 지키겠다고 약속할게요."

"엄마, 제발."

로사가 말했다. 로사 엄마가 한숨을 내쉬더니 나를 보며 말했다.

"네가 미는 거지? 그렇지? 다른 사람이 아니라?"

로사 엄마가 로사를 쳐다보았다. 그리고 나도. 그리고 휠체어도.

마침내 로사 엄마가 한숨을 한 번 더 내쉬더니 입을 열었다.

"너희들이 정 그렇게 원한다면……."

"우와, 됐어!"

로사가 소리쳤다. 그런 다음 동그랗게 뜬 눈으로 나를 쳐다보며 물었다.

"지금 해 봐도 될까?"

나는 잠시 생각했다. 그리고 어깨를 살짝 으쓱하며 대답했다.

"이 휠체어에 앉아서 나가 보는 것도 좋겠다. 느낌이 어떤지 보게."

그래서 로사가 전동 휠체어로 현관 앞 경사로를 내려가는 동안, 나는 밀가루 봉지와 모래주머니를 경주용 휠체어에서 꺼냈다. 로사는 전동 휠체어를 고정한 다음 경주용 휠체어로 옮겨 탔다. 로사 다리가 휘청거렸다. 다리가 약해서 힘 있게 버티지는 못했지만, 그래도 부드럽게 옮겨 탔다.

로사 엄마가 호들갑을 피우며 안전띠를 매 주었다. 그리고 로사에게 말했다.

"헬멧을 하나 사야겠다."

"싫어요! 헬멧은 싫어요!"

로사가 매우 강경한 어조로 말해서 로사 엄마와 나는 깜짝 놀랐다.

"헬멧을 쓴 이상한 아이가 되고 싶지 않아요. 그리고 저는 바람을 느끼고 싶다고요."

로사의 말에 나는 다시 생각해 보았다. 내가 로사한테 몇 번이나 말했을까? 바람을 맞는 기분이 어떤지, 바람을 가르는 기분이 어떤지, 그리고 손가락을 시원하게 해 주고 머리카락 사이사이를 통과하는 그 바람을 느끼는 기분이 어떤지 말이다. 셀 수도 없을 정도였다.

내가 로사 엄마한테 말했다.

"저를 믿어 보세요. 그렇게 빨리 달리지 않을게요."

로사 엄마가 이것저것 고민해 보더니, 또 한 번 한숨을 내쉬고는 말했다.

"그렇다면, 알았다."

"엄마, 고마워요! 정말 고마워요!"

그래서 나는 로사를 태우고서 집 근처를 돌았다. 아주 짧은 거리를.

우리가 되돌아올 때까지 로사 엄마는 인도에서 기다리고 있었다. 로사는 열광하면서 이게 얼마나 재미있었는지 큰 소리로 떠들었다.

나는 땀을 한 바가지 쏟으며 기진맥진해 있었다. 의족을 휙 벗어 버리고 인어 분수에 뛰어들고 싶었다. 겨우 집 앞을 오갔을 뿐인데.

집 앞도 이렇게 힘든데 10마일을 어떻게 뛰지?

8. 코치

이제는 정말 되돌릴 수 없었다.

개빈, 피오나, 마리오, 엄마, 아빠, 케일리……, 이들은 내게 와서 말해 주었다. 내가 힘들어서 못 하겠다고 해도 모두 이해할 수 있을 거라고. 하지만 지금 와서 그만둘 수는 없었다.

새 학기가 시작되었다. 나는 코치를 만나서 좀 도와달라고 했다.

"휠체어를 밀면서 끝까지 갈 수 있을 만큼 체력을 길렀으면 좋겠어요."

우리는 코치의 교실에 있었다. 코치는 생각에 잠긴 채 그 날렵하고 우아한 손으로 서류 뭉치들을 분류해서 클립으로 묶고 있었다. 나는 그 과정을 가만히 지켜보았다. 마침내 카이로 코치가 입을 열었다.

"45킬로그램 정도를 민다고……, 거기에 휠체어 무게도 더해야 하고……, 신체가 튼튼한 사람도 그건 힘들걸."

"저도 신체가 튼튼하다고요!"

"무슨 뜻인지 너도 알잖아. 그리고 더 중요한 건 네 몸무게야. 제시카, 네 몸무게가 몇이지? 55? 56?"

흐음, 의족 무게까지 합쳐야 하나? 아니면 빼고서?

"그러니까 너는 거의 네 몸무게만큼을 밀면서 10마일을 뛰어야 하는 거라고."

"그래도 저는 뛸 거예요. 제가 여기 온 건, 도움을 받기 위해서라고요."

카이로 코치가 나를 한동안 뚫어지게 쳐다보더니 고개를 끄덕이며 말했다.

"그래, 알았다."

코치가 달력을 보며 말을 이었다.

"앞으로 얼마나 남았지? 8주? 그리고 훈련은 어디까지 하고 있었나?"

"강변 달리기 대회는 11월 첫째 주 주말에 열려요. 그리고 오늘 아침에 18킬로그램을 밀면서 5마일 뛰었고요."

"휠체어까지 합쳐서?"

나는 고개를 끄덕였다.

"뛰어 보니까 어때?"

"정말 힘들었어요."

"그러면 내가 일정을 짜 볼게. 너는 이제 체력단련실에서 살아야 해. 근육을 키우는 식단도 따라야 하고."

코치가 나를 쳐다보았다. 심각한 얼굴 뒤로 눈빛이 반짝였다.

"400미터로는 성에 안 찼구나?"

나는 웃었다. 하지만 앞으로 닥칠 시련을 잘 알고 있었다.

상관없었다. 로사를 결승선에 데려갈 방법은 이것밖에 없으니까.

9. 로사 팀

나는 카이로 코치의 계획에 잘 따랐다. 달리기와 체력 단련을 교대로 했고, 열심히 뛴 다음에는 다리에 얼음찜질을 해 주었다. 코치가 알려 준 대로 물을 마셨다. 그리고 참치도 많이 먹었다. 절단 부위에 주의를 기울이고, 뜨거운 부위는 없나 살피고, 마찰열이나 물집이 생기지 않도록 조심했다.

휠체어에 모래주머니를 하나 더 올렸다. 체력단련실의 남자애들이 마침내 나를 인정하고 받아들였다. 그리고 마침내 내 다리를 쳐다보는 짓도 그만두었다. 나는 체력단련실에 들어가서 운동하고 땀을 몇 바가지씩 흘린 다음 거기서 나왔다. 나는 목표에 집중했다. 로사의 행복에 집중했다.

개빈은 할 수 있는 한 나랑 같이 뛰었고, 거의 매일 밤늦게까지 숙제도 같이했다. 케일리는 신입생이 되어 우리 학교에 들어왔다. 그리고 개빈 밴스가 내 남자 친구라는 사실에 흥분해 있었다.

"학교에서 개빈 오빠는, 완전, 인기 스타야."

어느 날 밤, 케일리가 내게 말했다. 나는 웃었다.

"맞아, 안 믿겨지지?"

그리고 어느 토요일 오후, 나는 휠체어 없이 꽤 먼 거리를 천천히 뛰고 있었다. 그때 어떤 낯선 사람이 내 이름을 불렀다.

"제시카!"

나는 강변 달리기 대회 구간에 익숙해지기 위해서 구시가 근처를 달리고 있었다. 나는 몸을 돌렸다. 어떤 여자 분이 아이 두 명과 함께 길 건너편에서 나를 보며 손을 흔들고 있었다.

"제시카, 맞죠!"

여자 분이 소리쳤다. 나는 웃으면서 손을 흔들었다.

"네, 맞아요!"

"잘됐네요! 축하해요!"

"고맙습니다!"

나도 소리쳤다. 그런 다음 계속 뛰었다.

뛰는 내내 기쁨에 들떠 기운이 솟았다. 이후로 내가 뛰러 나갈 때마다 이런 일은 거의 매번 벌어졌다. 차에서 나를 부르는 사람도 있었고, 다리 위에서 손을 흔드는 사람도 있었고, 길 건너편에서 "제시카, 파이팅!" 하며 소리치는 사람도 있었다. 아무래도 다리가 하나뿐인 여자애가 다시 달리기를 시작했다는 소문이 이 작은 마을에 퍼진 모양이었다.

나는 뛰면서 궁금했다. 이 사람들 중에 얼마나 많은 사람이 내 의족을 사는 데 도움을 주었을까? 나는 선한 의지와 그것을 구체화하는 행동 사이에 있는 넓고 깊은 강을 생각하면서, 이 사람들 중에 얼마나 많은 사람이 그것을 뛰어넘었는지 궁금했다.

그래서 사람들은 내가 뛰는 모습을 보며 저렇게 기뻐하는 걸까?

아니면 신문에서 본 여자애가, 혹은 텔레비전에 의족을 하고 나왔던 여자애가 다시 뛰는 모습을 보는 게 그냥 기뻐서?

그게 어느 쪽이든, 사람들의 열정은 전염성 있다는 걸 알았다. 덕분에 나는 계속 뛸 수 있었다. 덕분에 나는 점점 무게를 늘리며 휠체어를 밀 수 있었다.

개빈은 주말이면 셜록과 나를 따라 먼 거리를 달렸다. 그때마다 개빈이 나한테 휠체어를 교대로 밀면서 가자고 제안했지만, 나는 로사 엄마와 한 약속이 있었다.

피오나와 마리오도 우리와 함께했다.

어느 토요일, '제시카, 파이팅!'이란 환호를 열 번째로 듣자 마리오가 말했다.

"우와! 장난 아닌데!"

하지만 내가 이런 격려와 환호를 좋아하는 만큼, 나를 괴롭히는 뭔가가 있었다. 그리고 누군가 또 이런 환호를 해 주었을 때 나는 친구들에게 말했다.

"로사가 알려져야지, 내가 아니라."

"하지만 네가 알리고 있잖아."

피오나가 말했다. 나는 속도를 줄이다가 멈췄다. 34킬로그램을 밀고 있었는데 순간 힘에 부쳤다.

"괜찮아?"

개빈이 물었다. 나는 고개를 저었다.

"이 문제에 대해서 좀 더 고민이 필요할지도 몰라. 하지만 내가 뛰는 이유는 단지 로사를 위해서만이 아니라고. 그건 로사를 알리기 위해서야. 뭐랄까, 사교계 정식 데뷔 파티 같은 거 말이지. 거기서 우리는 이렇게 말하는 거야. 우리 친구 로사는 정말 멋진 친구일 뿐만 아니라 수학 천재이기도 하지요!"

우리는 길을 따라 걸었다. 나는 로사와 주고받은 쪽지들을 이야기했다.

"사람들이 로사를 그 자체로만 봐 줬으면 좋겠어. 그래서 로사에게 정말 특별한 날이 되었으면 좋겠다고."

그러자 개빈이 부드러운 목소리로 말했다.

"하지만 네가 우리 마을의 유명 인사라면, 뭐, 이미 너는 그렇게 보이지만, 그렇다면 로사에게 관심을 기울이도록 할 수 있는 사람은 바로 너라고. 사람들이 로사를 그 자체로만 볼 수 있도록 도울 수 있는 사람도 바로 너고. 만약 내가 로사를 밀면서 뛴다면 그렇게 큰 효과가 없을 거야. 네가 하는 것만큼 말이지."

모두 아무 말 없이 걸었다. 잠시 후 피오나가 말했다.

"작년 강변 달리기 대회에서 카이로 코치가 우리한테 게토레이를 나눠 주라고 했던 거 기억나? 거기 참가했던 선수들이 윗도리에 자기 이름을 적었던 것도? 그래서 모르는 선수라 하더라도, 우리 옆을 지나갈 때 그 선수의 이름을 외치면서 응원할 수 있었잖아. 어쩌면 우리가 '로사를 응원해 주세요'라든가 '로사 팀'이라고 적은 티셔츠를 만들 수 있을 것 같은데?"

나는 피오나를 바라보며 미소 지었다.

"로사 팀……, 정말 멋진 생각이다!"

"피켓이나 깃발도 만들 수 있을 것 같아. 커다랗게 말이지."

피오나는 짧은 시간에 많은 걸 쏟아냈다.

"오, 아주 좋은데. 그러면 바람 저항성도 증가할 테니까 말이지."

피오나는 바람 저항성이나 나 같은 건 싹 무시해 버렸다.

"나랑 마리오, 개빈은 응원용 나팔을 불거나 짝짝이를 칠 수 있어."

"이런, 나는 천천히 달릴 텐데, 너희들 나팔을 계속 불 수 있겠어?"

내가 말하자 피오나는 나를 빤히 쳐다보았다.

"너는 45킬로그램을 밀고 가잖아!"

"그러니깐 너희는 구호가 적힌 촌스러운 티셔츠를 입고서, 나팔도 불고 깃발도 흔들면서 10마일을 따라오겠다고?"

하지만 촌스럽다는 건 순전히 내 추측이었다.

"응, 그럴 거야."

피오나가 이렇게 말하며 손바닥을 아래로 향한 채 한 손을 내밀었다.

"나도."

마리오가 피오나의 손 위에 자기 손을 올려놓으며 말했다.

"당연하지."

개빈이 그 위에 손을 올렸다.

나도 그 위에 손을 올렸다.

"아아우우우우!"

셜록이 신나서 짖었다. 이로써 로사 팀이 공식적으로 결성되었다.

10. 말라 앵커

누군가 7번 채널에 제보를 해 말라 앵커가 내게 전화를 걸었다.

"왜 연락을 안 했니? 이렇게 놀라운 일을 벌이면서!"

나는 말라 앵커의 취재 요청을 받아들였지만, 대신 한 가지 요구를 했다.

"로사한테 초점을 맞춰 주세요."

말라 앵커는 로사의 집에서부터 취재를 시작했다. 하지만 첫 번째 인터뷰를 진행한 후, 뉴스 취재팀은 나를 계속해서 따라다녔다. 휠체어를 밀며 뛸 때도, 피오나와 차를 타고 학교에 갈 때도, 미식축구 팀과 같이 쓰는 체력단련실에서 운동할 때도, 그리고 카이로 코치와 트랙에서 달리기 연습을 할 때도, 초점이 로사한테 맞춰져 있지 않은 게 분명했다.

말라 앵커가 결국 내게 "달리기를 할 때 어떤 생각을 하지요?"라고 물었을 때, 나는 참지 못하고 한마디 했다.

"이건 제 촬영이 아니에요. 저는 지금껏 로사를 위해서 취재에 응한 거라고요. 그래요. 처음에 저는 로사가 그저 달리기를 경험하면 좋겠다고 생각했어요. 그러면서 결승선도 넘고, 로사를 응원하는 사람들의 함성을 들으면 좋겠다고요. 왜냐면 로사가 그걸 원했으니까요. 그런데 그거 아세요? 로사가 가장 원하는 건, 결승선을 넘는 것도 아니고 사람들이 로사를 위해 응원하는 것도 아니에요. 그건 사람들이 로사의 겉모습을 보는 대신에 로사 그 자체를 봐 주는 거라고요. 그건 장애를 가진 사람이라면 누구나 원하는 거예요. 눈에 보이는 모습이나 선입견 같은 걸로 사람을 섣불리 판단하지 말아 주세요. 그들을 진정으로 알게 되기 전까지는."

그러자 말라 앵커가 얼른 짐을 싸서 떠났다. 나는 앵커한테 못되게 말해서 마음이 좀 불편했지만 솔직히 앵커가 떠나서 기쁜 것도 있었다.

그리고 금요일 저녁 이번 촬영분이 방송으로 나왔을 때, 나는 말라 앵커가 이미 자신의 시각으로 촬영하고 있었다는 걸 알게 되었다.

"제시카 칼라일이 두 다리로 돌아왔습니다. 그리고 이번에는 어떤 큰 뜻을 위해 뛰고 있습니다."

엄마 아빠가 나를 쳐다봐 나는 눈을 동그랗게 뜨며 어깨를 으쓱해 보였다.

"제시카는 기금을 모으고 있지 않습니다."

말라 앵커가 분명한 어조로 말했다.

"제시카는 사람들의 의식을 모으고 있습니다."

"뭐라고요? 제가요?"

나는 텔레비전에 나온 말라 앵커에게 물었다.

말라 앵커가 이야기를 시작했다. 뉴스 취재 팀이 전에 로사와 내게 개인 과외 장면을 연출해 달라고 요청했었는데, 지금 텔레비전에서는 그때 그 장면에 말라 앵커의 내레이션이 흘러나오고 있었다.

"로사 브라지는 뇌성마비로 태어났습니다. 미성숙한 뇌의 운동 통제 센터가 손상되면서 운동 기능이 마비된 상태이지요. 뇌졸중과 비슷하지만, 이것이 출생 전이나 출생 직후, 혹은 생후 만 5세 이하의 어린이에게서 일어났을 때 이를 뇌성마비라고 규정하고 있습니다. 뇌성마비 증상은 사람마다 나타나는 정도가 굉장히 다양합니다. 로사의 경우 운동 기능은 많이 떨어지지만, 두뇌는 그만큼 명석합니다."

카메라가 지금은 나를 잡고 있었다. 나는 웃으면서 말했다.

"로사는 수학 천재예요! 로사가 도와주지 않았다면 저는 수학 시험에 통과하지 못했을 거예요!"

말라 앵커의 목소리가 흘러나왔다.

"선행은 반드시 되돌아오는 법이죠. 제시카 칼라일은 로사가 절대로 혼자서는 할 수 없는 일을 도와주고 싶어 합니다. 바로 달리기 말입니다."

그런 다음 로사가 말했다.

"제시카 언니가 저를 밀면서 뛸 때 하늘을 나는 기분이었어요."

경주용 휠체어에 앉아 있는 로사와 그 휠체어를 밀면서 집 근처를 오가는 내 모습이 나왔다. 말라 앵커의 목소리가 흘러나왔다.

"두 사람의 목표는 11월에 열리는 강변 달리기 대회의 결승선 통과입니다."

우리 뒤에서 쫓아오는 카메라 화면이 흔들렸다. 그 카메라는 내 오른발에 초점을 맞추고 있다.

"하지만 신체적 장애가 있는 소녀가 45킬로그램을 밀면서 10마일을 뛰겠다는 건 충동적으로 내릴 수 있는 결심이 아닙니다."

텔레비전 화면에 내 영상이 계속 나왔다.

모래주머니를 얹고 구시가를 달리는 모습, 거리 청소부가 내 이름을 부를 때 손을 흔들어 주는 모습, 학교 체력단련실에서 운동하는 모습, 그리고 트랙에서 달리며 속도를 올리는 모습. 말라 앵커는 각각의 영상이 어떤 상황인지 설명을 해 주었다. 그런 다음 이렇게 물었다.

"그렇다면 제시카와 로사는 왜 뛰려는 걸까요? 한마디로 말해서 제시카와 로사를 그들의 겉모습이 아니라 그들 자체로만 봐 달라는 겁니다."

화면에는 내가 말하는 장면이 나왔다.

"그건 장애가 있는 사람이라면 누구나 원하는 거예요. 눈에 보이는 모습이나 선입견 같은 걸로 사람을 섣불리 판단하지 말아 주세요. 그들을 진정으로 알게 되기 전까지는."

화면이 다시 스튜디오로 넘어갔다. 뉴스룸 뒤로 말라와 캐빈 앵커가 있었다. 말라 앵커가 카메라를 보면서 뉴스를 마무리했다.

"강변 달리기 대회가 불과 2주밖에 안 남았습니다. 저희는 그날 생방송으로 중계를 할 예정입니다. 여러분도 저희와 함께 로사를 응원해 주세요."

"그리고 제시카도요!"

캐빈 앵커가 덧붙이자, 말라 앵커가 웃으며 대답했다.

"그 둘은 한 팀이나 마찬가지죠."

뉴스가 끝난 후 엄마가 나를 쳐다보았다. 아빠도 나를 쳐다보았다.

지금껏 문자만 줄기차게 보내던 케일리가 한마디 했다.

"난 언니가 미친 줄 알았지. 그런데 이제 보니까 아니네."

나는 케일리를 빤히 쳐다보았다.

왜냐면 재미있는 게, 나도 바로 그렇게 느꼈기 때문이다.

11. 루시

나는 그 공동묘지가 어디 있는지 알고 있었다.

강변 달리기 대회 구간을 따라가다 보면 땅 위로 솟아오른 묘석들을 볼 수 있었다. 내 건강 상태나 시간 같은 것들에 집중하고 있을 때면, 그곳을 지나쳤다는 걸 알아차리지 못했다. 하지만 오늘은 그런 것들에 신경 쓰지 않고 있었다.

루시를 생각하고 있었다.

나는 큰길을 빠져나와 공동묘지 입구로 들어섰다. 일요일 아침, 공기가 시원하니 상쾌했다. 묘지 둘레에 심어진 나무들 밑으로 낙엽이 카펫처럼 깔려 있었다. 빨간색, 갈색, 노란색……, 바닥이 따뜻하고 아늑해 보였다.

나는 나무 밑에 휠체어를 세워 둔 다음, 셜록을 내 옆에서 따라오게 하며 묘지 사이를 돌아다녔다. 시간이 조금 걸리기는 했지만 결국 루시를 찾았다.

루시 샌더스
우리의 사랑

"루시, 안녕. 나야, 제시카."

내가 말했다. 하지만 무덤에 대고 말을 한 건 이번이 처음이었다.

무슨 말을 해야 할지 몰랐다.

"정말 유감이야."

나는 목이 메어 간신히 말했다. 더는 말하면 울 것만 같았다. 루시가 떠나서 마음이 아팠다. 감정이 점점 격해졌다. 그리고 죄책감도 들었다.

내 몸이 회복되어서. 내가 행복해서. 전에 루시를 떠올리며 운이 좋은 아이라고 생각해서. 나는 한마디도 할 수 없었다. 그래서 그냥 울었다.

"제시카?"

나는 흠칫 놀랐다. 부드럽고 여성스러운 목소리였다. 소리가 꼭 내 귀에서 나오는 것 같았다. 하지만 그건 루시 엄마의 목소리였다.

처음에는 텔레비전에 나온 나를 알아보고서 아는 척하는 사람이라고 생각했다. 그래서 한마디 하고 싶었다. 저를 좀 내버려 두세요! 여기서 울고 있는 거 안 보이세요? 하지만 그 뒤에 낯이 익은 분이라는 걸 깨달았다.

루시 엄마는 더 약해지고 흰머리도 늘었지만, 나는 작년 육상 대회에 응원 나왔던 루시 엄마를 알아보았다. 루시 엄마는 꽃다발을 들고 있었다.

"루시 어머니세요?"

그러자 루시 엄마가 나를 보며 따뜻한 미소를 지었다.

"루시를 기억해 주니 참 고맙구나."

"아니에요, 제가 루시를 어떻게 잊을 수 있겠어요."

눈물이 또 왈칵 쏟아졌다. 루시 엄마가 나를 꼭 안으며 말했다.

"아유, 마음씨가 곱기도 하지."

잠시 후 내가 조금 진정되자, 루시 엄마가 또다시 미소 지으며 말했다.

"너희 아빠 도움을 많이 받고 있단다."

"저희 아빠요?"

"너희 아빠가 아니었으면 우리는 보험 회사들이랑 끝까지 싸울 힘을 얻지 못했을 거야."

305

루시 엄마가 내 손을 쓰다듬으며 말을 이었다.

"나도 알아. 너희 상황이 우리보다 더 복잡하다는 걸. 하지만 우리는 합의가 거의 된 것 같아. 우리는 루시 이름으로 장학 기금을 설립할 계획이란다."

"그러면 정말 좋겠네요."

"몸이 회복되어서 다행이다. 네 소식은 뉴스를 통해 많이 접하고 있어!"

"고맙습니다."

그리고 루시 엄마가 가져온 꽃다발을 딸에게 주고서 편안히 이야기 나눌 수 있도록, 나는 가벼운 인사말을 건넨 후 자리를 떴다.

12. 메릴

 학교생활은 쉬워 보였다. 물론 수학이 없으면 더 도움이 되었겠지만, 그래도 예전과 비교했을 때 모든 게 다 쉽게 느껴졌다. 뭔가를 만회하기 위해 애쓸 필요가 없었다. 그저 유지만 해도 되었다.

 게다가 나는 요즘 새로 만든 영구 의족을 달고 걸어 다녔는데, 친구들은 정말로 나한테 뭔가 다른 점이 있다는 걸 잊고 있는 듯했다. 나는 여전히 이것을 의식하고 있지만, 친구들은 나를 그냥 보통 사람처럼 대해 줬다.

 메릴만 예외였다. 나는 메릴과 수업 두 개를 같이 들었다. 그때마다 메릴은 멀리서 나를 잔뜩 째려보았다. 나는 그런 메릴을 무시하려 했지만, 누군가가 나를 그렇게 오랫동안 노려본다는 건 좀 소름 끼치는 일이었다.

 메릴은 개빈과 헤어지고 나서 세 번째 남자 친구를 사귀고 있었다. 그래서 그 애가 나한테 왜 그러는지 도저히 이해할 수 없었다. 하지만 오늘은 메릴이 나한테 다가왔다.

 "개빈이 왜 너랑 사귀는 줄 알아? 네가 불쌍해서야."

 수업이 끝나고 내가 교실에서 나와 경사로를 내려갈 때, 메릴이 내 옆에 바짝 붙어서 속삭였다.

 "너는, 뭐랄까, 개빈이 하는 지역 봉사 활동의 일환이지."

 나는 어리벙벙했다. 그리고 솔직히 말해서, 메릴의 이 말에 상처를 받았다. 반박할 수 있는 논리가 없었다. 그래서 부리나케 꽁무니를 빼는 메릴을 가만히 바라보기만 했다. 나중에 피오나한테 이 일을 이야기해 주니 피오나가 나를 한 팔로 안으며 말했다.

"잠깐이라도 그딴 말에 현혹되지 마! 그 애는 그저 천박한 애라서 미친 듯이 질투하고 있을 뿐이야. 잔인한 애라는 건 말할 것도 없고!"

나는 결국 이것을 어떻게 주체하지 못하고 개빈한테 가서 말했다. 개빈은 나를 상냥하게 위로해 주었다. 그러면서 메릴의 말은 전혀 사실이 아니라고 내게 확실히 말했다.

그래도 내 아름다운 정원에 잡초가 얼마나 빨리 뿌리 내릴 수 있는지를 보고서 나는 불안해졌다.

그것들은 뽑아내기가 힘들었다.

그리고 너무 쉽게 다시 자라났다.

13. 카이로 코치

강변 달리기 대회 3일 전, 목요일이었다.

카이로 코치의 일정표에 따르면 나는 '테이퍼링'을 해야 했다. 이는 중요한 시합을 앞두고 훈련량을 점차 줄여 나가는 과정을 의미했다. 하지만 나는 두려웠다. 아직 준비가 덜된 느낌이었다.

수업이 끝난 후 카이로 코치가 크로스컨트리 선수들을 뒷산으로 보냈다. 나는 트랙에 혼자 남아서 몸을 풀기 위해 트랙을 몇 바퀴 돈 다음 스트레칭을 하고 있었다. 코치가 내게 와서 물었다.

"어때? 준비는 잘하고 있나?"

"아니요, 사람들을 실망시킬까 봐 걱정돼요. 혼자서는 10마일도 뛸 수 있어요, 하지만 45킬로그램을 밀면서 가장 멀리 간 건 5마일이에요. 그 5마일도 너무 힘들었어요."

"괜찮을 거야. 나는 그게 쉬울 거라고 말하는 게 아니라, '시합 날의 마법'이 너를 도와줄 거라고 말하는 거야."

카이로 코치가 장담했다.

"시합 날의 마법이요?"

"응, 너도 곧 알게 될 거야. 그리고 우리 팀원들이 급수대마다 나가 있을 거란다. 거기서 너를 응원하면서 필요한 건 뭐든 갖다 줄 거야."

양쪽 팔이 부들부들 떨렸다. 나는 불안하면 이랬다. 400미터 경주를 할 때도 스타팅 블록으로 들어서기 전에 이랬다. 팔이 그때보다 좀 더 떨렸다. 3일 후면 나는 1만 6000미터를 마주하게 될 것이다.

카이로 코치가 내 마음을 읽은 듯 이렇게 말했다.

"불안해할 필요 없어. 어때, 한 바퀴 뛰고 올래?"

그래서 나는 직선 구간으로 갔다. 트랙에는 나밖에 없었다. 100미터쯤 뛰었을 때 내 리듬을 찾았다. 힘을 줘서 내딛지도 않았다. 그저 미끄러지듯 움직였다. 육상 선수용 의족에서 나오는 소리와 내 왼발에서 나오는 자연스러운 발자국 소리가 짝을 이루었다. 시간이 좀 걸리기는 했지만, 이제 나는 이 소리에 익숙해졌다. 윙, 쉭, 윙, 쉭. 이 리듬을 들으니 기분이 좋아졌다. 그리고 트랙을 도는 게 쉽게 느껴졌다. 하늘을 나는 기분이었다.

나는 우리의 비공식적인 출발선, 바로 카이로 코치한테 갔다. 그리고 다시 현실 세계로 들어갔다.

"팔 모양이 좀 어색하던데."

"우와, 코치는 코치시네요. 신경 안 쓰고 그냥 천천히 달렸을 뿐이에요."

코치가 나를 가만히 들여다보았다. 뭔가 할 말이 있는 눈치인데, 아무 말 없이 망설이고 있었다. 마침내 입을 열었다.

"달릴 때 자세를 잊지 마. 나쁜 습관은 찾기 쉽지만 고치기가 어렵지."

내가 피식 웃었다.

"어, 웃어? 그럼, 좋아. 이번에는 제대로 한번 뛰어 봐."

"진심이세요?"

"그럼."

코치가 발꿈치로 흙바닥에 선을 그었다.

"내 앞에서 좋은 자세로 뛰어 봐."

코치가 왜 이러시나 싶었지만 어쨌든 내 코치였다. 그리고 조금 전 트랙을 마지막으로 돌았을 때 기분이 무척 좋았기 때문에, 몇 분 만에 몸을 완전히 회복시킨 후 출발선 앞으로 갔다.

"선수들, 제자리에."

나는 코치를 얄궂게 놀리며 큰 소리로 말했다.

"준비……, 출발."

윙, 쉭, 윙, 쉭……. 나는 다리를 쭉쭉 뻗으며 팔을 힘차게 내저었다. 좋은 자세, 부드러운 자세, 미끄러지듯, 미끄러지듯, 나는 속으로 이렇게 말했다.

숨 쉬기가 편했다. 리듬도 좋았다. 나는 앞으로 나아갔다. 힘차게. 집중해서.

주변 시야는 모두 꺼졌다. 오로지 앞만 보이는 터널시야가 작동했다.

손바닥을 쫙 편 상태로 팔을 힘차게 내저었다. 손바닥이 공기를 갈랐다. 나를 위해 길을 열어 주었다. 나는 그 사이를 뚫고 지나갔다. 자세를 유지하면서 두 번째 커브를 돌았다. 리거 모티스 벤드에 다다랐다. 그냥 밀고 나갔다. 다리가 타는 듯 아팠지만, 아직 힘은 남아 있었다.

나는 결승선을 향해 전속력으로 달렸다. 팔을 계속 힘차게 내저으면서, 내 라인을 벗어나지 않으면서. 그런 다음 그냥 순전히 전시용으로 몸을 살짝 앞으로 내밀면서 결승선을 통과했다.

"어때요? 고쳐야 할 나쁜 습관이 있나요?"

카이로 코치가 고개를 천천히 저었다. 하지만 나를 쳐다보는 눈빛이 어딘가 이상했다. 얼굴도 창백한 것 같았다.

"괜찮으세요?"

그러자 코치가 살며시 말했다.

"숨도 가쁘게 몰아쉬지 않는구나."

나는 그제야 알아차렸다. 코치의 말이 사실이라는 걸. 나는 이미 많이 회복되어 있었다. 내가 웃으며 말했다.

"우와, 경주를 뛴 것 같지도 않은걸요."

"그렇지. 스타팅 블록도 없고, 경쟁자도 없으니까……."

코치가 바람막이 재킷 주머니에서 초시계를 꺼냈다. 코치는 아직도 루시 팔찌를 차고 있었다. 해어지고 색도 바랬지만 여전히 그 자리에 있었다.

"시간을 쟀어요?"

"아까 한 바퀴 돌 때 궁금해지더라고. 네가 정말로 강해진 것 같았거든."

"저는 강해져야 해요. 일요일에 45킬로그램을 밀면서 10마일을 뛰어야 한다고요!"

"이 모든 훈련이 너를 정말 강하게 만들었어."

카이로 코치는 초시계를 나한테 들이밀며 내가 그것을 보도록 했다.

"특별히 애쓰지 않았는데도 60.2초가 나왔거든."

"우와."

카이로 코치의 얼굴빛이 원래대로 돌아왔다. 그리고 짓궂은 미소가 얼핏 지나가더니 곧 웃음소리가 터져 나왔다.

마음에서 우러나오는 해맑은 웃음소리.

내가 한동안 듣지 못한 웃음소리.

이 웃음은 코치가 다음 육상 시즌에 대한 계획을 세웠다는 뜻이었다.

14. 경주

드디어 경주 날이 되었다. 날씨는 완벽했다. 맑고 상쾌했다.

아침 7시였지만, 여기 모인 사람들은 모두 잠에서 깨어 있었다.

나는 어서 빨리 나가고 싶었다. 하지만 우리는 여기서 15분을 더 기다려야 했다. 카이로 코치는 나를 이틀 동안 뛰지 못하게 했다. 몸이 달리기를 원했다.

개빈이 나를 안아 준 다음 웃으며 말했다.

"경마장 출발 문에 서 있는 어린 경주마 같아!"

나는 히힝 소리를 내며 울었다. 그러자 개빈이 또 웃었다.

"오늘은 최고로 멋진 날이야, 알고 있지? 너랑 내가 여기 있다니, 정말 믿기지 않는다."

개빈이 한쪽 팔을 쭉 뻗으며 말을 이었다.

"이 사람들을 좀 봐!"

나는 웃었다. 개빈이 확실히 대회 날의 열병을 앓는 것처럼 보였기 때문이다.

아니면, 이것이 카이로 코치가 말한 '시합 날의 마법'일지도 몰랐다. 여기 있는 것만으로도 흥분되는 거 말이다.

대기 구역에서 보니 우리 말고 다른 10대들은 보이지 않는 것 같았다. 대학생으로 보이는 사람들도 있었지만, 거의 어른이나 마찬가지였다.

"내 번호는 앞으로 읽으나 뒤로 읽으나 똑같아!"

로사가 경주 번호 393을 보며 말했다. 휠체어에 앉아 있는 로사는 편안해 보였다. 터틀넥을 입은 로사는, 손에 장갑을 끼고 무릎에 담요를 덮고 있었다.

나는 웃으면서 내 가슴팍에 붙인 경주 번호 369를 보여 주며 말했다.

"내건 등차수열이거든요?"

가슴에 붙이는 경주 번호표도, 신발에 붙이는 타이밍 칩도 처음 달아 보는 거였지만 이것도 맘에 들었다. 이렇게 하니 공식적으로 대회에 참여하는 것 같았다.

하지만 그중에서도 내 맘에 쏙 드는 건, 바로 우리 티셔츠였다. 카이로 코치가 피오나를 도와서 티셔츠를 만들었는데, 아주 멋지게 잘 나왔다. 흰색 바탕에 갈색 글씨로, 앞에는 "로사를 응원해 주세요"라고, 뒤에는 "로사 팀"이라고 적었다. 로사의 티셔츠만 조금 다르게 "안녕하세요! 제가 로사에요"라고 적었다. 이 대회에 참여한 우리 팀 자원봉사자들은 전부 "로사 팀" 티셔츠를 입고 있다고 카이로 코치가 알려 주었다.

"급수대에서 우리 팀 자원봉사자들이 너한테 에너지 젤을 줄 거야. 고집부리지 말고 현명하게 행동해. 수분을 충전하면서 에너지를 유지하라고."

피오나와 마리오, 개빈은 피켓을 들고 오지 않기로 결정했다. 하지만 휠체어에 붙일 깃발을 두 개 만들어 왔다. "로사를 응원해 주세요." "고맙습니다!"

그야말로 완벽한 준비였다! 게다가 남자애들과 로사는 짝짝이를, 피오나는 응원용 나팔을 갖고 있었다.

"금방 돌아올게."

마리오가 피오나한테 짝짝이를 건네고 간이 화장실의 길게 늘어선 줄 뒤로 갔다. 피오나가 고개를 저었다. 벌써 네 번째였기 때문이다.

"긴장했나?"

그러면서 문득 나도 화장실에 갔다 오는 게 좋겠다고 생각했다.

하지만 그때 한 여자 분이 우리한테 다가왔다. '로사 팀' 티셔츠를 입고 있었지만, 우리 팀 선수는 아니었다. 바로 수학 선생님이었다.

"러커 선생님?"

피오나와 내가 동시에 말했다. 러커 선생님은 체육복 반바지를 입고서 노란색과 검은색이 섞인 운동화를 단단히 신고 있었다. 그리고 경주 번호를 달고 있었다. 27.

"얘들아, 안녕. 그냥 너희들한테 행운을 빌어 주고 싶어서 왔어."

"선생님도 주자로 뛰시는 거예요?"

"개인적으로 뛰는 거냐고 묻는 거라면, 그렇지."

"우와."

피오나가 말했다. 러커 선생님의 시계가 눈에 들어왔다. 그건 달리기를 전문적으로 하는 사람들이 애용하는 시계였다. 그리고 선생님 반바지의 엉덩이 쪽 주머니를 보니, 바깥으로 에너지 젤의 윗부분이 뾰족 튀어나와 있었다. 선생님은 자기 속도를 어떻게 측정할까? 시계로 할까, 아니면 뇌로 할까? 선생님은 모든 것을 숫자로 생각할까? 뛰면서 걸음 수도 셀까?

지금껏 선생님의 행동이나 말, 장비들은 선생님이 한 치 오점도 없는 로봇이라는 걸 보여 주었다. 이런 장비들과 같은 수준이 되려면 티셔츠도 땀을 흡수하는 비싼 기능성 천이어야 했다. 하지만 그렇지 않았다.

315

선생님의 티셔츠는 면으로 만들어진 데다가 약간 헐렁하기까지 했다.

"저희 옷을 입고 계시네요. 고맙습니다."

내가 말했다. 러커 선생님이 미소 지었다. 처음에는 내게, 그다음에는 로사에게. 마음이 따뜻해지면서 조금은 부끄러웠다.

"이 옷을 입으면서 자랑스러웠단다."

선생님이 자리를 뜨며 말을 이었다.

"힘껏 달려라. 그리고 결승선에서 보자."

나는 선생님의 뒷모습을 바라보았다. 힘껏 달려라······.

그때 나는 결심했다. 이것을 이번 경주의 주문으로 삼기로.

이동식 대형 오디오에서 방송이 흘러나왔다.

"모든 주자들은 출발선 앞으로 나와 주시기 바랍니다! 5분 남았습니다!"

그러자 개빈이 손목시계를 확인하며 말했다.

"마리오를 데려올까?"

우리는 목을 길게 빼면서 화장실 줄을 살폈다. 대기 구역에 있던 사람들 대부분이 거리로 이동하고 있었다. 순간 마리오가 나타났다.

"미안! 자, 모두 준비됐어?"

그러자 피오나가 웃음을 터뜨리며 말했다.

"아, 그래."

"이제, 출발!"

개빈이 우리를 거리로 이끌면서 소리쳤다.

"우와, 정말 신난다!"

로사가 말했다. 나는 로사를 뒤에서 밀며 웃었다. 우리가 꼭 태엽을 잔뜩 감아서 바닥에 내려놓은 장난감들처럼 보였기 때문이다.

"로사, 파이팅!"

어떤 남자 선수가 우리 옆을 뛰어가며 외쳤다.

"고맙습니다!"

로사도 소리쳤다. 그런 다음 고개를 옆으로 돌리며 어깨 너머로 말했다.

"제시카 언니도, 파이팅!"

우리는 뒤쪽에 자리 잡았다. 근처에는 밀짚모자를 쓰고, 체육복 반바지 위에 긴 풀로 엮은 훌라 춤용 스커트를 입은 남자 한 무리가 있었다.

"1분 남았습니다!"

중계 아나운서가 알려 주었다. 심장이 터질 것처럼 마구 뛰었다. 약간 어지러웠다. 그다음 순간 스타팅 건이 '탕' 울렸다. 드디어 시간이 되었다.

15. 결승선

이런 출발은 처음이었다. 한 번도 경험하지 못한, 아주 낯선 출발이었다.

스타팅 블록에서 튀어 나가지도 않고, 팔을 내저으며 달리지도 않고, 밀거나 잡아당기는 일도 없었다. 우리 앞으로 수백 명의 주자가 있었다. 우리는 슬슬 걷다시피 앞으로 나아갔다.

나는 이미 훈련 삼아서 이 구간을 뛰어 봤기 때문에 기분 좋게 출발했다. 사람들이 우리를 응원했다. 로사는 손을 흔들거나 짝짝이를 치며 소리쳤다.

"안녕하세요!"

사이드라인 밖으로 엄마, 아빠, 케일리, 셜록이 보였다. 카이로 코치도 같이 있었다. 모두 우리를 응원하고 있었다.

"잘하고 있어."

2마일 표시 구간에서 개빈이 말했다. 개빈은 시간을 재고 있었다.

"9분 30초. 스플리츠*."

예상보다 빨리 달렸다. 하지만 나는 지금 기분이 좋은 상태이고 지금까지는 내리막길을 왔으니 앞으론 속도가 느려질 것이다.

"스플리츠라니. 이제 완전히 달리기 선수 다 됐구나."

그리고 나는 몸을 앞으로 살짝 숙이며 물었다.

"로사, 어때?"

---

* 장거리 경주에서 특정 간격마다 기록되는 시간을 뜻한다.

"아주 좋아요! 내가 이렇게 빨리 달리다니!"

로사가 활짝 웃으며 말했다. 그런 다음 어깨 너머로 말을 이었다.

"나는 정말 좋은데, 언니는?"

"나도 좋지!"

사실이었다. 나는 기분이 좋았다.

다음 구간은 반타원형 모양이었다. 훈련을 하면서 이 구간을 여러 번 뛰었기 때문에 나는 잘 알고 있었다. 우리는 이미 가장 쉬운 길을 지나왔다. 나는 체력을 유지해야 했다. 하지만 속도를 줄이고 싶지 않았다.

사람들이 많이 몰려 있었다. 열광적으로 응원했다.

로사를 위해서, 그리고 나를 위해서.

"저기 있다! 저기 그 애들이 있다고!"

"제시카, 파이팅! 로사, 파이팅!"

마리오와 개빈이 짝짝이를 쳤고 피오나는 응원용 나팔을 불었다.

"고맙습니다!"

로사가 퍼레이드에 참가한 것처럼 손을 흔들며 화답했다.

우리가 주거 단지를 지나는 동안 사람들이 많이 줄어들었다. 지금은 소수의 사람만이 조금씩 몰려 있었다. 그들은 현관 앞에서, 혹은 인도에 서서 달리는 사람들을 향해 소리쳤다.

"멋져요! 힘내세요!"

우리가 농지를 지날 때는 이 소수의 사람마저 사라졌다. 소들만 몇 마리 있었다. 하지만 소들은 응원은커녕 음매 하며 울지도 않았다.

처음에는 풍경이 그림처럼 아름다웠다. 구간은 평지였고 나무들은 사랑스러워 보였고 강물은 잔잔했다. 하지만 4마일에 배치된 급수대와 자원봉사자들이 보이자 마음이 놓이면서 한편으론 걱정도 되었다.

왜 이렇게 피곤하지? 거기에는 린지 그리그스와 샨달 노우드가 나와 있었다.

"저기 와요! 저기 온다고요!"

로사 팀 티셔츠를 입은 린지가 폴짝폴짝 뛰며 소리쳤다.

"언니, 좋아 보이는데!"

샨달이 내게 게토레이를 한 잔 내밀며 말했다.

"고마워."

나는 게토레이를 벌컥벌컥 마셨다. 그리고 에너지 젤을 하나 받아 두었다.

"이제 거의 절반 정도 왔어요. 정말 대단한 거예요!"

우리는 서둘러 나아갔다. 나는 뛰면서 에너지 젤을 짜서 빨아 먹었다.

초콜릿 맛이 났는데 먹고 나니 기운이 조금 났다. 내가 다 먹자 개빈이 비닐팩을 가져가며 물었다.

"괜찮아?"

나는 고개를 끄덕였다. 하지만 건성으로 했을 뿐이다. 내가 물었다.

"우리 속도는?"

"아까 4마일에서, 10분 30초."

"에이, 설마."

그러자 개빈이 고개를 저었다. 나는 소리쳤다.

"어쩐지! 계속 이렇게 달릴 수는 없어. 너무 힘들더라고!"

개빈이 얼른 속도를 줄이며 피오나와 마리오를 불렀다.

"애들아! 우리 좀 천천히 달려야 할 것 같아."

피오나가 내 옆에서 속도를 맞추며 물었다.

"어디 아픈 거야?"

"아니, 전에 이 무게를 밀면서 간 건 고작 5마일이었어. 그것도 1시간이나 걸려서. 그러니까 1마일을 평균 12분 동안 뛴 거지. 그런데 지금은 10분 30초야!"

그러자 피오나가 속도를 더 줄이며 뛰었다.

"이러면 괜찮아?"

나는 고개를 끄덕였다. 하지만 몸이 좀 이상했다. 어딘가 손상을 입은 듯했다. 속도를 줄여도 원래대로 돌아가지 않았다. 호흡이 다시 안정을 찾으며 편안해지지 않았고 엉덩이에는 처음 느껴 보는 통증이 있었다. 양쪽 팔은 아주 무겁게 느껴졌다.

"절반 지났어!"

피오나가 내게 기운을 북돋아 주기 위해 소리쳤다.

"그리고 이제 약간 내리막길이다."

내가 말했다. 중력의 도움으로 휠체어가 스르륵 내려가자 감사했다.

6마일 급수대는 사막의 오아시스처럼 인적이 끊긴 곳에 있었다. 그리고 그 오아시스보다 더 좋은 건, 그곳에 애니와 기젤다가 있다는 거였다.

"저기 온다!"

기젤다가 소리쳤다. 애니도 외쳤다.

"자, 어서 오세요, 괴짜 친구들!"

"괴짜라니! 그걸로 이 애들을 다 표현할 순 없어. 애들은 완전히 미쳤어!"

"제정신이 아니지!"

321

"달리고 구르는, 미치광이 집합소라고!"

"아이고, 아멘!"

우리는 모두 웃었다. 그리고 컵을 받아 들었다. 사실 나는 목이 마르지 않았다. 하지만 머릿속에서 카이로 코치의 목소리가 들렸다. 고집부리지 말고 현명하게 행동해. 수분을 충전하면서 에너지를 유지하라고. 그래서 나는 마셨다.

나는 속으로 말했다. 6마일 지났어. 앞으로 4마일만 더 가면 돼. 1 더하기 1 더하기 1 더하기 1. 정신이 몽롱한 느낌이었다. 1을 잘못 더한 느낌이었다. 내가 너무 피곤해서 1을 네 번 더한 게 맞는지 헷갈렸다. 1 더하기 1 더하기 1 더하기 1.

이런 가운데 나는 어떤 연결 고리를 만들고 있었다. 그건 모든 것에 적용이 가능한 방법이었다.

하나씩 하나씩 하나씩 하나씩.

내가 다리를 하나 잃으면서 알게 된 방법이었다.

1분씩 1분씩 1분씩 1분씩.

한 시간씩 한 시간씩 한 시간씩 한 시간씩.

하루씩 하루씩 하루씩 하루씩.

이건 누구든지 어떤 일을 할 때, 그 일을 이겨 낼 수 있는 방법이었다.

그래서 나는 참고 견뎠다. 그리고 이 방법으로 남은 구간을 밟아 나가기로 결심했다. 하나씩 하나씩 하나씩 하나씩.

그러자 고통은 참기 쉬워졌고 노력은 지속하기 쉬워졌다. 그런 다음 7마일쯤 오자 우리가 루시의 공동묘지를 지나가고 있다는 걸 알아차렸다.

어느 날 아침 그곳에서 루시의 엄마를 만났던 순간을 생각했다.

루시의 엄마가 평생에서 가장 힘든 날들을 어떻게 헤쳐 나갔을지 생각했다. 그리고 루시의 엄마가 그 시간, 그 날들, 그 달을, 어떻게 견뎌 냈을지도 생각했다. 하나씩 하나씩 하나씩 하나씩.

순간 나는 지금껏 내가 세고 있던 것들이, '마일'이라는 거리 단위였다는 것에 감사하고 있었다. '마일'은 내가 뛸 수 있는 거리였다. '마일'은 내가 애타게 그리워했던 거였다. '마일'은 내가 지금 열심히 뛰고 있는 거리였다. 내가 세고 있는 하나씩은, 나와 승리 사이의 거리였다. 나와 비극 사이에 놓인 날들이 아니었다.

피오나가 내 옆으로 왔다. 나는 숨을 헐떡이며 고갯짓으로 공동묘지를 가리켰다.

"루시야."

"아, 맞다."

피오나의 얼굴이 슬픔으로 주름졌다. 나는 그 공동묘지에 대고 소리쳤다.

"루시, 보고 싶어!"

피오나도 소리쳤다.

"루시, 보고 싶어!"

우리는 서로의 얼굴을 쳐다보았다. 그런 다음 동시에 있는 힘껏 소리쳤다.

"루시, 정말 보고 싶다!"

그다음 길로 들어서니 사람들이 제법 나와 있었다. 많지는 않았지만 나온 사람들은 전부 소리를 지르며 축제 기분에 들떠 있었다. 들이부은 커피와 박수 소리가 그들을 흥분하게 만드는 것 같았다. 사람들이 소리쳤다.

"로사, 파이팅!"

그런 다음 우리가 텔레비전에 나왔던 그 애들이라는 걸 알아차렸다.

"이야, 너희가 그 애들이구나! 잘했어! 너희 힘을 보여 줘! 파이팅, 파이팅."

"고맙습니다!"

로사는 손을 흔들고 키득키득 웃으며 우리를 응원해 주는 모든 사람에게 일일이 소리쳤다. 그리고 어깨 너머로 내게 끊임없이 말했다.

"내 인생 최고의 날이야!"

나는 힘을 내서 계속 뛰었다. 블록을 하나씩 지날 때마다 사람들은 점점 늘어났다. 집 베란다에서 내려다보는 사람들도 있었다.

로사는 손을 흔들거나 짝짝이를 쳤다. 하지만 나는 또다시 체력이 급격하게 떨어졌다. 엉덩이가 아파서 죽을 지경이었다.

"8마일!"

개빈이 앞을 가리키며 소리쳤다.

2마일만 더 가면 돼. 1마일 가고, 1마일 더. 급수대에서 도착해서 나는 물만 마셨다. 에너지 젤을 먹으려 했지만, 도저히 넘길 수가 없었다.

사람들은 점점 더 요란해졌다. 하지만 나는 내 안의 마음에 집중했다. 나는 지금 강변 달리기 대회에서 리거 모티스 벤드 구간에 들어간 것 같았다. 2마일만 더 가면 되었지만 처음 2마일이 쉬웠던 만큼 이제 그 대가를 치러야 했다. 여기서부터는 살짝 위로 올라가는 경사면이었다.

익숙한 얼굴들이 보였다. 아빠. 엄마. 케일리와 케일리 친구들.

나는 손을 흔들며 미소 지었다. 하지만 이제는 정말 기운이 하나도 없었다. 소리가 귀에서 제대로 울리지 못해 탁하게 들렸다. 우리가 앞선 주자들을 제쳤다는 것도 어렴풋이 알았다. 그 주자들은 지금 천천히 걸어가고 있었다. 하지만 반대로 우리를 앞서가는 사람들도 있었다. 긴 풀로 엮은 훌라 춤용 스커트를 입은 남자 한 무리.

나는 속으로 말했다. 괜찮아. 잘하고 있어. 힘껏 달려라. 힘껏 달려라. 힘껏 달려라.

우리는 9마일 표지판을 지났지만 정작 나는 보지도 못하고 지나갔다. 개빈이 그것을 가리키며 소리쳤다.

"1마일만 더 가면 돼!"

하지만 내 귀에선 유령이 속삭이는 것처럼 들렸다. 다리가 말을 듣지 않았다. 엉덩이에는 경련이 일어나서 그만 뛰어야 할 것 같았다. 특히 왼쪽 엉덩이가 심했다. 너무 고통스러웠다. 그리고 절단 부위는 뜨거웠다. 축축했다. 욱신거렸다.

힘껏 달려라. 힘껏 달려라. 힘껏 달려라…….

하지만 나는 간신히 한 걸음씩 한 걸음씩 내딛고 있었다. 나는 걸음 수를 세기 시작했다. 한 걸음씩 한 걸음씩 한 걸음씩 한 걸음씩.

어린 여자아이 하나가 사람들 속에서 튀어나오더니 나를 만지고는 쏜살같이 들어갔다. 나는 그제야 그 애가 왔다 갔다는 걸 알았다.

"제시카, 파이팅!"

사람들의 외침이 들렸다.

"로사! 로사! 로사!"

사람들이 떼 지어 구호를 외쳤다. 잠시 후 피오나가 소리쳤다.

"저기 있다!"

나는 고개를 들고 둘러보았다. 빨간색과 하얀색 풍선으로 만든 아치가 보였다. 그것도 50미터 앞에.

"결승선이다! 결승선이야!"

로사가 소리 질렀다. 나는 로사에게서 들리는 행복한 목소리와 열광적인 짝짝이 소리에 내 몸을 맡기려 애썼다. 그리고 이것을 하려 했던 이유가 무엇인지 기억하려 애썼다.

"로사! 로사! 로사!"

"제시카! 제시카!"

나는 내 모든 힘을 짜내고 또 짜냈다. 사람들의 응원 소리는, 내 몸 어딘가 숨겨져 있던 힘을 찾을 수 있게 도와주었다.

풍선 아치가 점점 크게 보였다. 사람들의 함성도 점점 커졌다. 점점 크게 보였다. 점점 커졌다.

나는 간신히 손을 흔들고, 희미하게 미소 지었다. 그리고 째깍째깍 소리와 함께 우리는 넘어갔다. 결승선을 넘어갔다. 사람들이 사진을 찍었다. 뉴스 취재 팀이 나와 있었다.

로사는 환희에 들떠 있었다. 낯선 사람들이 몰려와서 로사에게 말을 걸며 마치 친구처럼 대했다. "정말 굉장했어요! 고맙습니다!" 로사가 그들에게 말했다. 그러는 사이에 자원봉사자가 오더니 내 신발에서 타이밍 칩을 떼어 갔다.

우리는 모두 아침 축하 행사가 열리고 있는 레가타공원으로 갔다.

이 모든 것들은 내 머릿속에서 흐릿하게 있다. 몸이 무너질 듯 흔들리고 기진맥진한 상태였기 때문이다. 하지만 나도 무척 행복하다는 건 확실히 인식하고 있다. 나는 친구들과 가족, 육상 팀원들, 코치, 그리고 우리를 지지하는 마음 따뜻한 이웃들에 둘러싸여 있었다. 그들은 모두 어떤 면에서 내가 결승선을 통과하도록 도와주었다.

하지만 우리가 레가타공원에 모여서 스크램블드에그, 오렌지 주스, 베이글을 준비해 먹는 동안 나는 뭔가를 깨달았다.

이 결승선은 내게 결승선이 아니었다.

여덟 달 전엔 혼자서 정맥주사 걸이대를 밀며 화장실에 가는 것도 무척 힘이 들었다.

오늘 나는 내 친구의 첫 번째 결승선 통과를 위해 10마일이나 뛰었다.

오늘 나는, 내가 할 수 없는 건 아무것도 없다는 믿음을 갖게 되었다.

이 결승선은 내게 새로운 출발선이었다.

1분 1시간 1일 나와 승리 사이

1판 1쇄 발행 2018년 7월 30일 1판 4쇄 발행 2020년 5월 20일

지은이 웬들린 밴 드라닌 옮긴이 이계순 펴낸이 남영하

편집 장미연 이신아 디자인 박규리 마케팅 김영호

종이 세종페이퍼 인쇄·제본 더블비

펴낸곳 ㈜씨드북 등록 제2012-000402호

주소 03149 서울시 종로구 인사동7길 33 남도빌딩 3F

전화 02) 739-1666 팩스 0303) 0947-4884

홈페이지 www.seedbook.co.kr 전자우편 seedbook009@naver.com

인스타그램 instagram.com/seedbook_publisher

페이스북 facebook.com/seedbook.kr

ISBN 979-11-6051-205-2(43840)

책값은 뒤표지에 있습니다. 잘못 만들어진 책은 구입하신 서점에서 바꾸어 드립니다.

이 도서의 국립중앙도서관 출판예정도서목록(CIP)은 서지정보유통지원시스템 홈페이지(http://seoji.nl.go.kr)와

국가자료공동목록시스템(http://www.nl.go.kr/kolisnet)에서 이용하실 수 있습니다.

(CIP제어번호:CIP2018021452)

SEED MAUM

㈜씨드북의 뉴스레터 SEED MAUM을 구독하시면 다양한 신간 정보와
독자 여러분을 위해 준비한 특별한 콘텐츠들을 받아 보실 수 있으며,
구독자만을 위한 각종 이벤트에도 참여하실 수 있습니다.

http://bit.ly/2jF0Jlv